月村了衛
Tsukimura
Ryoue
槐《エンジュ》
光文社

槐《エンジュ》

目次

装幀　泉沢光雄
写真　Getty Images

第一章　合宿の日

1

――今朝午前五時頃、G県徳和《とくわ》市の徳和台墓地を散歩中だった男性が人間の焼死体らしきもの二体を発見し、警察に通報しました。警察が調べたところ、死体は二十代と見られる若い男女で、死後およそ六時間が経過しており、いずれも全裸の状態で、両手両足をチェーンのような細長い鎖で縛られ、全身にガソリンをかけられ火を点《つ》けられたものだということです。警察では殺人事件と断定、捜査本部を設置し被害者の身許《みもと》を……

つけっぱなしになっているテレビから流れるニュースを横目に見ながら、弓原公一《ゆみはらこういち》は手早くトーストにバターを塗り、次いで腕時計に目を走らせた。中学の入学祝いに年上の従兄弟《いとこ》が贈ってくれたものので、安物だが気に入っているし、壊れたことは一度もない。午前八時十七分。合宿の出発は九時、集合時刻はその十五分前の八時四十五分だ。あまりのんびりとはしていられない。急いでトーストにかぶりつく。

テーブルの向かいでは父が新聞を広げ、文化面を眺めながらサラダをつついている。平日も土日も関係なく、父はいつも時間通りに起きて朝食のテーブルに着く。

——次のニュースです。千葉県松戸《まつど》市に住む七十二歳の女性が振り込め詐欺の被害に遭《あ》い、現金五百万円をだまし取られました。

キッチンで食パンを切っていた母が、反射的に振り返り、手を止めて熱心にニュースに見入る。

——女性は、電話の相手を息子の勤める会社の上司だと思い込み、『このままでは背任罪になる』と言われるまま指定された口座に……

母の目は憑《つ》かれたような熱を帯びている。哀しみや憤り、恨みや憎しみ、さらにはそれらを通り越した執念が漏れ出ているようにさえ感じられた。父は黙って食卓の上にあったテレビのリモコンを取り上げ、スイッチを切った。そして再び新聞の紙面に視線を落とす。

母は我に返ったように首を巡らせ、物言わぬ父の横顔を険悪な視線で睨《にら》んでいたが、わざとらしいため息を一つついて再び食パンを切り始めた。

「ごちそうさま」

トーストの残りを口の中に押し込んで立ち上がる。何もかもが毎日の光景で、何もかもがいたたまれなかった。

「公一、あんた、ばあちゃんの一周忌が近いってのに、合宿なんて……受験だってあるんだし……」

「仕方ないだろう、部活は内申書にも影響するんだよ」

今さらながらの母の愚痴を適当に受け流し、足許の登山用ザックをつかんで立ち上がる。

「行ってきます」

「ああ、気をつけてな」

父の声を背中で聞いて玄関に向かう。新聞から顔を上げてもいないのは分かっている。

中学最後の夏休みだってのに――

玄関でウォーキングシューズの紐《ひも》を結びながら、声に出さずに毒づいた。

分かっている。父が悪いのでもないし、母が悪いのでもない。悪いのは、振り込め詐欺なんて卑劣な悪事を働く連中だ。

一年前、母方の祖母が振り込め詐欺に引っ掛かった。孫を騙《かた》る男からの電話を公一だと信じ込み、自転車で事故を起こし幼児に重傷を負わせたという相手の話に、迂闊《うかつ》にも聞き入ってしまった。次いで交通課の警察官を名乗る男、さらに弁護士を名乗る男から立て続けにかかってきて、最終的にこの〈弁護士〉の指示通り、示談金として一千万近い金を振り込んでしまったのである。

それは祖母が老人養護施設に入所するための資金だった。祖母と仲のよい友人達がほとんどその施設に入っていたため、祖母は自分も入所するのを心底楽しみにしていたのだ。

だまされたと知った祖母はショックのあまり鬱《うつ》状態に陥《おちい》った。公一の両親は自分達が世話をするからと必死に祖母を慰めたが、耳にも入っていないようだった。間もなく祖母は、自ら首を吊《つ》って死んだ。遺書はなかった。

医者の話では、鬱病患者の中には自殺を企図《きと》する者も少なくないという。

だったらどうしてもっと早く注意してくれなかったのですか――母の詰問に対して、担当医は「診断ではそこまで重い症状ではなかった」との開き直りにも近い弁解を繰り返すのみだった。

それ以来、母は振り込め詐欺のニュースに対して異常に敏感になった。最初のうち、父は早く忘れた方がいいと母に忠告していたが、母は聞こうともしなかった。やがて父は何も言わなくなり、母とは反対に事件の一切から意識的に目を背《そむ》けるようになった。どちらの態度も、十五歳の公一には耐え難かった。

幼い頃、祖母には人一倍可愛がられたという記憶が公一にはあった。春の陽だまりのようにいつもにこにこと笑っていた祖母が大好きだった。その祖母が自分を騙る悪党にだまされて死んだ。

悔しくてならなかった。そんな奴と自分の区別がつかなかったのか。

他の多くの被害者同様、そこまで動転してしまったのだろうという想像はできる。それだけにやりきれず、情けなく、また責任すら感じていた。本来自分が感じる必要のない責任である。それでも公一は感じずにはいられなかった。

「忘れ物はない？　お財布は持った？」

手を拭《ふ》きながら母が出てきた。

「持ったよ。行ってきます」

すべてを振り切るように早足で家を出た。古いタイプの一戸建て。大して広くもない建て売り住宅だ。昔はそれなりの見てくれで、父は無理して頭金を用意し、自分の生まれる前に買ったという。以前は感じたことのない息苦しさを、公一はこの家から感じていた。

水楢《みずなら》中学校の伝統とは言え、三年生になっての合宿参加が負担でないと言うと嘘《うそ》になる。一日一日が貴重な受験生にとって、三泊四日の日程はかなり厳しい。しかし今は、なんであろうと家に居るよりはましだと思えた。


「行ってきまーす」

小椋早紀《おぐらさき》は持ち前のよく通る明るい声で言い残し、朝顔の蔓《つる》が絡みついた小さな古い木製の門を閉めた。

振り返った途端、箒《ほうき》を手にした向かいのおばさんと目が合った。

「あら、早紀ちゃん、今日は登校日なの？」

「あっ、おはようございます」

そう挨拶してから、

「合宿なんです、葦乃湖《あしのこ》へ。私、野外活動部ですから」

「そうなの、大変ね。早紀ちゃん、楢《なら》高受験するんでしょう？　大事な夏休みに合宿なんか行ってて大丈夫？」

　おばさんは探るような目つきでジャージの上にリュックサックを背負った早紀を見た。おばさんの息子は公立の水楢中学に通う早紀と違って、三駅離れた私立中学に通っているが、早紀同様、楢高受験を目指しているという。

　郊外の住宅地は住民の近所付き合いが密接だ。そういう環境は嫌いではなかったが、時にはいろいろ詮索《せんさく》されることもある。

「あんまり大丈夫でもないんですけど、参加しないわけにもいきませんから……それじゃ、行ってきます」

「行ってらっしゃい。気をつけてね」

　一礼して学校の方に向かう。

　まったく、おばさんの言う通りだ——

　まだそれほど強くない朝の陽射しの中、急ぎ足で進みながら内心に独りごつ。

　大事な受験を控えた三年生の夏休みに、合宿なんかに参加している余裕などあるわけがない。生徒会の仕事だってである。しかもよりによって行く先があんなしょぼくれたキャンプ場とは。学校によっては、三年生は部活から引退する決まりになっているところもあるらしい。むしろそういう学校の方が多いとも聞く。こればっかりは母校のしきたりが恨めしかった。

　歩き出したばかりだというのに、リュックのショルダーパッドが肩に食い込んで痛かった。そもそも『野外活動部』なんて入る気は少しもなかったのだ。アウトドアに興味はない。山や川に行くと、疲れるし、虫に刺されるし、肌は荒れるし、ろくなことはない。

それでも、野外活動部に入部したのは——

「おはよう」

その〈理由〉から突然声をかけられて、飛び上がるほど驚いた。

「おはよう」

動揺を押し隠し、精一杯平静を装って挨拶を返す。

しまった、リップクリームでも塗ってくればよかった——いや、それより、朝ご飯を食べてから口の周りを拭いたっけ——

「悪いね、小椋さん。せっかくの夏休みに」

「悪いなんてもんじゃないわよ」

話しかけてきた弓原公一に、口を尖《とが》らせて応じてしまう。

「公一君だって楢高、狙《ねら》ってるんでしょう？　こんなことやってて、もし落ちたらどうすんのよ」

「うん、でも僕、一応部長だしね。小椋さんにはほんと感謝してるよ。アウトドアが好きってわけでもないのにさ」

「私だって責任感くらいあるわよ。廃部寸前だなんて泣きつかれたら、入部するしかないじゃない」

早紀は水楢中学生徒会の副会長を務めている。野外活動部は今年新入部員が一人しか入らなかった。

部長の公一を入れても部員は全部で五名。校則では最低六人はいないと自動的に廃部となる。そこで公一をはじめとする部員達は、副会長の早紀に頭を下げて入部を乞《こ》うたのである。生徒達の間では、早紀の人望というか、人情味にはそれほどの定評があった。

部員達の懇願に折れた早紀は、嫌々ながら――実は内心嬉々《きき》として――野外活動部の部員名簿に名を連ねたのである。

並んで歩きながら、早紀は相手に気づかれないようにさりげなくジャージの位置を直す。

やだな――夏休みになってからアイスクリーム食べすぎたせいかな――

年頃の少女にありがちなことだが、早紀は自分が太り気味ではないかと気にしている。もちろんそう思っているのは本人だけである。強《し》いて言うなら、ふっくらとした母性的なタイプで、それも多くの生徒達から慕われ頼られる一因かもしれないが、あくまで年相応の範疇《はんちゅう》を超えるものではない。

アウトドアブランドのフィールドパンツにオープンシャツを着た公一に比べ、学校指定の柿色ジャージの上下という自分の出で立ちは、どうにも子供っぽく思えた。しかも背中に背負ったリュックは、公一のような本格的な登山用のザックと違い、叔母からの借り物だ。

仕方ないじゃない、私はもともとアウトドア用品なんて持ってないんだから。田中《たなか》先生だって、高山に登るわけじゃないから体育の格好で充分だって言ってたし――

そう自分に言いわけする一方で、もう少し服装に気を遣ってもよかったのではないかと後悔する。一緒に並んで歩くのも、嬉《うれ》しい反面、少しだけ気後れする。なぜなら、自分の方が公一より少しだけ――そう、ほんの三センチほど――背が高いから。

一般に、中学生の段階ではまだまだ男子より女子の方が発育がよかったりするものだ。男子より背が高い女子も珍しくない。しかしそんな事実は、早紀にとってはなんの慰めにもならない。

気のせいか、合宿初日の朝にしては公一の口数は少なかった。もともと饒舌《じょうぜつ》なタイプではないが、それでも常にも増して沈んでいるように早紀には感じられた。

やっぱり、まだお祖母《ばあ》さんのことが――そろそろ一周忌だって聞いたし――

公一の祖母の身に起こった不幸については早紀も承知している。またその事件で公一が深く傷ついていることも。それは少年が時折見せる憂愁《ゆうしゅう》の翳《かげ》にも明らかだった。以前は決して見られることのなかった翳であったから。

そうした想いを迂闊に口にしたりはしないが、普段から彼女は密《ひそ》かに公一を気遣っていた。

「小椋さん」

前を向いたまま、不意に公一が口を開いた。

「なに?」

突然だったので、思わず返答する声が裏返ってしまった。

「合宿が終わったらさ、図書館で一緒に勉強しないか」

「えっ」

「集中して特訓するんだ。僕はともかく、小椋さんまで楢高落ちちゃったら申しわけないからね。四日分、がんばって取り返そうよ」

「まあ、考えとく」

「あ、迷惑ならいいんだ。小椋さんはもともと頭いいし」

「なに言ってんの。一学期の校内模試、公一君の方が上だったじゃない」

「あんなの、まぐれだよ。小椋さん、副会長だし、絶対小椋さんの方が頭いいよ」

「そんなことないって。そうね、じゃあ、やってもいいわよ、受験の特訓」

「よし、決まり」

公一が明るく言った。

それ以上の明るさで、早紀は心の中で叫んでいた。

やったあーっ――


「景子《けいこ》、茜《あかね》ちゃんがさっきから待ってるよ」

自室のドアが開いて母が顔を出した。

「支度、できてるの？　早く行ってあげないと」

「入るときはノックしてって言ってるでしょ」

「でも、茜ちゃんが」

「分かってるわよ、そんなこと」

母を無理矢理廊下に押し出してから、小宮山《こみやま》景子は窓に近寄り、閉め切ったカーテンの隙間から玄関の方を見下ろした。景子の部屋は二階にある。大きなリュックを背負って家の前に立っている新《しん》条《じょう》茜の姿がはっきり見える。

ボーイッシュなショートカットに、くりくりした大きな目。ぶかぶかの短パンに体操服のような白いシャツ。幼稚園の頃からまるで変わっていない。生きる喜びを全身で体現したような茜が、今は疎《うと》ましくてならなかった。

「あっ、景ちゃーん」

こちらに気づいた茜が満面の笑顔で手を振ってくる。

舌打ちして窓を離れ、ベッドの脇に置いてあったリュックをつかむ。

何が合宿だ、何が野外活動だ——昔ちょっと仲がよかったからといって、大仰《おおぎょう》に友達ぶって——そもそも自分を野外活動部に引っ張り込んだのは茜なのだ。入りたかったら自分一人で勝手に入ればいいのに。はっきり断れなかった自分にも嫌気がさす。あのときは夏休みに合宿があるなんて聞いてなかった。知っていれば、絶対に入部なんてしなかっただろう。

しかも茜は、薙刀部《なぎなた》と掛け持ちだ。姉の影響で小学校の頃から続けている。どちらかと言うと、そっちの方が本命なのは間違いない。

引きこもりがちの幼馴染みを心配して野外活動に誘う友達思いな私——そんな安い自己像が透けて見えるような気がして、よけいに嫌だ。能天気。そして無神経。茜だって、他の連中と同じに決まっている。下らない話題にうつつを抜かしているクラスの連中と同じに、きっと自分を嗤《わら》っているのだ。

今ならまだ間に合う。仮病でも使って断ろうか。

「景ちゃーん、早く早くーっ」

外からまた茜の声。景子はいまいましげにリュックを背負いながらドアのノブに手をかけた。


午前八時四十分。市立水楢中学校の校庭には車体がオレンジ色に塗られたミニバスが駐まっていた。

「受験を控えた三年生が部活、しかも貴重な夏休みに三泊四日の合宿とは、やはりどうかと思いますね。他校では三年生は部活を引退するのが主流ですし、いくら我が校の伝統とはいっても、改めるべきは率先して改めるのが現場の教育者というものでしょう」

脇田大輔《わきただいすけ》教頭がバスの前に集まった教師達にねちねちと続ける。

「そもそも、野外活動部は明確な実績がないどころか、部員数も毎年最低限じゃないですか。中には問題のある生徒もいるようだし。本来ならとっくに廃部になっていてもおかしくはないところだ。およそ学校教育においては、規則、校則といったルール遵守の大切さを教えることこそが生徒のためです。こういう状態が続いている以上、野外活動部を存続させるべきかどうか、一度職員会議に諮《はか》って再検討すべきじゃないですかね」

教師達の後ろに立った久野進太郎《くのしんたろう》は、生あくびをかみ殺しながら内心でぼやいていた。

まったく、早く着きすぎるのも考えもんだなあ。部員はまだ俺一人だけじゃないか。おかげで朝から教頭の愚痴を聞かされっぱなしだ。公一の奴、部長のくせに何やってんだろう。あーあ、みんな早く来てくれないかなあ……

「教頭先生のおっしゃることはもっともです。また、教頭先生のおかげで今回の合宿が実現できたことは生徒達もよく理解しており、皆教頭先生のご厚意に感謝しています」

ポロシャツ姿で松葉杖をついた田中尚通《なおみち》教諭が教頭に向かってひたすら下手《したて》に出る。その右足首は石膏《せっこう》で大きく固められていた。

田中先生は野外活動部の顧問だ。引退したスポーツ選手のような体格の大男だが、担当は社会科で、二年生の学年主任でもある。特に生徒の生活指導に関して中心的役割を果たしており、教師の間でも何かと頼りにされている。この田中先生が顧問として、文字通り体を張って野外活動部廃止論の防波堤になってくれているからこそ、今日まで部は細々と命脈を保ち得たとも言える。それだけに部員はもとより、全校生徒からの信望は厚い。

それなのに——

一週間前、田中先生は駅前の歩道橋の階段から落ちそうになっていた酔っ払いと出くわし、助けようとして一緒に転がり落ちてしまったのだ。普段の田中先生ならそんなヘマはしないだろうが、折悪《おりあ》しく五歳になった愛嬢のために買ってきたバースデーケーキの箱を抱えていた。我が身よりもその箱の方をかばった結果、片足を骨折してしまったのである。

こうなっては当然合宿には参加できない。今年の合宿は中止かと一時はちょっとした騒ぎになったのだが、脇田教頭が急遽《きゆうきょ》代理として参加するということで無事開催の運びとなった。

野外活動部を日頃好意的に見ているとは到底思えない教頭だけに、課外活動のつつがない遂行と管理の狭間《はざま》に立って、苦渋の選択であったことは想像に難くない。古いデザインのジャージの上下に、登山用ではなく釣り人用のベスト。それに同じく釣りにでも使っているような帽子とザック。どう見ても間に合わせのスタイルに、いかにも苦々しい表情が、なんというか、絶妙にマッチしていた。

「それに教頭先生、ものは考えようですよ。野外活動が生徒の自主性、積極性を育てるのにどれほど有効であるか、ご自分の目で確かめられるいい機会ではないでしょうか」

「野外活動の意義は私も理解しているつもりです。私は今、規則を守ることの大切さについて述べておるのです」

おそらく、そんな話はこれまで職員室で何度も繰り返されてきたことだろう。田中先生の横に立った女性教師も、白《しら》けたような顔をして聞き流している。

由良季実枝《ゆらきみえ》教諭。産休に入った野島幸代《のじまさちよ》教諭の代わりに、六月になって赴任した英語の代理教員。年齢は二十六と聞いている。なんともさえない眼鏡に流行《はや》らないひっつめ髪。化粧気のかけらもなく、極めて無愛想かつ陰気。当然生徒には人気がない。野島先生が華やかで明るい校内の人気者だっただけに、生徒達の失望は大きかった。しかし当の本人は、生徒達のそうした嘲笑《ちょうしょう》交じりの視線や陰口さえも、まるで気にならないといったふうで、ただ機械的に日々の授業をこなしている。

野外活動部の副顧問は慢性的になり手がなく、新任の若手教師に押しつけられるのが水楢中の慣例であった。今年度は新学期に新卒で入った国語の山本愛奈《やまもとあいな》教諭がその任に充《あ》てられたのだが、ゴールデンウイーク恒例のワンダーフォーゲルで刈駒山《かりこまやま》に登った際、転んで膝をすりむいた。加えて、虫に噛《か》まれてふくらはぎがほんの少し赤く腫《は》れた。それ以来、山本教諭は断固〈登部拒否〉を続けており、野外活動部は副顧問不在の状態での活動を余儀なくされていた。ちなみに刈駒山とは、地元の小学生が遠足で必ず登る定番の低山である。

そんな折、代理教員として新たに赴任した由良先生に副顧問の役が押しつけられたのは言わば必然であった。もっとも、本人は特に嫌がったり抗議したりするということもなく、ただ言われるままに副顧問の任を受け入れたそうである。

かくして、すべてが他人事《ひとごと》といったような無関心、無表情ないつもの顔で、由良先生は今こうして夏休みの校庭に立っているという次第であった。

野外活動部の副部長を務める進太郎は、実は英語が得意である。英語だけに限って言えば、優等生として知られる部長の公一や、生徒会副会長の早紀よりも上位に来る。その進太郎の目から見て——いや耳から聞いて——由良先生の発音は意外にもネイティブと言ってもいいくらい大したものだった。しかし教え方はまるでうまくない。ひょっとして生徒に理解させようという気がないのではないかと思うときがあるくらいである。要するに万事が投げやりなのだ。

せっかくの合宿なのに、引率の先生が学校一嫌われ者の教頭と、学校一やる気のない代理教員か出発前から進太郎はうんざりとした思いで他の部員達の到着を待った。

八時四十四分。校門に生徒が二人現われた。

「おはようございます」

二人同時に先生達に向かって挨拶する。いかにも優等生の公一と早紀らしい。

進太郎は内心で「おっ」と思った。

二人仲良く登校かあ——副会長、結構やるじゃん——

彼らに向かって手を振ろうとしたとき、脇田教頭が進太郎の前に出て、

「おはよう。弓原君、君は部長なんだろう。中学生とは言え責任ある立場だ。もう少し早く来てもいいんじゃないのか」

集合時刻は四十五分だ。その前に着いてるんだからいいじゃないか——

進太郎は呆《あき》れたが、公一は素直に頭を下げている。

「すみません。以後気をつけます」

早紀まで一緒になって「すみません」と謝っている。

公一とは小学校以来の付き合いだ。何度も一緒にキャンプに行っては野山を駆け回ってきた。性格は知り尽くしている。たとえ相手が全校生徒から馬鹿にされている教頭だろうと、先生に対してはきちんと敬意を払う素直さが公一のいいところだ。同時にまた、彼は教頭と言い争っても益のないことを理解している。とにかく頭のいい奴だ。自分が親友と見込んだだけのことはある。その公一の良さ

を見抜いた副会長もまたなかなかの——

五分後、また別の二人組が現われた。公一や早紀と違い、息を切らせて慌ただしく駆け込んでくる。二年生の新条茜と小宮山景子である。

教頭が小言を言おうとした機先を制して、進太郎が声をかける。

「おまえら、遅いぞ。夏休みだからってたるんでんじゃねえのか」

グッジョブ、とでも言うように公一が微笑《ほほえ》んだ。

「ごめんなさーい」

明るい大声で茜が謝る。ぺこりと頭を下げるその仕草を見ると、もう誰も何も言えなくなる。

一方の景子は、茜とは対照的に、ふて腐れたような顔で黙っている。去年から学校を休みがちで、いわゆる引きこもりに近い状態らしい。扱いづらい生徒であることはみんなが知っているから誰も何も言わない。さすがに教頭先生も、彼女に迂闊なことを言うと逆効果となることを経験上痛感しているようだ。そんな爆弾のような生徒と四日も行動をともにしなければならないということも、教頭の苛立《いらだ》ちの原因になっているに違いない。

普段から規律違反には人一倍敏感で口やかましく、保身に汲々《きゅうきゅう》としているような教頭が、いくら他に引き受け手がいなかったにしても、よく自ら代理の引率を買って出たものだと、進太郎は改めて奇異に思った。

小宮山景子が入部したのは、幼稚園時代からの幼馴染みであるという茜が半ば強引に引き入れたからだ。しかし本人は、アウトドアにはまるで興味のないことを普段から隠そうともしない。ほとんど開き直っていると言ってもいい。

茜は山や川などの自然に触れる野外活動が景子の心を少しでも癒やしてくれるのではないかと期待している。しかし景子本人には、友人の思いやりをどこか冷笑している節さえ窺《うかが》える。

景子のそんな態度は、副部長の進太郎には腹立たしい限りだったが、部員数のことを考えるとそうそう退部させるわけにもいかない。また何より、友人を思いやる茜の心をむげにする気にはなれなかった。ゆえに、幽霊部員同然の景子の在籍を今日まで認めてきたのである。

それだけに、今回の合宿に景子が参加すると聞いたときは驚いたものだ。もっとも、茜の熱心な誘いに根負けしたからだろうとは容易に想像できたが。

「おはようございまーす」

茜のそれに負けず劣らず、一際大きく元気な挨拶が校庭に響き渡った。

顔を見なくても分かる。一年生の日吉裕太《ひよしゆうた》。野外活動部唯一の新人だ。

「今日に限って寝坊しちゃいましたっ。反省してます。すいませんっ」

まだ小学生といっても通用するような童顔に小柄な体格。中一だから小学生の面影を残していても不思議ではないが、一年生の中でも裕太は特に幼く見える方だった。

しかしながらどうしてどうして、この日吉裕太はアウトドアの申し子のような少年で、猿のようにするすると岩を登り、河童《かっぱ》のようにすいすいと川を泳ぐ。入部したばかりの裕太と初めて近場の山に登ったとき、進太郎と公一はとんでもない逸材が入ったと目を見張ったものである。

小学生と言うより、腕白小僧と言った方がさらにしっくり来る、そんな裕太が被《かぶ》っていた野球帽を取って額が膝につくほど深々と頭を下げている。先ほどの茜と同じで、こうなると教頭の小言も自ずと引っ込んでしまう。進太郎はまたも公一と目を見交わしてにやりと笑った。

時刻はすでに九時を回っている。ミニバスの運転席では、バス会社から派遣された老運転手がこれ見よがしに大あくびをしながら教師や生徒達の方を横目で眺めている。

脇田教頭は憤懣《ふんまん》のはけ口を別の生徒に向け始めた。

「田中先生、集合時間どころか、もう出発時間も過ぎたじゃないですか。例の生徒は一体どうなってるんですか」

〈例の生徒〉。その点を衝《つ》かれると、田中先生もさすがに弱い。

「あの子はきっと来ます。もう少し待って頂けませんか」

「本当ですか」

「私が昨日、彼の家に行って確認しました。ちゃんと行くと約束してくれました。私は彼を信じたいと思います」

田中先生はそう言い切った。

〈彼〉に関してだけは、田中先生に全幅の信頼を寄せる進太郎もいささか疑念を抱いている。いや、大いに危ぶんでいると言ってもいいだろう。

彼――朝倉隆也《あさくらたかや》。二年生。ただし彼だけは、野外活動部の部員ではない。田中先生が特例として今回の合宿に同行させることを決めたのだ。

隆也は入学時から正真正銘の問題児だった。家庭環境に問題があり、暴走族のメンバーだった兄はケンカによる傷害罪と道交法違反で逮捕され、現在服役中である。隆也本人もグレかかっていて、夏休みに入る直前、バイクに乗っているところをパトロール中の警察官に見つかり補導された。

厳しい処分を求めるＰＴＡや他の教師から、ただ一人、彼をかばったのが他ならぬ田中先生だった。田中先生は職員会議で彼の更生に全力を尽くすと約束したらしい。その第一歩が、野外合宿への強制参加である。他の生徒との共同生活を通して、彼に中学生としての自覚を取り戻させる――並み居る教師に対してそう説得したという。

これが進太郎にとってはどうも納得がいかない。やる気がないのは小宮山景子も同じだが、百歩譲って彼女は一応正式な部員だ。皆の仲間だ。しかし朝倉隆也は部員ですらない。自分達にとっては合宿の直前になって押しつけられた異分子であり、お荷物である。早い話がいい迷惑だ。

田中先生のおおらかな理想主義は中学生の自分にも分かる。むしろ、そんな田中先生が大好きだ。

しかし、と進太郎は思う。

彼は不良めいた連中が大嫌いだった。もちろん暴走族も。なぜそんな奴と一緒に楽しかるべき夏休みの合宿をともに過ごさねばならないのか。

どうしたって不良は不良だ――

その観点において、進太郎は極めて現実的だった。彼らとは〈人種〉が違う。容易に分かり合えるものではない。そんな奴を、野外での合宿に放り込んだからといって、そう簡単に性根が直るものではないだろう――それが、彼の決して口にすることのない本音であった。

田中先生は携帯を取り出して隆也の自宅に電話している。誰も出ないようだ。さすがの田中先生も困惑と焦燥とを隠し切れずにいる。

九時十分になった。運転手がミニバスの窓から顔を突き出し、

「生徒さん、まだ揃わないんですか。もう予定を十分も過ぎてますよ。あんまり遅れるようだと、会社に報告を入れなきゃならんのですわ。最近は規則とかもうるさいんでね」

田中先生は運転手に対しても頭を下げる。

「申しわけありません、もうすぐ来ると思いますので、あとちょっとだけ待って下さい」

部員達もさすがに顔を見合わせている。

「あーあ、勝手よね。これが規律ある合宿?」

自分のことは棚に上げて、景子が聞こえよがしにぼやく。

「景ちゃんっ」

茜が慌てて制するが、本人は知らん顔だ。

まったく、大した〈幽霊〉だよ――

九時十五分。教頭がたまりかねたように、

「だから言ったんだ。私は最初から反対だった。そもそも、部員でもない生徒をいきなり参加させるなんて――」

そのとき、校門に背の高い男子が現われた。

やっと来やがったか――

進太郎がそう口に出す前に、田中先生が叱《しか》りつけていた。

「遅いじゃないか、朝倉。時間厳守は社会生活の第一歩だぞ」

それに対して、長身の生徒はわずかに頭を下げるような仕草をしてみせただけだった。しかもその目つきはいかにも不遜《ふそん》で、反省しているようには到底見えない。皆に迷惑をかけたなんて微塵《みじん》も思っていないだろう――進太郎はますます反感を募らせた。

朝倉隆也は駆け出そうともせず、けだるげに歩いてくる。アロハシャツにデニム。リュックサックではなく、ボストンバッグを肩に提げている。足回りはウォーキングシューズやハイキングシューズではなく、ごく普通のスニーカーだった。出発前、皆であれほど野外活動の服装についてレクチャーしたのに。

「まずはみんなに朝の挨拶だ」

田中先生の指示に、隆也は意外と素直に従った。

「はよっす」

「そんなのは挨拶じゃない。もう一度」

「おはようございます」

全校でただ一人親身になってくれている田中先生には、さすがに隆也も恩義を感じているのだろうか。

「それから遅刻したことをみんなに謝れ」

「すんませんした」

俯《うつむ》いたままぼそぼそと呟くようなその口調には、不服そうなニュアンスも感じられた。少なくとも進太郎には、彼が心から謝っているようには思えなかった。

もう何を言っても無駄だと言わんばかりに、教頭はあからさまなため息をつき、全員に向かって号令をかけた。

「ようし、すぐに出発だ。みんな早くバスに乗りなさい」

田中先生はしきりと教頭に頭を下げている。

先生、どうしてあんな奴のために――

進太郎はなんとなく悔しい思いを抱えたままバスに乗り込んだ。

女子三名は後部の席に固まっている。進太郎は先に中ほどの席に座っていた公一の隣に腰を下ろした。総勢九名なので、座席数の少ないミニバスでも余裕がある。教頭と由良先生は生徒から離れて前の方に座った。もちろん並んで座ったりはしない。教頭は教頭で、無口で無愛想な代理教員を快くは思っていないのが顔に出ている。

隆也は当然のように誰からも距離を取って一人で座った。

「教頭先生のおっしゃることをよく聞いて、しっかり楽しんでこいよ。気をつけてな」

バスの外から田中先生が声をかける。早紀と茜、それに裕太が嬉しそうに手を振って応えている。

進太郎と公一は窓の外の先生に頭を下げて一礼した。景子は完全に無視。また由良先生も。

「発車します」

老運転手がやる気のない合図とともにバスを出した。

校庭の真ん中で手を振っている田中先生が見る見るうちに小さくなった。

2

野外活動部の夏期合宿は毎年葦乃湖と決まっていた。水楢中からバスで二時間ほどの山あいにある小さな湖で、周辺にはキャンプ場やバンガローが点在している。昔はポピュラーなリゾート地だったが、設備が古く、交通の便も悪いことから、近年利用者はめっきり減って寂れる一方だ。

致命的だったのは、周囲を山に囲まれた地形と基地局の位置の関係で、携帯電話の電波がほとんど入らないということだ。公一の聞いた限りでは、なんでも地形的にアンテナの設置が難しかったとか、電話会社が地権者と揉《も》めたとか、原因についても諸説あるようだった。

ともかく、今どき携帯端末の類が一切使えないとなると、客からそっぽを向かれるのも当然である。中にはそういう環境がいいという人もいるにはいるが、そんな客はごく少数で、往時の賑《にぎ》わいを取り戻せるほどではない。

管理が行き届かないため、湖の東側はほぼ閉鎖されてバンガローも大半が撤去され、整備中の名目で現在は立入禁止となっている。いくつかの施設は解体されずに今も放置されていて、中には心霊スポットと呼ばれるような廃屋さえある。当然部員達は近寄ることさえ禁じられていた。

「えー、この四日間、皆さんは伝統ある水楢中学の生徒としての自覚を持って、計画通り、野外学習に励んで下さい。この時間を決して無駄にせず、自然の中で心身を鍛え、仲間との連帯を深めることは大変に有意義な――」

バスが走り出すや、教頭先生は早速部員達に向かってありきたりな訓示を垂れ始めた。そうしたお題目は所詮建前でしかないということを、中学生にもなれば誰もが嫌というほど感じている。

窓側に座った公一は、それでも神妙に教頭先生の話を聞いているような態度を取り繕《つくろ》っていたが、思考は自ずと別の事柄へと流れた。

祖母のこと。祖母の死のこと。祖母を死に追いやった振り込め詐欺のこと。

振り込め詐欺のニュースに敏感になった母をどこか醒《さ》めた目で見ている一方で、公一は母以上に振り込め詐欺について関心を抱いていた。

自分の名を騙り、祖母を自殺に追いやった卑劣な連中は絶対に許せない。

しかし、たかが田舎の一中学生でしかない自分にできることは何もない。それが分かっていながら、公一は両親の目を盗んで振り込め詐欺に関する情報の収集に躍起になった。

自宅のパソコンを使って検索するだけでも、様々な情報が得られたし、書店にも成人向けのアングラ誌やサブカル誌に交じって関連書籍が並んでいた。

その結果、公一は振り込め詐欺と呼ばれるシステムについて多くの知識を得た。

振り込め詐欺を行なっている組織は完全なピラミッド型になっていて、より上位にいる者ほど多くの利益を得られる仕組みになっている。さらにその頂点に立つごく限られた者だけが利益のほとんどを独占する。逆に末端の者は、単なる使い捨ての駒でしかない。口座から金を引き出す役を命じられることから『出し子』と呼ばれる者達の多くは、組織にとって他に利用価値のない不法入国者や多重債務者である。いくら彼らを捕らえたところで、組織の頂点にいる者達にとってはなんら影響はなく、全容解明の手がかりにさえならない。

最初にシステムの原型を考案したのが誰であるかは結局のところよく分からないが、現在その最大手ではないかと噂《うわさ》されているのが『関帝連合』出身者を母体とする組織であるということだった。

『関帝連合』とはいわゆる〈半グレ〉集団の一つで、元は都内の凶悪な暴走族であったが、OB達が闇のネットワークに進出するにつれ、次第に変質していったものである。

従来の不良やチンピラとは違い、暴力団と協力関係を保ちながらもその支配下には入らず、カタギとヤクザのグレイゾーンで巧妙に立ち回っているという。暴力団対策法や暴力団排除条例の適用を受けないため、闇金融や振り込め詐欺などの裏ビジネスを仕切って巨額の不法収入を得ている。近年になってようやく警察庁は彼らを準暴力団に指定して対策に乗り出したが、その実態は依然として明らかにされていない。

リーダー格と称される者は複数いて、常に激しい権力闘争が行なわれているともいう。ネットのアングラサイトでは、中でも『溝淵《みぞぶち》』と呼ばれる男が最もカリスマ性に富むリーダーであると名指しされていた。

溝淵。一体どんな男なのだろう。ネットの断片的な情報が事実であるとするならば、歳は若い。まだ三十にもなっていないはずだ。その歳で、無数の部下を手足のように動かし、巨額の金を手に入れ、多くの人を死に追いやった――

「弓原君」

教頭の声に我に返った。

「ちゃんと話を聞いているのか。さっきからぼうっとしているようだが」

「すみません、なんだか気分が悪くて。バスに酔ったみたいです」

隣で進太郎が呆れたような顔をしている。どうにも見え透いた言いわけだった。

教頭もそれは承知のようで、嫌味のように付け加えた。

「車酔いなら仕方ないが、君は部長なんだから、普段から体調管理にはもっと気をつけるように」

「はい、すみません」

いつものように謝った。頭を下げつつ、公一は我ながらどうかしていると思った。謝っているのは体だけだ。心はどこかに行っている。まるでいつもの自分じゃない。そんな自分が嫌だった。

ずっとこうだ——祖母が自ら死んで以来。

バスはやがて国道から県道に入った。視界に緑が増えるにつれ、車内には浮き立った空気が流れ始めた。その中心にいるのは、もちろん女子の茜であり、一年生の裕太である。

茜が早速スナック菓子を取り出して隣の景子に差し出した。教頭もさすがにそれくらいは黙認している。

「早紀先輩もどうぞ」

目の前にカントリーマアムの箱が突き出される。早紀は思わず茜の顔をまじまじと見つめていた。

「どうしたんですかあ？　遠慮しないで下さいよー」

いつもの無邪気な茜の笑顔。どんなに気持ちがふさいでいても、自然と心が綻《ほころ》ぶようなその笑顔で、個包装のクッキーを勧めてくる。

おいしそう——でも、ダイエット中だし、今以上に太ったりしたら——

自らもぱくぱくとクッキーを食べている茜の肢体は羨《うらや》ましいほど伸びやかでスマートだ。それでも薙刀部では期待の星とまで言われる選手と聞いている。きっと部活でたっぷり運動しているから、多少お菓子を食べたくらいでは影響しないのだろう。

そうだ、私も合宿中に思いっ切り運動すれば――

「ありがとう、いただくわ」

礼を言ってクッキーを摘《つま》み、個包装の袋から出して口に運ぶ。

「あ、これおいしい」

「でしょうーっ？」

茜は得意げに、

「これ、季節限定で、おまけに地域限定のヤツなんですよ。今朝コンビニで見つけてソッコー確保したんです」

「茜ちゃん、すごいー。よく気がついたわね。私なんて、買い物に行ってもお菓子の棚はなるべく見ないようにしてるから……」

「あれ、早紀先輩、ひょっとしてダイエット中とか？」

しまった――

「ええ、まあ、ちょっとね」

「なんでー？」

茜が心底驚いたように頓狂《とんきょう》な声を上げる。

「先輩って、すごいスタイルいいじゃないですか」

「そんなことないって」

「ありますよー。それにすごくオトナって感じで、あたしのクラスにも先輩に憧《あこが》れてる男子いっぱいいますよー。ダイエットなんかやんなくても——」

慌てて茜の口をふさぐ。茜の隣に座った景子が、ばかばかしいといった顔でそっぽを向く。それはこの際どうでもいい。公一にさえ聞こえていなければ——

横目で前方の席を見る。公一と進太郎の頭部が見えた。特に変化はない。ほっと胸を撫《な》で下ろす。

「すみません」

小声で謝った茜は、立ち上がって前に行き、男子にもクッキーを勧めて回る。

「日吉も食べる？」

「あっ、食べまーす」

嬉々として手を伸ばしてくる。茜は裕太が持っていたかりんとうの袋に目をつけて、

「あんた、ずいぶんシブイの食べてるね」

「俺、こういうの好きなんすよ。甘納豆とかようかんとか」

「えー、日吉っておばあちゃん子かなんかなの？」

気のせいか、早紀には公一の後頭部が一瞬反応したように見えた。

「違いますよ。かりんとうも甘納豆もカロリーが高くて行動食や非常食にいいんですよ。そうですよねー、久野先輩」

裕太に呼びかけられた進太郎が振り返り、

「おう、その通りだ。俺も公一もよく山に持ってくよ」

「ほらー」

裕太は得意げに、

「父ちゃんも兄ちゃんもそう言ってましたよ」

どうやら日吉家は一家揃ってアウトドア志向らしい。道理で裕太が山慣れしているわけだ。

「ごめん、分かった分かった。分かったから、そのかりんとうはあたしがみんなに配ってあげる」

調子よくかりんとうの袋を取り上げた茜が、進太郎と公一の席に向かい、クッキーとかりんとうを差し出す。

「どうぞ、先輩」

「サンクス」

英語が得意だという進太郎が気取った発音で礼を言い、かりんとうの袋に手を伸ばす。

「弓原先輩もどうぞ」

「ありがとう」

公一はクッキーの方を摘んだ。

茜は続いて由良先生の席に向かった。

「由良先生、どうぞ」

それまで窓の外を眺めていた由良教諭が、戸惑いにも似た表情を浮かべて振り返った。まるで、自分だけは車内の集団に属さないとでも思い込んでいたかのように。少なくとも、自分も菓子を勧められるとは思ってもいなかったようだった。

どこか奇妙なものでも見るような表情で、差し出された菓子の袋と箱をぼんやりと見つめている。

「どうかしました？」

「別に」

茜の問いに、いつものそっけなさで答えた由良先生は、かりんとうを一個摘んだ。

「せっかくですから、こっちも食べてみて下さい。おいしいですよ。新条茜の保証付きです」

「由良先生、ほんとにおいしいですよ、そのクッキー」

早紀も後ろの席から声をかける。

「ほら、ねっ」

茜が自信満々といった体《てい》でクッキーの箱を差し出す。その様子に気圧《けお》されたのか、無言のままもう一方の手でクッキーを一個摘んだ。

茜は通路に立ったまま由良先生を見ている。どうやら感想が聞きたいらしい。

先生は仕方なくといった様子で袋を破き、クッキーの先端を口に運んだ。

「どうです？　おいしいでしょ？」

「そうね」

一言答えて、由良先生はそれきりふいとまた窓の外に視線を移した。呆れるほどの無愛想さだ。

しかし茜は特に堪《こた》えたふうもなく、

「じゃあ、由良先生には特別にもう一個差し上げますね」

自らクッキーの袋を一つ取って、由良先生に差し出す。

視線を戻した先生は、にこりともせず無言でクッキーを受け取り、フィールドパンツのポケットに無造作に突っ込んだ。

それから茜は、恐れ知らずというか大胆にも運転席の真後ろに座った教頭先生に近寄った。

私は要《い》らん、という教頭のにべもない声が微《かす》かに聞こえた。


田園風景の中を進んだバスは、県道を抜け、曲がりくねった山道を登っていった。左右二車線だが、道幅はかなり狭い。運転手は速度を落として慎重に運転している。

車内では、裕太と茜がジュースの缶をマイクに見立て、剽軽《ひょうきん》な振り付けで歌を歌っていた。彼らが小学校低学年の頃に流行ったアニメの主題歌だ。早紀と進太郎が手拍子をとって囃《はや》し立てている。

二人の熱唱を聴きながら、見るとはなしに山の緑を見ていた公一は、奇妙なことに気づいて心持ち身を乗り出した。

渓谷沿いの車道には、適度な間隔を置いて待避所が設けられている。そこに駐められている車やバイクの数が例年に比べていやに多いのだ。車はほとんどがワンボックスカーで、しかも全車の窓にスモークフィルムが貼られていた。

待避所は方向転換や不時の事故、ドライバーの休憩などのために設置されているものだが、車外に人影はまったくなかった。車はすべて谷川を向いて駐まっているため、車内に人が乗っているのかどうかも分からない。

シーズン中であるとは言え平日、しかも週明けの月曜だ。葦乃湖に向かう行楽客が急に増えたというのも変である。公一は少し不審に思った。

「どうした、何か面白いものでも見えたのか」

隣に座った進太郎が話しかけてきた。彼は小学生の頃からのキャンプ仲間だ。無二の親友と言っていい。

公一が思い切って自分の感じたことを告げようとしたとき、バス内に教頭の怒鳴り声が響き渡った。

「いいかげんにしなさい」

茜と裕太が驚いたように黙る。

「はしゃぐのもいいが、合宿は遊びじゃない。れっきとした課外活動だぞ。それになんだ、中学生にもなってその幼稚な歌は。歌うなら音楽の教科書に載っているような歌にしなさい」

車内の空気が一気に白けた。もっとも、浮かれていたのは約半数にすぎなかったが。

また同時に、公一は不審な車について話すきっかけを失った。

3

一本道の車道が下りになり、やがて平坦になった。予定よりほんの少し遅くなったが、バスは昼前に葦乃湖に着いた。

夏休みらしいよく晴れた日であったが、眼前に広がる湖面はお世辞にも明るいとは言えないどんよりとしたものだった。生徒達の間からも特に歓声は上がらなかった。公一や進太郎達にとっては何度も来た場所だし、景子や隆也が行楽気分にほど遠いのは一目で分かる。第一、教頭先生のおかげで車内の空気はこれ以上ないくらいに沈滞していた。

駐車場はキャンプ場入口に通じる林道の左手、つまり西側にある。運転手はそこにバスを停め、一行を下ろした。外に出た生徒達は、さすがに湖畔の空気を吸い込むように伸びをしている。

案の定、夏休みであるにもかかわらず駐車場は閑散としていたが、それでも赤いセダンやベージュのミニバンをはじめ、十台ほどの車が駐まっていた。周囲を見回した公一は、途中で見かけたようなスモークガラスの車やバイクが一台もないことに気づいて、なぜか安堵の念を覚えていた。

早紀と茜は、駐車場の端に立てられている施設全体の案内板を見上げ、あちこち指差しながらくすくすと囁《ささや》き交わしている。

「車内に忘れ物はないですね。じゃ、私は木曜の朝九時にお迎えに参りますんで、そんときは時間厳守でお願いしますね」

運転手はそう言い残し、バスを方向転換させてもと来た道を走り去った。

脇田教頭は部員達を整列させると、駐車場の先にある管理事務所に向かった。

小学生のように整列させられ、部員達は多かれ少なかれ憮然《ぶぜん》とした表情を浮かべたが、教頭はまったくお構いなしである。

管理事務所は駐車場からは五〇メートルほど離れた所にあった。

田舎の集会場といった趣《おもむき》の管理事務所は、キャンプ場の施設全体と同じく、昭和の時代から長らく放置されていたような陰鬱さに満ちていた。もちろん錯覚ではあるが、少なくとも垢抜《あかぬ》けているとは言い難い。

「すみません。どなたかいらっしゃいませんか」

受付カウンターは無人であった。教頭が奥に向かって何度か声をかけると、「はい、今行きますから」と億劫《おっくう》そうな応答があった。それからたっぷり三分は待たされてから、作業服を着た小太りの中年男が出てきた。

「あ、どうもはじめまして、私、水楢中学校教頭の脇田と申します。野外活動部の合宿で今日からこちらにお世話になります」

「はい？」

「県の教育委員会からセミナーハウスの予約が入っているはずですが」

「水楢中学？　ちょっと待って」

カウンターの下にあるらしい棚から書類の束を取り出した中年男は、かなり薄くなった頭頂部を一同に突き出すような姿勢で一枚ずつめくり始めた。

県の教育委員会は葦乃湖キャンプ場にセミナーハウスを所有している。青少年の野外活動全般や職員の研修などの目的で設けられた施設だが、キャンプ場自体の衰退に伴い、近年は使用頻度が激減しているという。水楢中学野外活動部は毎年夏の合宿にそのセミナーハウスを使用するのがならわしだった。また同施設の管理は、一括してキャンプ場の管理会社に委託されている。

「ああ、ありました。水楢中学校野外活動部、今日から木曜まで四日間、ですね。じゃ、これに記入を……」

男はカウンター上にあった『利用者名簿』と記された青いファイルを取り上げたが、「ちょっと待って」と面倒くさそうに呟いて奥の管理人室に引き返し、すぐに別のノートを手にして戻ってきた。どうやらキャンプ場の利用者名簿とセミナーハウスの利用者名簿は別になっているらしい。

男は湿気を吸って反り返った大学ノートとインクの残り少ないボールペンを差し出し、

「ここに利用者の住所氏名、それに職業、年齢を全員記入して」

その尊大な態度に皆がむっとするが、教頭は何も言わず率先してノートに自分の分を記入し、副顧問の由良先生に回した。続けて、部長の公一、副部長の進太郎と、三年生から一年生の順に記入する。

「お待たせしました」

ノートを返した教頭に、男は古い鍵束を渡しながら、

「場所は分かりますね。鍵は帰るときに返して下さい。私、管理人の長谷川《はせがわ》です」

それだけ言うと、男は現われたときと同様、大儀そうに奥の管理人室へと引っ込んだ。薄暗い奥の室内からは、微かに競馬中継の音が漏れ聞こえる。

「なにあれ」

景子が嫌悪も露《あら》わに呟いた。茜が「しっ」と人差し指を唇に当てるが、全員が景子と同じ気持ちでいるのは明らかだ。

「あの人、いつもあんななの?」

景子と同じく合宿に初参加の早紀が、小声で公一に問う。

「まあね」

公一は苦笑するしかなかった。

教頭はわざとらしい大声で皆を促《うなが》す。

「さあ、早く行こう。それから計画通り昼食だ」

管理事務所を出た一同は、湖畔の芝生を突っ切り、西岸のセミナーハウスに向かう。

葦乃湖は東西に細長い楕円形をしていて、四方は山に囲まれている。バスの入ってきた車道は湖の南側で、車で出入りするにはその道を使うしかない。

湖を取り巻く森の中にはバンガローが点在しているが、いずれも古い上にじめじめとした佇《たたず》まいで、あまり使用されていないのは一目瞭然だ。その代わり、開けた湖畔の草地にカラフルなテントを張っているグループがいくつか見受けられる。家族連れのキャンパーや釣り人だろうが、平日ということもあり、決して賑わっているというほどではない。

元来さして大きくない湖だ。セミナーハウスに向かいながら右手を見ると、鈍色《にびいろ》の湖面の向こうに立入禁止となっている東岸が遠望できた。朽ち果てたバンガローや施設の屋根もいくつか見える。

幸い、売店、キャンプファイヤー広場、テニスコート、レンタルサイクル・ステーションといった主だった施設は西岸や北岸に集中していて、活動に支障はない。もっとも、何年も使われていないような錆《さび》だらけの自転車をここで借りようという酔狂な者は滅多にいないだろうが。第一、売店等は雨戸を閉ざしたまま営業している気配もない。確か去年もそうだった。

目的のセミナーハウスが見えてくるに従い、一同の面上に失望が広がった。特に、初めて来る早紀と景子に顕著だった。何度も来ているはずの公一達でさえ少なからず唖然《あぜん》としている。

セミナーハウスと言っても、もともと山小屋に毛の生えたような施設である。しかも老朽化が著しい。それにしても、去年来たときよりもはるかに状態は悪化していた。

ガラスが何枚か割れたまま放置され、コンクリートの外壁には亀裂が走っていた。スプレー缶塗料による落書きも酷《ひど》い。周囲にはゴミが散らばっている。管理人が補修や手入れどころかろくに掃除もしていないことは明らかだ。

さすがに教頭先生も驚きを隠せないでいる。ただ一人、うわべだけかもしれないが、由良先生のみが普段と変わらぬ無関心な態度を保っていた。

グレイのアウトドアジャケットにカーキのフィールドパンツ。それにザンバランのブーツと足ごしらえもしっかりしている。一方的に副顧問を命じられたという経緯から、野外活動に不案内だとばかり思い込んでいたが、意外と慣れているのかもしれない。

「もうやだ、こんなところに四日もいるの？　絶対耐えられない。あたし、帰る」

「帰ろうったって、木曜までバスは来ないぞ」

駄々をこねる景子に、進太郎がからかうように追い打ちをかける。

「タクシー呼ぶからいい」

「どうやって？　携帯は使えないんだぜ」

「さっきの管理事務所に電話があったわ。管理人に頼んで借りる」

「二人とも、いいかげんにしなさい」

教頭が割って入り、預かった鍵でドアを開ける。

「とにかく中を掃除して弁当にしよう」

内部は外見以上に酷かった。回れ右で外に出てきた教頭は、

「計画は変更。弁当は外で食べることにする。それから、今日の午後はハウスの掃除に専念しよう。野外活動は明日からだ」

セミナーハウスの周辺で、生徒達は思い思いに固まって持参の弁当を広げた。

女子は三人で芝生の上に腰を下ろしている。景子以外はそれなりに楽しそうだ。

「公一、俺達はあっちで食べよう」

裕太を連れた進太郎が公一に声をかけてきた。彼の指差す方には手頃な岩が並んでいる。

「朝倉も呼んでやろう」

そう言うと、進太郎は一瞬嫌そうな顔をした。本来は分け隔《へだ》てなどしない公明正大ないい男だが、正義感が強すぎるあまり、人一倍不良を嫌っている。公一はそんな進太郎の気性を熟知していた。

「あいつならもう勝手にやってるよ、ほら」

見ると、確かに隆也は離れたところに独り座り込んで、ボストンバッグからコンビニの袋を取り出している。彼の弁当はどうやらコンビニで買ってきたパンらしかった。やや俯きがちになって黙々とパンを囓《かじ》っている。

公一はため息をついて進太郎、裕太とともに岩の上に腰を下ろした。

自分の弁当は、進太郎や裕太のものと同じく母親の手作りである。隆也に声をかけないでよかったと思った。彼の家はいろいろ事情があると聞いている。彼に嫌な思いをさせるにはしのびなかった。

バスの車内とは打って変わって、景子は饒舌になっていた。車内だけではない、家庭や学校で彼女が今まで溜《た》め込んできたものが、環境の異なる広い野外で一気に吹き出たようだった。

「ねえ、知ってる？　教頭ってさ、噂じゃ柔道の有段者だとか言ってるそうじゃない。あれって、実はとんでもないフカシなんだって」

その話は早紀も聞いたことがある。

水楢中の生徒が隣町の土手で、高校生の不良二人に絡まれている教頭先生を見たというのである。そのとき先生は、手も足も出せず、いいように殴られるばかりであったという。

その話は瞬く間に広まって、ただでさえ嫌われ、疎んじられていた教頭は、さらに嘲笑の的ともなった。以来、教頭の指導に耳を傾ける生徒の数がめっきり減ったのは事実である。

「サイアク。あんな教頭と四日間も一緒なんて。大体さ、教頭の話って、一から十まで建前ばっかりだし、二言目には生徒のため、生徒のためって言うけど、あれで本当に生徒のことを考えてるなんて思えるわけないじゃない」

「やめなよ、景ちゃん。教頭先生が引率を引き受けてくれたおかげで、あたし達、合宿に来られたんだからさ」

茜がやんわりとたしなめるが、景子はかえってむきになった。

「それが最悪だってのよ。そもそもあたしは合宿なんて来たくなかったし、部活だって」

「まあまあ、そう言わないで。四日も山の中にいれば、町に帰ったときに浜屋《はまや》のクレープが十倍はおいしく感じられるんだから」

自分で詰めてきた豆ご飯とトマトサラダの弁当を口に運びながら、早紀は二人の話を興味深く聞いていた。

小宮山景子がクラスで無視され、浮いている――ありていに言うといじめられている――ことは薄々察している。その原因のすべてとは言わないまでも、かなりの部分が彼女自身にあることが段々に分かってきた。頭の悪い子ではない。成績は抜群に良いと聞いている。だから他人が馬鹿に見えてしまうのだろう。それはまた、自分に対する自信のなさの裏返しでもあると早紀は思った。

そんな景子を、茜は友達として一生懸命にフォローしようとしている。景子自身は茜に対して邪険に接しているようだが、その実かなり甘えている。ということは、景子は心の底ではやっぱり茜を信頼しているのではないか――

「早紀先輩」

茜から突然話を振られ、早紀は思わず咽《む》せそうになった。

「なあに」

辛うじて堪《こら》え、笑顔で応じる。

「先輩、ずいぶん可愛らしいお弁当ですね」

「ありがと、嬉しいわ」

「ひょっとして、自分で作ったんですか」

「ええ」

「やっぱり。カロリー計算とかもちゃんとやってるんですよね。さすがー」

むっとして宣告する。

「新条さん、今後私の前でクレープの話は禁止」

「えっ、じゃあチョコの話とアイスの話は」

「全部禁止」

「えーっ」

「なにが『えーっ』よ」

そんなたわいもないことを言い合っているとき、早紀は横に揃えた足の爪先に何かが当たるのを感じた。

見ると、それはピンクの小さなビニールボールだった。

「すみませーん」

小学生の女の子がこっちに向かって駆けてくる。四年生くらいだろうか。さらにその後ろには、一年生か二年生くらいの男の子が続いていた。姉弟でボール遊びをしていたのだろう。

「はい、行くわよー」

手に取って女の子に向かって投げる。あまり褒められたコントロールではなかったが、器用にキャッチした少女は、早紀達に向かって微笑んだ。

「ありがとう、お姉ちゃん」

礼を言って、再び幼い弟とともに去っていった。

「かわいいーっ、家族で来てるんですかね」

「きっとそうね」

早紀も微笑ましい気持ちになって、茜の言葉に頷いた。

4

昼食の後、一同は手分けしてセミナーハウスの掃除に取りかかった。全部は到底無理なのは明らかであったから、少なくとも四日間はしのげる程度を目指すこととした。

まず何より二階の寝室だ。畳敷きの部屋に放置されてすっかり湿っていた布団を運び出し、入口の左右にあるポーチの手すりに掛けて真夏の天日で干す。

布団を運びながら進太郎がぼやいた。

「あの長谷川っておっさん、県から管理費取ってんだろ」

「取ってるのはあの人を雇ってる管理会社じゃないかな」

同じく布団を運びながら公一が応じる。

「おんなじだよ。管理費取っときながらなんにも管理してないなんて、詐欺じゃないか」

「まあ、教頭先生も相当怒ってるみたいだから、合宿が終わり次第、教育委員会を通して抗議してくれると思うよ」

「そもそも教育委員会がいいかげんなんだ。そんな会社に投げっぱなしでチェックもしてないってことは、責任取る気もないいんじゃないの。それに合宿が終わった後に抗議してくれてもさ、俺達はもう今回で引退だぜ」

「そう言うなよ。茜や裕太の代には改善されてると思えばいいんだ」

「あーあ、何事もかわいい後輩のためか。来年はもっと部員が増えてくれてるといいんだがなあ」

教頭先生と由良先生はモップで床を磨き、女子は布巾《ふきん》で懸命に食卓やその周辺を拭く。

トイレ掃除は隆也が自発的に取り組んでいた。そのことを知った皆は一様に驚いたが、隆也自身には、誰もが一番嫌がる仕事を引き受けているという自覚はないようだった。

「朝倉君、キミ、なかなかいいところがあるじゃないか」

教頭の言葉に、隆也はけだるそうに答えた。

「オレ、ウチでも毎日やらされてますから」

その日の午後は、計画ではセミナーハウスや関連施設の点検ののち、湖畔の散策、そして夕食のカレー作りであったが、掃除だけでほぼ半日が潰《つぶ》れてしまった。

カレー作りは急遽中止、夕食は各自持参のカップラーメンということに決まった。

しかし、その夜のキャンプファイヤーはあくまで実行する——それが脇田教頭の判断だった。計画や規則の遵守にこだわる教頭先生らしいと公一は思った。

夕刻が近づいていた。一同は急ぎ湖の北西にあるキャンプファイヤー広場へと設備の点検に向かう。

幸い、施設の器具に不具合はないようだった。しかし広場の隅に設置された薪《たきぎ》置き場には、薪のストックがほんの少ししか残っていなかった。どう見てもこれだけではキャンプファイヤーには足らない。

「一体どうなってるんだ」

思わず毒づいた教頭が、慌ててごまかすように一同を振り返り、

「女子と一年生の日吉君はセミナーハウスに戻り、干してあった布団を取り入れ、夕食の準備にかかること。他の男子は先生達と一緒に薪の補充に行く」

そう言うと先に立って歩き出した。公一達は言われるまま教頭の後に続く。

途中でセミナーハウスに戻る女子や裕太と別れ、教頭は足早に管理事務所に向かった。

「薪でしたら、裏にありますから適当に持ってって」

教頭の詰問に対し、管理人の長谷川は例の横柄かつ適当な口調で答えた。

言われた通り管理事務所の裏に回ってみると、少量の薪が乱雑に散らばっているだけだった。全部かき集めたとしてもまだまだ足りない。

再び管理事務所のカウンターに取って返し抗議すると、

「薪は倉庫にしまってあります。ここでは利用者が必要な分だけ自分で取りに行くというシステムな

んです。鍵はかかってませんから」

さっきと異なる答えが返ってきた。

「倉庫って、どこなんですか」

「ここに書いてあります」

カウンター越しに、長谷川は古びたパンフレットを教頭に差し出した。

公一と進太郎も左右から覗き込む。サインペンで北岸に記された丸印がどうやら倉庫の場所らしい。今いる管理事務所とは湖を挟んでほぼ正反対の位置だ。

偉そうな態度とは裏腹の長谷川のやる気のなさに、一同は怒りを通り越してすっかり呆れてしまった。

「仕方がない。由良先生、申しわけないが、一足先に倉庫まで薪を取りに行ってくれませんか。私らはここにある分を集めて広場に運んでから、すぐに倉庫に向かいます」

「分かりました」

由良先生は特に不満そうな様子もなく、教頭からパンフレットを受け取ると、身を翻《ひるがえ》すようにしてさっさと歩み去った。

セミナーハウスに戻った女子と裕太は、バケツリレーの要領で手早く布団を二階の寝室に取り込むと、夕食の支度に取りかかった。

支度と言っても、なにしろメインはカップ麺であるから、湯を沸かすだけで事足りる。後はせいぜい、サイドメニューの缶詰やチーズ、デザートの菓子類を盛りつける程度である。

「どう、これ？」

早紀が食卓に花を飾った。水で満たされたカップ酒の空き瓶に、可憐な白い花が生けられている。

「わあ、すごいかわいい！　どうしたんですか、そのお花」

茜がぱちぱちと小さく拍手しながら歓声を上げる。

「表に生えてたのを摘んできたの。花瓶は二階に転がってたゴミだけど、ちゃんと洗ったから」

「イイっすねー、さすが副会長」

男子の裕太も思わず目を細めている。

早紀の用意した白い花は、殺風景極まりない食卓で、一点の火を点《とも》したように柔らかく輝いて見えた。

二階の寝室は、ドアから突き当たりの窓まで まっすぐに通路が延びており、その左右が布団を並べるための畳敷きとなっている。畳の部分は一段高くなっており、寝るときは靴を脱いで上がり込む形となる。

あたし、どうしてこんな所にいるんだろう――

畳の端に腰掛けて、景子は独りぼんやりと考えた。

階下からは茜達の歓声が聞こえてくる。

馬鹿みたい、こんな酷い小屋で、一体何が楽しいんだか――

苦々しい思いで開け放たれた窓から外を見る。ちょうど対岸の東側が見晴らせる位置だった。

毒々しいまでに赤い西日の中に、一際高く大きくそそり立つ廃屋の黒い屋根がくっきりと遠望される。

ぞくり、とした。

聞いたことがある。確か小学生の頃だ。葦乃湖キャンプ場でレストランを経営していた男が、自ら頸動脈を切って自殺した。その血はレストランの屋根まで高く噴き上がったという。県南の人間なら一度は耳にした都市伝説だ。一時は心霊スポットとして騒がれたりもしたが、今ではすっかり忘れられている。

キャンプ場から客足が遠のいたのは、その事件がきっかけでもなんでもなく、携帯電話が使えないからだということはもうみんなが知っている。また実際にはそんな事件などなかったということも。レストラン『湖畔亭』が閉店したのは、携帯の不通でキャンプ場自体から客足が遠のいたことによる経営難が原因だったのだ。

だとしても――

景子は寒そうに両手で左右の二の腕をこすった。

だとしても、この景色はとても嫌な感じがする。

こんなとこ、来るんじゃなかった――


水の入った大鍋が湯気を上げ始めた。プロパンガスの火を一旦止め、野外活動部の備品であるアルマイトの食器セットにシーチキンを盛りつけていた早紀達は、銃声のような音を聞いたように思った。

「なに、今の？」

皿を並べていた手を止めて、茜が顔を上げる。

「さあ、鉄砲の音みたいでしたけど」

「鉄砲？　そんな――」

そんな馬鹿な、と早紀が言いかけたとき、今度は立て続けに遠い破裂音が聞こえてきた。

「やっぱり銃声ですよ、あれ」

裕太が興奮したように言う。

「ちょっと二階から見てみようか」

茜の提案に、早紀は率先して階段に向かった。

湖に面した寝室に入ると、窓から身を乗り出すようにしている景子の後ろ姿が目に入った。

「小宮山さん、なに、今の音」

早紀が声をかけると、景子はびくっとしたように振り返って、

「分かりません、音だけが湖を渡ってきて……管理事務所、いや駐車場の方でした」

茜と裕太が景子を挟み込むような格好で窓から半身を突き出す。

「ここからじゃ森に隠れて管理事務所も駐車場も見えませんね」

裕太が早口でそう言った途端、またも立て続けにあの音が聞こえた。

全員が「ひっ」と身をすくませる。

「もうっ、なに、なんなのよ一体!」

景子がヒステリックに喚《わめ》く。

「みんな、窓から下がった方がいいわ」

早紀は体が震え出すのを自覚しながら後輩達に注意する。

同時に考えていた。音は管理事務所か駐車場の方から聞こえてきたという。何が起こったのか分からないが、公一君やみんなの身に何かあったら——


「なんだ?」

薪を抱えて湖畔を歩いていた公一が振り返る。

「駐車場の方だったな、今の」

同じく薪を抱えた進太郎が、

「車のパンクじゃないのか」

顔を見合わせていると、さらに数回、同じ音が聞こえてきた。

「やっぱりパンクかな」

首を傾げた進太郎に、隆也がぼそりと呟く。

「そんなに立て続けにパンクが起こるわけねえよ」

「だったらなんだって言うんだよ」

進太郎が抱えていた薪を足許に投げ捨てる。

「さあ、銃声とか?」

「銃だって? 誰がどうしてこんな所で銃なんか撃つんだよ?」

「オレが知るわけないっしょ、久野センパイ」

「なんだと」

二人の間に割って入るように教頭が言う。

「地元の猟友会の人が猪を撃ってるのかもしれんぞ」

「こんな季節にですか。違いますよ、先生。音が近すぎますって、絶対」

公一は顔色を変えて反論する。

「じゃあ、先生がちょっと様子を見てくる」

教頭は抱えていた薪を置いてもと来た方へ歩き出した。

「君達は先に広場へ行っててくれ」

「僕達も一緒に行かせて下さい。なんだか気になるんで……お願いします」

「うーん、まあ、いいだろう」

公一の頼みに、教頭は特に反対しなかった。


駐車場は昼間の光景とは一変していた。

所狭しと様々な車やバイクが駐められ、異様な男達に占拠されている。全員若い。三十を越えていそうな者は一人もいない。彼らの多くはジャージのような服をまとい、シルバーを基調とした光り物のアクセサリーをこれ見よがしに身につけている。到底まともな人間ではあり得なかった。

公一にとっては、ネットの検索画像で見慣れた服装や装身具。

まさか、こいつら——

駐車場の入口付近、すなわちキャンプ場に出入りするための唯一の道は、縦に駐められた複数のワンボックスカーによってバリケードのように封鎖されている。

「これは……」

教頭先生以下、全員がその場に立ち尽くして目を見張る。

昼間も駐まっていた赤いセダンのフロントガラスに、丸い弾痕《だんこん》がいくつも開いている。運転席と助手席に、血まみれになった若いカップルの姿が見えた。明らかに死んでいる。さっき聞こえた銃声はこれだったのだ。

「おい、なにやってるんだ」

背後から横柄な声が聞こえてきた。管理人の長谷川だ。

億劫そうに歩いてきた長谷川は、眼前の光景を一目見て、公一達と同じく顔色を変えて立ち止まる。

男達が一斉にこっちを見た。醜悪で、吐き気のするような非人間的な目つき。

公一は慌てて背後を振り返った。自分達の周囲は、いつの間にかナイフやライフルを手にした男達に固められている。すでに逃げ出すこともできなかった。

「管理事務所の者だが、ここで騒ぐんなら警察に通報……」

そこまで言いかけてからセダンの中の死体に気づいた長谷川が、目を見開いて今さらのようにあたりを見回す。

「はあ？　なんだって？　おっさん、今の、もういっぺん言ってみ？」

嘲笑を浮かべて男の一人が挑発する。

「わた、わたし、は……」

頭皮と顔中に脂汗を浮かべた長谷川は、舌がもつれたようになってほとんど答えられずにいる。

「はあ、聞こえねえぞ？」

「あ……わ、わた……」

「どうした、ちゃんとしゃべれよオラ」

長谷川は突如意味不明の絶叫を上げ、目の前の男を突き飛ばして逃げ出した。腹の突き出た体軀《たいく》からは想像もつかない勢いだった。道をふさぐバリケードの方を目指してまっすぐに走っていく。

その前には、頭を丸刈りにした男が一人立っているだけだった。長谷川はその男を突き倒し、ワンボックスカーの合間を抜けて逃げる気だ。

丸刈りの男が片手を背中に回し、隠し持っていた金属バットを引き抜いた。

次の瞬間、男はフルスイングで長谷川の頭を叩《たた》き割った。

異様な形に変形した頭部を乗せた長谷川の胴体が、仰向けに倒れる。

男は得意げに血の付着した金属バットを振り回し、仲間に向かって二、三回素振りをしてみせる。

それを見て周囲の男達がげらげらと笑った。

公一は全身が硬直して一歩も動けなくなっていた。

ライフルを手にした十数人の男達がオートバイに跨《また》がり、黄昏《たそがれ》のキャンプ場に突っ込んでいく。

間もなく、キャンプ場のあちこちから絶え間ない銃声と悲鳴が聞こえてきた。

公一はただそれを、夕暮れの現実ではなく、夜明けの悪夢のように聞いていた。

5

「よーし、次はこいつらだ。順番にそこに並べろ。一人ずつ頭カチ割ってやっから」

金属バットを持った丸刈りの男が、素振りをしながら公一達の方へ近寄ってくる。

「ガキは殺すなって言われてんだろがよ、バーカ」

男達の一人が制止する。だがその口調はあまりに軽い。

「そっか、じゃあ、そこの先公みてーなオヤジだけ殺《や》っとくか」

教頭先生に向かって丸刈りがバットを振り上げる。

「先公も殺すなって言われてなかったっけ？」

別の男が口を挟む。

「どうだったかなー」「どうでもいーじゃん」「とりあえず殺っとけば？」「そーそー、殺っとけ殺っとけ」

周囲の男達が口々に勝手なことを囃し立てる。異常なテンションだった。覚醒剤か何かの薬物をやっているに違いない。

「でもよー、もし後で溝淵君に叱られたらどーすんよ」

誰かの一言で男達が瞬時に黙り込む。

あまりの衝撃に判断力を失いかけていた公一は、唐突に現実へと引き戻されたように我に返った。

〈ミゾブチ〉。そう聞こえたような気がした。

「しゃあねーな」「じゃあオヤジも一緒に連れてくか」「そうすっか」

男達は公一達を取り囲んだまま歩き出した。どこへ向かっているのかは分からない。

「おめえら、逃げたらどうなるか分かってんな？」

中の一人が、歩きながら大きなナイフで教頭先生の頬をぴたぴたと叩く。

背中を何かで小突かれて公一は反射的に背後を振り返った。ライフルの先端だった。

「なに見てんだよ。前見て歩け前をよ」

「おめえらもさっさと歩け。こっちは忙しいんだよ」

進太郎と隆也は、丸刈りの男にバットで交互に後頭部を小突かれている。長谷川の頭を粉砕したばかりの血まみれのバットだ。こちらから男達に質問を発することなど思いもよらない。押し黙ったまま相手に従うしかなかった。

遠くからの悲鳴と銃声は依然として続いている。

銃声？　みんな殺されているのか？　長谷川さんのように？

状況がまるで分からない。それだけに一層恐ろしさが募った。

周辺にはすでに夕闇が漂い始めていたが、まだ湖畔の情景は辛うじて見渡せた。

初老の釣り人が必死の形相でこちらに向かって逃げてくる。声を張り上げて助けを求める余裕さえなく、猛然と走っている。その頭部が轟音《ごうおん》とともに破裂したように消滅した。頭部を失ってつんのめるように倒れた死体の向こうから、ショットガンを手にしたスキンヘッドの男が現われる。そのさらに一〇メートルほど背後では、同じく逃げようとした中年女性の襟首をつかんで引き寄せた別の男が、手にしたナイフを女性の背中に深々と突き立てるのが見えた。

そして、湖畔に張られたテントに次々と散弾を撃ち込んでいく男達も。籠もった悲鳴とともに飛び散った血肉が、テントを内側から叩く音が聞き取れた。

これは本当に現実の光景なのだろうか。公一達はもう声を発することさえできなかった。

芝生に巡らされた小径の分岐にさしかかった男達は、セミナーハウスの方へと足を向けた。

彼らはセミナーハウスを目指している。公一の胸の中で不安が急速に膨れ上がった。

小椋さんやみんなは――まさか、もう――

芝生のあちこちに、血まみれの死体が点々と転がっている。湖から吹きつける夕暮れの風に乗って、血汐《ちしお》の臭いが公一達の鼻を衝いた。本来は爽《さわ》やかなはずの水辺の風に、耐え難い吐き気を覚える。

進太郎がついに堪え切れず、立ち止まって昼に食べた弁当をその場に吐いた。

「うわ、汚ねえっ」

周囲の男達が一斉に避ける。

「このガキ、てめえのゲロがオレらの服に付いたらどうしてくれるんだ」

丸刈りの男が金属バットで進太郎の背中を叩く。悲鳴を上げる親友を横目に見ながら、公一はどうすることもできなかった。

「オラ、さっさと歩け。今度吐きやがったらブッ殺すぞ」

ハンカチで口を押さえた進太郎は、目に涙を溜めて再び歩き出す。

薄闇の中に、セミナーハウスが見えてきた。

入口の前で、早紀や裕太達が今にも泣き出しそうな顔で数人の男達に囲まれている。

「あっ、公一君！」

こちらに気づいて、早紀が声を上げる。

「小椋さん！」

公一が返答すると、後ろからいきなり蹴り飛ばされた。ひとたまりもなく土の上に倒れ込む。

「オレらの許可なしで勝手に口きいてんじゃねえ。殺すぞ」

男の一人が野卑なだみ声で威嚇する。

口の中に入った土を吐き出しながら、公一は痛みを堪えて立ち上がった。

「おめえらもあっち行って並べ」

男達に小突かれながら、公一、教頭先生、進太郎、それに隆也は早紀達四人とひとかたまりになってハウスの前に立たされた。

そのとき、子供達の激しい泣き声が聞こえてきた。小学生らしい女の子と男の子が別の男達に囲まれて公一達と同様に引き立てられてくるのが見えた。

「あっ、お姉ちゃん！」

早紀に気づいた女の子が、弟らしい男の子の手を引いて駆け寄ってくる。どうやら知り合いらしい。

二人とも全身に血の飛沫《ひまつ》がついていた。間近で誰かがショットガンの犠牲となったのだ。それは、おそらく二人の――

「早くこっちへ！」

早紀が腰を屈《かが》めて二人を抱きとめる。子供達は泣きじゃくりながら、

「お父さんとお母さんが……鉄砲で……」

「えっ！」

「血がいっぱい出てて……早く病院へ……」

二人を連れてきた男達の一人が銃口を向け、

「勝手に動くんじゃねえ。親と一緒の所に送ってやろうか」

二人をかばうように、早紀が腕を大きく回して胸の中に囲い込む。

「泣かないで、お姉ちゃんがついてるから、ねっ」

そこへ、耳につく甲高《かんだか》い声がした。

「おまえら、ガキは全員集めたか」

「うぃっす」

男達が一斉に低頭する。

見ると、ハンディトランシーバーを耳に当てた背の低い男が、護衛らしい黒人の大男二人を従えて歩いてくる。

「なんだ、これだけか。えらく少ないじゃないか。いくらしけたキャンプ場でも、もうちょっといるんじゃないのか」

「それが……」

姉弟を連行してきた一団のリーダーらしき男が言いにくそうに、

「広井《ひろい》の奴が調子に乗って片っ端から殺っちまって……あいつ、冷たいの（覚醒剤）をえれぇキメまくってて」

「しょうがねえな。それで広井のバカは」

「堀川《ほりかわ》らと合流して〈赤い屋根の小屋〉を探してます」

ふん、と不機嫌そうに鼻を鳴らした男は、再びトランシーバーに向かって何事かを命じていたが、その場にいる教頭に目を留めて、

「なんだ、このオヤジは」

ショットガンを手にした男が答える。

「先公みたいです。こいつらと一緒に駐車場にいたんで、念のためと思って一応連れてきたんすけど」

「先公？　誰が先公まで連れてこいって言ったよ」

「じゃ、殺しときますか」

男が銃口を教頭先生の頭部に押し当てる。

「バカ、入口の前にグシャグシャの死体があったら出入りの邪魔だ。第一、靴が血で汚れるだろ」

中学生である公一よりも背の低い男は、わずらわしそうに舌打ちし、

「まあいい、じゃあガキと一緒に中へ入れろ。手筈《てはず》通り全員のスマホや携帯は取り上げとけよ。通話

はできないかもしれないが、メッセージでも残されると厄介だからな」

「あの、阿比留《あびる》君」

管理人を撲殺した男が進み出た。

「なんだ、石原《いしはら》」

阿比留と呼ばれた小男が面倒くさそうに振り返る。

「どうしてガキどもだけ生かしとくんすか。どうせ後で全員ぶっこむんだし、それまで見張るのって面倒なだけじゃないすか。だったら今殺っちゃいましょうよ。ここ汚さないようにちゃんと水辺の方で殺りますから」

「石原、てめえ、溝淵君の話、聞いてなかったのか」

阿比留が耳障りな甲高い声で一喝する。その背後に控えた二人の黒人が殺気を漲《みなぎ》らせてずいと歩み出た。

石原は凍りついたように凝固している。

今度こそ公一もはっきりと聞いた――〈溝淵〉という名を。

『関帝連合』のカリスマ的リーダーにして振り込め詐欺グループのボス、溝淵。

するとこいつらはやっぱり――

「ガキってのはな、いくらでも使い途《みち》があるんだよ。いざというときには人質にもなるし、弾避《たまよ》けの盾代わりにもなる。蔡《さい》のグループがいつ金を横取りに乗り込んでくるか分からねえってときに、石原、てめえは一体ここに何しに来たんだ、ええ？」

黒人の一人がいきなり石原の頬を殴りつけた。決して小さくはない石原の体が紙屑《かみくず》のように吹っ飛ぶ。

「行くぞ」

阿比留が先頭に立ってセミナーハウスの中に入る。公一達は選択の余地もなく中に押し込まれた。

一階の内部を見て回った阿比留は、次いで二階に上がる。男達も後に続いた。頬が腫れ上がって化け物のような顔になった石原が、鬱憤をぶつけるかのように金属バットで食卓の上にあった白い花の生けられたガラス瓶を叩き割った。

公一の横を歩いていた早紀が息を吞む音が聞こえた。早紀は大きな瞳に涙を溜めて無残に砕け散った即製の花瓶を見つめている。きっと彼女の心づくしの装飾であったに違いない。早紀は自らをも励ますように目をつむって幼い姉弟の手をぎゅっと握り締めた。

「よし、二階にしよう。全員上がってこい」

階上から阿比留の声がした。男達に促されて二階に上がった公一達は、三部屋ある寝室の一つに押し込められた。

「オラ、早くしろ」

銃で脅されていては靴を脱ぐ余裕など到底ない。皆土足で通路左側の畳の上に駆け上がり、隅に固まる。

「よし、石原と仲崎《なかざき》、おまえらが見張りに残れ。逃げようとする奴がいたら殺っちゃっていいから」

阿比留が公一達に聞かせるように言う。

「佐々木《ささき》と山野《やまの》は一階で待機。あとの者は他の班と合流して赤い屋根の小屋を探しに行け。まだどの班からも見つけたって連絡はない。どこにあるか分からんが、絶対に蔡のグループより先に四十億を見つけるんだ。分かったらさっさと行け」

男達が一斉に部屋から出ていく。金属バットを持った石原と、ショットガンを持ったもう一人の男――仲崎がドアの両脇に立って公一達を睨みつける。

背後に二人の黒人を従えた阿比留は、右側の畳の縁に腰を下ろし、トランシーバーでひっきりなしにあちこちと連絡を取っている。

二人の黒人はそれぞれ黄色いトレーナーとポロシャツを着ていた。ともにキングサイズなのだろうが、それが子供服とも思えるほどに二人の巨体にぴっちりと食い込んでいて、今にもはち切れそうだった。

真ん中の通路を入れても十畳ほどの広さしかない室内に、幼い姉弟の泣き声が響く。無理もない。この子達は両親が射殺されるのをまのあたりにしたばかりなのだ。

「うるせえな」

阿比留がトランシーバーを耳から離し、

「誰かガキを黙らせろ。おい石原」

「うぃっす」

「あと三分でガキが泣き止まなかったら、そこの窓から放り出せ。勢いをつけて思い切り遠くにな」

腫れ上がった顔を歪《ゆが》ませて石原が不気味に笑う。

「うぃっす」

早紀が慌てて二人の子供をあやすように話しかける。

「ね、二人とも、お姉ちゃんに名前教えて。私は小椋早紀っていうの。水橧中学の三年生。あなたは？」

「日野《ひの》……みちるです」

懸命に嗚咽《おえつ》を堪えながら姉が答えた。

「九鳴《きゅうめい》小学校四年生です。弟は日野聡《さとし》って言います。一年生です」

「みちるちゃんと聡くんか。よろしくね。怖いだろうけど、ちょっとの間だけ我慢しててね」

弟の聡がしゃくり上げながら早紀に向かい、

「ねえ、お父さんとお母さんはどうなったの？」

「それは……」

「病院に行けばお父さんもお母さんも元気になるの？」

早紀は咄嗟《とっさ》には答えられなかった。大人びて見える早紀もまだ中学三年でしかないのだ。

狼狽《ろうばい》する早紀の様子を見て、聡が再び声を上げて泣き始めた。

阿比留が冷ややかに命じる。

「石原、そのガキ放り出せ」

「うぃっす」

早紀が慌てて聡の口を押さえる。しかし石原は嗜虐《しぎゃく》の笑みを浮かべて近寄ってくる。

その前に、脇田教頭が立ちふさがった。

「やめて下さい」

「どけジジイ」

石原がバットの先端で教頭の腹を突く。教頭はうっと呻《うめ》いて前屈みに倒れた。

「教頭先生！」

助け起こそうとする公一達を手で制し、教頭は喘《あえ》ぎながら言った。

「こんなことをして、ただで済むと思ってるんですか」

「思ってるよ」

答えたのは阿比留だった。

「用が済めばすぐに高飛びだ。目撃者は皆殺しにしてな」

「すぐに警察が……」

「は？　警察？　誰が連絡するの？　どうやって？」

教頭が黙り込む。この周辺では携帯電話は使えない。管理事務所の固定電話は最初に押さえられているだろう。キャンプ場に通じる唯一の道は封鎖されている。この時間になってからやってくる客はまずいない。たとえいたとしても、封鎖された車道の終点前で車を止められ、そこで殺される。今ここに集められた水楢中学野外活動部の関係者と二人の子供以外は、すでに全員殺されたらしい。何もかも計画通りなのだ。

公一は来る途中でバスの中から見かけた不審な車やバイクを思い出していた。すでにあの時点で関帝連合は先発隊を派遣し、キャンプ場へ向かう車や周辺の様子をチェックしていたに違いない。

一人で薪を取りに行った由良先生ももう――

「どうして……一体どうしてこんなことを……」

力なく呻く教頭に、阿比留はあくまでそっけなく、

「おまえらには関係ねえ。一分でも長生きしたけりゃ黙っておとなしくしてろ。石原、もういい、下がってろ」

早紀の胸の中で聡の泣き声が小さくなっていた。喉が嗄《か》れて声が出なくなったのだ。

気勢を削がれた石原がやむなく元の位置に戻る。

阿比留は再びトランシーバーで忙しそうに連絡を取り始めた。

その様子を見つめながら、公一は必死に頭を巡らせる。

〈赤い屋根の小屋〉〈金〉〈蔡のグループ〉〈横取りに乗り込んでくる〉〈四十億〉。

こいつらは間違いなく関帝連合だ。このキャンプ場で金を探している。それは赤い屋根の小屋にあ

るが、キャンプ場内に数あるバンガローのうち、どれが目的の小屋なのかまでは知らない。けれど、キャンプ場全体を封鎖し、利用客を皆殺しにしてまで大々的に探す理由は。皆が気づかないうちにこっそり探せばいいじゃないか。

分かった――〈蔡のグループ〉だ。きっと関帝連合内部で溝淵と対立する派閥に違いない。

関帝連合を構成するメンバーの出自には様々な母体がある。何かの記事かウェブサイトで見た。人種もまた同様で、現に目の前に二人の黒人がいる。特に中国残留孤児二世や三世によって結成されたグループと合流し勢力を拡大したという経緯もあって、凶悪な武闘派の多い中国系の派閥は、関帝連合内部でも溝淵派に次ぐ一大勢力を形成しているという。そのリーダーが〈蔡〉なのだ。

蔡も金を狙っている。そいつらがやってきたら、血で血を洗う抗争になるのだろう。だからその前に見つける必要があった。一分一秒を争うから、キャンプ場に居合わせた人を皆殺しにするしかなかったんだ。探している金は四十億円。こいつらにとっては、人の命よりはるかに価値があると思える金額だろう。それを見つけたら、すぐに僕達も殺して、キャンプ場どころか日本から逃げる気だ――

階下から男達の声が聞こえてきた。

――あっ、溝淵君、お疲れさまっす。

溝淵だって？

公一は身を硬くする。

階段を単身で上がってくる軽快な足音。

「よう」

日焼けした自堕落そうな長髪の男が寝室に顔を出す。

「お疲れさまっす」

立ち上がった阿比留をはじめ、室内の男達が最敬礼する。

こいつが溝淵――

公一には素材も分からないようなぴかぴかした黒いシャツを着た男は、室内を興味深そうに見回し、

「へー、こっちはこうなってんの。ガキはこんだけ？　なんか少なくね？」

「広井が調子こいて殺っちまったそうです」

阿比留が答える。

「そっかー、ま、いいんじゃない。どうせ殺すんだし。それほど見張りに人手を割ける状況でもないし。それより、赤い屋根の小屋はまだ見つからないんだって？」

「はい、管理人室にあった配置図を元に片っ端から当たってるとこなんですが、どのバンガローも屋根は黒か茶色で、赤なんて一軒も」

「管理人に聞けば？　そしたら一発だろ。阿比留、いつも頭キレッキレのおまえらしくもないじゃない」

どうやら阿比留は溝淵の側近か参謀格らしい。

「それが、管理事務所にもいなくて」

仲崎が横目で石原を見て、

「あの、管理人なら、石原がぶっこんじゃいました」

「なに？」

溝淵の声がにわかに怒気を孕《はら》む。それを察した阿比留が、背後の黒人に眼で合図する。

頷いて歩み出たトレーナーの黒人が、石原をまたも容赦なく殴りつける。

倒れた石原が、すぐに起き上がって直立不動の姿勢に戻る。その顔はさらに醜悪なものになっていた。

「石原よお、おまえのせいでえれぇ手間をかける羽目になっちまったよ」

「はい……」

溝淵が震える石原の肩に手を置いて、

「これで蔡の奴らが来ちゃったら、おまえ、どうする？」

「オレが真っ先に突っ込んで皆殺しにしてやります」

「ようし、それでいい。頼りにしてるよ、石原」

「はいっ」

石原が忠犬さながらに勢い込んで返答する。

これが溝淵のカリスマか――

嫌悪と憎悪、それに恐怖が渾然《こんぜん》一体となって腹の底から湧《わ》き上がる。公一は全身の震えを抑え込んで溝渕を見つめた。

「おい、おまえ」

その視線に気づいたのか、溝渕が目ざとくこちらに向かって問いかけてきた。

「名前は」

返答しないでいると、仲崎が怒鳴った。

「てめえ、溝渕君が訊《き》いてんだよ。返事しねえか」

「弓原公一」

「弓原君か。おまえ、このキャンプ場には詳しいか」

「…………」

「さっさと答えろ」

再び仲崎が喚いた。

「普通くらい」

「そうか、普通くらいか」

溝渕は面白そうに、

「おまえ、赤い屋根のバンガロー、どこにあるか知ってる？」

「知りません」

「本当か」

近寄ってきた溝淵が公一の目を覗き込む。一見俳優のような溝淵の目は強烈で、なおかつ粘り着くような嫌な光を放っていた。

「教えてくれたら、おまえだけは助けてやってもいいんだぞ？」

「僕だけですか」

「なに？」

「全員じゃないんですか。だって、四十億がかかってるんでしょう？」

「おまえ、四十億ってどうして知ってる」

「そこの阿比留って人が仲間に言ってました」

「てめえ、溝淵君と駆け引きでもするつもりか」

吠える仲崎に構わず、溝淵は公一の間近にしゃがみ込み、

「中坊にしちゃ面白い奴だな、おまえ」

「…………」

「おまえら、部活かなんかで来てんの？」

「野外活動部の合宿です」

「部長、だれ」

「僕です」

「だろうな」

溝淵が目尻に皺《しわ》を作って笑う。

「だったら普通よりかは詳しいんじゃねえの？」

震えるな――震えずに立ち向かえ――

「〈赤い屋根の小屋〉って暗号かなんかですか。もうちょっと手がかりがないと、僕にも答えようがありません」

溝淵の目が光を増した。公一は全身が再びがくがくと震え出すのを感じたが、懸命に堪える。

耐えろ、耐えるんだ――みんなのために――ここを切り抜けるために――そして――

そして？　自分は一体何をしようとしている？　ただの中学生でしかない自分が、人殺しの集団を相手に一体何を？

進太郎や教頭先生らが息を呑んでこちらを見守っているのが分かる。だが一瞬たりとも目を逸《そ》らすわけにはいかない。

「いいだろう」

唇の端を歪めて立ち上がった溝淵は、阿比留の方を振り返り、

「管理事務所へ引き上げるぞ、阿比留。グズグズはしてらんねえ。オレらは全体の指揮を執らなくちゃな」

「はい」

阿比留は早紀、茜、それに景子の方を一瞥《いちべつ》し、仲崎と石原に向かって釘を刺した。

「おまえら、どうせ殺すんだからこいつらをヤっちまおうなんて考えるんじゃねえぞ。いつ蔡が攻めてくるか分からねえんだからな。金さえ手に入れば女なんか好きなだけヤり放題だ。分かったな」

「うぃっす」

二人は神妙に頷いたが、石原は不服そうな目で早紀達の方をちらりと見た。阿比留に言われなければ明らかにやる気だったのだ。

溝淵は部屋を出る前に再び公一に向き直り、言った。

「おまえとはもう少し話したいな。一緒に来い」

否も応もなかった。

先頭に立って出ていく溝淵の後に、阿比留が従う。二人の黒人が、公一の襟首をつかんで前に立たせた。

公一は黒人達から追い立てられるようにしてセミナーハウスを後にするしかなかった。

6

北側の倉庫内で薪を束ねていた由良季実枝は、遠方から聞こえてきた銃声に手を止めて顔を上げた。

銃声は止むことなく短い間隔で断続的に続いている。それとともに駆け回るバイクの排気音。湖面を渡る風に乗って、悲鳴や絶叫も微かに聞こえる。

そしてそれらは、確実にこちらへも接近しつつあった。

窓に近寄り、身を乗り出さないようにして外の様子を見る。濃さを増した夕闇の向こうに、キャンプ場のあちこちで閃《ひらめ》く銃火が見えた。

突然、倉庫のドアが開け放たれた。レミントンM870を手にした男が二人、血走った目で内部を見回しながら入ってくる。頭髪を珍妙な形にカットした男と、眉毛を剃り落とした男だ。眉のない男は腰のベルトにトランシーバーを下げている。

「おまえ一人か」

季実枝は無言で頷く。

「おい、ここの屋根も赤じゃなかったぜ。早いとこ殺って次いこ次」

「分かってるよ」

眉毛のない男に急かされて、珍妙な髪型の男が季実枝にショットガンを向けながら近寄ってくる。

「おまえ、赤い屋根の小屋がどこにあるか知ってるか」

やはり無言で首を左右にゆっくりと振る。

「そうか、じゃあ用はねえ。死ね」

男が引き金を引こうとしたとき、季実枝は無造作に大きく足を踏み出した。

眼鏡を掛けた顔がいきなり目の前に現われて、男は一瞬戸惑ったような表情を浮かべる。

「えっ？」

銃身をつかんでほんの少し向きを変える。発射された銃弾は、眉毛のない男の腹に大孔を開けた。スラグ弾だ。

「てめえっ」

男が力を込めて振り払おうとするが、その前に隠し持っていたアウトドアナイフを腹に突き刺す。男の体から急速に力が失せ、レミントンを呆気《あっけ》なく手放してその場に崩れ落ちる。

「不用意に近づきすぎなの。素人《しろうと》ね」

驚愕に目を見開いたまま、男は子供のように泣いた。

「痛い、痛いよお……」

「私がこのナイフを抜けば数十秒で失血死するわ。それが嫌なら先生の質問に答えなさい」

「なんだと……」

「あんた達、何者？」

「てめえは一体……」

「それはこっちの質問」

季実枝はナイフの刃を捻《ひね》った。悲鳴を上げて男が身を捩《よじ》る。アンフェタミン常習者特有の体臭が鼻を衝いた。

「関帝連合だ」

「関帝連合？」

「知らねえのか。てめえこそシロウトだな」

「強がりはいいから。それで目的は」

「金だ。四十億の金が赤い屋根の小屋に隠されてる。頼む、助けてくれ」

「そのためにわざわざ皆殺し？　分からないわね」

「情報が蔡に漏れた。早くしないと、奴らが金を横取りにやってくる」

「蔡って誰？」

「別の派閥……中国系のリーダーだ。奴ら、チャイニーズ・マフィアと手を組みやがった」

「内輪揉めか。よくある話ね」

「早く……助けて……」

かすれる声で哀願する男に、

「あら、先生を信じてくれたの？　嬉しいわ、ウチの生徒にも見習わせたいくらい。でもね、先生、悪い子には厳罰で臨む主義なの。教育的指導ってヤツ？」

「そんな……」

男の腹からナイフを一気に引き抜くと同時に、返り血を浴びないように素早く体の位置を変える。

「てめえは誰だ……誰なんだ……」

意識が薄れかかっているのだろう、ぼんやりとした口調で男が問う。

「中学校の先生よ」

その返答が聞こえていたかどうか。情けない泣き顔のまま男は絶命した。

死んだ男のシャツで丁寧にナイフの刃を拭く。野外活動部の副顧問を命じられたのは面倒でもあったが利点もあった。万一警察官に職務質問されても、野外活動部の副顧問ならナイフを所持していてもおかしくはない。そうしたことも考慮してオピネルのアウトドアナイフを選択したのだ。

しかし、こうなってはもう〈由良季実枝〉ではいられない。

立ち上がって眼鏡を捨て、後ろで束ねた髪をほどく。短い教師生活だったが、世間知らずで小生意気な子供の相手はもううんざりだ。

不意に、眉のない男の死体の腰にあるトランシーバーから雑音混じりの通話が聞こえてきた。

〈こちら阿比留……及川《おいかわ》、北側の様子はどうだ……〉

〈及川です……赤い屋根のバンガローはまだ見つかりません……〉

〈バカヤロー、そんなんで溝淵君に言いわけできんのかよ〉

襲撃犯達の通話だろう。しばらく耳を澄ませて聴く。大体の状況は分かった。『関帝連合』なる一味の性格も。そのボスが〈溝淵〉という男であることも。溝淵が殺人やそれに近い前歴のある男達を集め、覚醒剤を大量に与えて統率していることも。

日本の裏社会についてある程度は把握しているつもりでいたが、完成されたヤクザ組織ではないストリート・ギャングや半端者達の最新事情など、日本国外では知る由《よし》もない。

また、水楢中学の生徒達がセミナーハウスに監禁されていることも分かった。金が見つかり次第、彼らは間違いなく殺される。溝淵派の手にかかって死ぬか、チャイニーズの手にかかって死ぬか、その違いがあるだけだ。

知ったことではない。

自分が水楢中学に赴任したのは、闇ルートで買った戸籍の主〈由良季実枝〉が、たまたま教員資格を持っていたからにすぎない。追手《おって》や法執行機関の目を逃《のが》れて日本に身を隠すには、教師の身分は持ってこいだった。それがこんな馬鹿げた騒ぎに巻き込まれようとは、想像もしていなかった。また同時に、いい潮時かもしれないと思う。

銃声はキャンプ場のあちこちから今も断続的に聞こえてくる。

道路は間違いなく封鎖されている。この位置からだと、北側にそびえる楠木岳《くすのきだけ》を越えれば離脱できるだろう。道は知らないが、この程度の山なら問題はない。

二人の死人の持ち物を探って現金を奪い、予備の弾薬を上着のポケットに詰め込む。それからショットガンとトランシーバーを手に立ち上がり、ドアの陰から外の様子を窺う。

気配はない。外に出て素早く裏に回り、まっすぐ山に向かう。

歩きながら、自分の所持品を再点検する。フィールドパンツのポケットに手を入れると、何か柔らかい物に触れた。首を傾げて引っ張り出す。

カントリーマアム。個包装されたクッキーだった。

たった今まで忘れていた。バスの中で二年生の新条茜がくれたものだ。

――おいしいですよ。新条茜の保証付きです。

三年生の小椋早紀も楽しげに声をかけてきた。

――由良先生、ほんとにおいしいですよ、そのクッキー。

皮肉なものだ。世界の悲惨を何も知らずに生きてきた中学生達が、間もなく悲惨に死んでいく。

いずれにしても、自分には関係ない。

躊躇《ちゅうちょ》なく山林に踏み込む。

――ほんとにおいしいですよ、そのクッキー。

――ほら、ねっ。

足が、止まった。

無言で背後の湖を振り返る。

腰に引っ掛けたトランシーバーからまた男達の通信が聞こえてきた。

〈皆殺しだ……殺せ……一人残らず殺せ……〉

長い夏の日も完全に山の端《は》に没し、湖はすでに夜となっていた。闇はキャンプ場に転がる死体や惨劇の跡を覆い隠し、所々に設置された照明がその周辺のみを何事もなかったかのようにぼんやりとした光で照らしていた。

阿比留や公一達を従え、手下達が警備する管理事務所に戻った溝淵は、カウンターの後ろにある管理人室に入り、生地のすり切れたソファに座り込んだ。

十畳ほどの室内には、スチール製の事務机や書類棚、備品用ロッカー、応接セットなど管理事務所らしい設備の他に、汚れて黄ばんだ冷蔵庫や、旧タイプの小型テレビとビデオデッキもあった。競馬新聞が広げられたままになっているテーブル上にはピーナッツの食べかすが散乱しており、流し台には洗い物の丼やカップ麺の容器、それにビールの空き缶があふれていた。

剝《む》き出しの蛍光灯の光が中年男の侘《わ》びしい生活感をいや増している。さらに奥のドアの向こうには、長谷川のものらしい布団が見えた。

阿比留は机の前の事務用椅子に腰を下ろす。二人の黒人はごく自然にその左右に控えた。

「おまえさ、アタマいいんだろう？」

戸口の近くに立ったままでいる公一に向かい、溝淵はいきなり切り出してきた。

「いえ、別に」

「謙遜すんなって。でもそこにいる阿比留な、タッパはだいぶ足りねえけど、こいつも凄くアタマいいんだぜ。オレの片腕。なにしろこいつ、元公安の刑事の息子でさ、サツの動きから何から、全部頭に入ってて、ビジネスには欠かせない人材ってワケ」

「やめて下さいよ、大げさですって」

トランシーバーに向かっていた阿比留が振り返って苦笑する。

「いいからいいから。アタマいい奴って、みんな最初は謙遜するのな」

溝淵はそう阿比留に応じてから、

「オレら、ビジネスマンなんだよ。弓原君はどう思ってるか知らないけどさ」

何がビジネスだ、おまえ達のやってることは振り込め詐欺じゃないか――

「ところが、経理担当の男がよりにもよって極めつけのクソ女にそそのかされて、オレらの金をかすめやがった。まあ、そんなバカに任せてたオレも間抜けだったが、危ういところで気がついて、そいつらをラチって痛めつけた。墓場で二人とも素っ裸にひん剝いてガソリンぶっかけてやったんだ。金の隠し場所を吐かねえと火ィつけるぞってな。男の方はビビッてすぐに吐きやがったよ、『金は葦乃湖キャンプ場に隠した、赤い屋根の小屋』ってな。その途中で手下のバカが火を点《つ》けちまいやがった。本人はライターをうっかり近づけすぎたとか言いわけしてたよ。まあ、みんないきり立ってたからしょうがねえって言やあしょうがねえんだが、そこまでしか聞き出せなかったってわけだ」

どこかで聞いた話だ――公一は記憶の底をまさぐる。そうだ、今朝出がけにテレビのニュースでやっていた。あれはこいつらの仕業だったのか。

「最後の方はよく聞き取れなかったが、ともかくそれが〈赤い屋根の小屋〉ってわけだ。間違いない。〈赤い屋根〉だ。確かに丸焼けになった男も女も、この近くの町の出身で、言わばジモティー（地元民）だった。それで隠し場所にここを思いついたんだろうな」

ひっきりなしに手下達と交信していた阿比留が割って入る。

「お話し中失礼します、高本《たかもと》と中橋《なかはし》の班が東側を当たってるんですが、赤い屋根の小屋なんてないと言ってます」

東側。立入禁止になっている区域だ。

少し考え込んだ溝淵が、

「あそこには確か潰れたレストランがあったな。小屋って言うには大きすぎるが、案外それなんじゃねえの？」

「はい、オレもそう思って確かめさせましたが、屋根は全体が黒で赤い部分はないそうです」

「昔は赤で、廃業前に黒に改装したってことは？」

「中橋もジモティーで、ここには幼稚園の頃から何度も来たことがあるそうですが、あのレストランの屋根は昔っから黒だったそうです」

「ふうん」

立ち上がって目の前の冷蔵庫を開けた溝淵は、中から缶ビールを取り出しながら呟いた。

「レストランは湖の東側だ。白なら夕陽を反射して赤に見えるってこともあるかもしれねえが、黒じゃなあ」

そこまで考えていたのか――やはりこいつは他の連中とは違うんだ――

油断しちゃいけない、甘く見てはいけないと、公一は改めて自分に言い聞かせる。

「中橋と高本には捜索を続けさせろ。他の班にもだ。藪《やぶ》の中に埋もれてるバンガローの一つや二つ、あってもおかしくはないからな」

「はい」

阿比留はすぐさまトランシーバーに向かう。

溝淵は開栓したビールを一口呷《あお》り、

「おまえ、野外活動部だっけ、その部長なんだよな」

「はい」

「だったら、なんか思い当たるようなこと、あんじゃないの」

「…………」

「あるんなら、今のうちに言った方がトクだと思うよ、絶対」

正念場だ。

「僕が役に立ったら、みんなを助けてくれるって約束してくれますか」

「もちろん」

嘘に決まっている。しかし、そんな胸中が顔に出ないように注意しながら、

「そうですね……」

間を持たせるふりをして、その間に必死で知恵を振り絞る。

「四十億って、現金でですか」

「うん」

「それって、相当かさばるんじゃないですか。たった二人でこんな所まで運んで隠せるもんなんでしょうか」

「おまえ、やっぱりアタマいいな」

溝淵がにやりと笑った。阿比留が横目でこちらを見る。

「墓場で丸焼けになった二人はな、四十億をユーロに替えて引き出したんだ。五百ユーロ紙幣だから、金額はでかいがトランク二、三個分てとこだ。二人でも充分扱える」

「でも大金ですよね。そんなお金、どうやって稼いだんですか」

溝淵の顔色が急変した。

しまった――

溝淵が手にした缶ビールを投げつけてきた。咄嗟に首を曲げて危うくかわす。

缶ビールは公一の頬をかすめ、背後の壁に大きな音を立ててぶつかった。床に転がった缶から、黄金色の液体が広がっていく。

「おまえ、何狙ってやがる」

足がまたもがくがくと震え出した。立っているのがやっとだった。

「最初から妙な絡み方してきやがると思ったよ。オレも舐《な》められたもんだな、え？　中坊のくせしやがって」

溝淵の手には、いつの間にか拳銃が握られていた。

「部員より一足先に死んどけや、部長さん」

7

「チクショウ、どこにもねえじゃねーか、赤い屋根の小屋なんてよお。和田《わだ》の野郎、ほんとにそう言ったのか」

「ああ、オレも確かに聞いた。でも野口《のぐち》のバカがそこで火ィ点けちまってよ。あいつ、墓地に行く前からキメキメだったから」

ハンドライトとレミントンM870を手にした二人の男が森の中を歩いてくる。黒いジャージの男と、サーフシャツから突き出た腕全体に下手なタトゥーを入れた男だ。

「でもよ、正直言うとオレ、最後の方はよく聞こえなかったんだ。〈赤い屋根の〉までは間違いねえんだが、そのあとがな」

「なんだよ、小屋じゃねえってのかよ」

タトゥーの男に突っ込まれ、ジャージの男が口ごもる。

「いや、そういうわけでもねえんだけど……」

「どっちなんだよ」

「〈小屋〉って聞こえたって誰かが言ってて、オレもそうかなって。どっちにしろ、このキャンプ場にあるのは確かなんだ。赤い屋根の建物さえ見つけりゃ問題ねえ」

「そりゃそうだけどよ」

ジャージの男はいまいましげに、

「くそっ、野口のバカがいなけりゃ、こんなヤバイ橋渡らずに済んだのによ」

だがタトゥーの男は浮かれた口調で、

「けどさー、おかげでスゲー経験ができたぜ。オレ、サバゲー何度かやってるし、借金踏み倒して逃げたクズ野郎を何人か山ン中に埋めたりもしてるけど、本物の人間狩りってのは初めてだぜ」

「サイコーだよな。オヤジ狩りとはえれー違いだぜ」

「バーカ、当たり前だろうが。オヤジ狩りなんかと一緒にすんなって」

「おまえ、今日何匹殺った？　オレ四匹」

「え、オレ三匹だけど」

「なんだよ、オレの勝ちじゃん」

「しょうがねえだろ、もともとここは客が少ないから、いっそ皆殺しにしちまえってことになったんだし――」

そこで突然、タトゥーの男が黙り込んだ。両目を見開き、その場に立ち尽くしている。

「おい、どうした？」

ジャージの男が不審そうに振り返る。

口の端から血が一筋、たらりと垂れたかと思うと、タトゥーの男の体が崩れ落ちた。

俯《うつぶ》せになったその背中に、黒い染みが見る見るうちに広がっていく。

「あっ」

仰天して後ずさったジャージの男の喉がぱっくりと真横に裂け、鮮血が迸《ほとばし》った。

血の噴出が止むのを待って、側の木陰から女の影が現われる。振り返りもせず悠然とその場を後にした影は、すぐに闇に紛れて見えなくなった。


「おい」

トカレフ拳銃を手に森の中を歩いていた男が、前を進む白いサマーセーターの男を呼び止めた。

「なんだよ」

「あれをみろ」

男はトカレフの銃口で森の奥を指し示す。

その方に視線を遣《や》ったサマーセーターの男は、きいきいと音を立てて揺れているバンガローの扉に目を留めた――まるで、たった今誰かが出入りしたように。

無言で頷き合った二人は、足音を殺してバンガローに接近する。サマーセーターの男は腰に下げたサックから大型のサバイバルナイフを抜いている。

トカレフを構えた男がドアの隙間から中を覗く。

鼻を衝く血の臭い。内部には殺された行楽客の死体が三体転がっている。大人の男女が二人。子供が一人。親子連れか。

男は慎重に狭い室内を見回す。ベッドの下。テーブルの陰。誰もいない。他に隠れられる場所があるとすれば、造り付けのクローゼットだけだ。

男はクローゼットに向けてトカレフの銃弾を全弾撃ち込んだ。

内部に躍り込んだ二人がクローゼットの扉を勢いよく引き開ける。

誰もいない。

「やっぱり気のせいか」

ほっと息を吐いて振り返った男に、突然相棒の体がのしかかってきた。

「ちょっ、ふざけるなって、こんなときに」

怒りを覚えてその体をどかそうとしたとき、サマーセーターの背中に何かが突き立っていることに気がついた。

「え……？」

それは、相棒が自分で持っていたはずのサバイバルナイフであった。

いつの間にか、相棒の背後に灰色の影が立っている。女だ。

内部に転がっていた死体の数は、三つから二つに減っていた。

男はようやく悟った――こいつ、死体のふりをしてやがったんだ――

恐慌をきたして逃げようとするが、サマーセーターの死体が邪魔で咄嗟には動けない。

叫び声を上げようとした男の喉を、細いナイフが貫いた。


三台のバイクが爆音を上げて森の中の小径を疾走する。そのうち先頭を走っていたバイクが突如体勢を大きく崩して横転した。

二番目のバイクはそれを避けようとして脇の大木に激突する。寸前で停止した最後尾の男は、バイクから降りて二人に駆け寄った。

「おい、大丈夫か」

大木に激突した男は首が異様な角度で曲がっていた。もうぴくりとも動かない。

最初に転倒した男は、土の上でもがきながら呻いている。

「クソッ、足が折れた、動けねえ」

「こんな所ですっ転ぶなんて、おめえらしくもねえじゃねえか」

「うっせえよ、道になんかあったんだ」

「なんかってなんだよ」

「いいからそこの地面を調べてみろ」

最後尾の男は、先頭のバイクが倒れたあたりにマグライトの光を向ける。キャンプ用の大きなレジャーシートが小径いっぱいに広げられていた。手を伸ばしてどけてみると、その下には薪に使うような大きな丸太が何本も転がされていた。

「チクショウ、一体誰が」

三番目の男は蒼白になった。こんなものが仕掛けられていたら転倒するはずだ。

「痛くてたまんねえ、早く何とかしてくれ」

足を骨折した男が喚く。

「待ってろ、すぐに応援を呼ぶ」

トランシーバーに手を伸ばした男の頭部が、ショットガンの銃声とともに消滅した。

その血飛沫が、折れた足を押さえた男の顔をしたたかに打つ。

恐怖とショックに声もない男の前に、レミントンを手にした女が現われた。

男は慌てて背中へ手を伸ばす。背負っていた銃は、転倒した弾みで失くなっていた。血走った目で周囲を見回すがどこにも見当たらない。

まったくの無表情のまま、女はゆっくりと近づいてくる。

男は土の上を這《は》いずって必死に逃げようとするが、到底逃れられるものではなかった。

「待て、待ってくれ」

男は女に向かって片手を突き出し、懇願する。

「頼むから待っ――」

女がなんのためらいもなく発砲する。

突き出された男の掌《てのひら》と、顔の半分が消滅した。


管理人室で、公一は身動き一つできなかった。

シルバーの大きな指輪を嵌《は》めた溝淵の人差し指が、拳銃の引き金に掛かった。

自分は死ぬ、今ここで――そう直感した途端、ひた隠しにするつもりだった思いが爆発していた。

「振り込め詐欺で集めた金だろう！」

溝淵が目を見開く。

「知ってるぞ、おまえ達は関帝連合だ！　下っ端だけを動かして、自分達は何もしないで大勢の人から大金をだまし取ってる最低のクズだ！」

「へえ、中坊にしちゃ詳しいじゃないか。どこで習った。学校か。塾か」

一転して押し殺したような声で、

「舐めんなよ。今日ここに集まってるのはな、今までに何人もぶっこんでるような連中だ。言ってみれば全員が〈経験者〉なんだよ。今すぐに高飛びしないとパクられそうなのもいる。馴れ合いでヤンチャやってるだけの連中とは気合が違うんだ。銃だって、金に困ってるヤクザがいくらでも回してくれるしな」

「じゃあ蔡のグループがいつ押しかけてきても楽勝だね」

溝淵の目が倦《う》んだような殺気を孕んだ。

「おまえ、もうとりあえず死んどけ」

拳銃を握った手がこちらに向けてまっすぐに突き出される。

そのとき——

「溝淵君」

阿比留が一際甲高い声を上げた。

「隠し場所を捜索してる渡辺《わたなべ》、勝浦《かつうら》の班と連絡が取れません。平岡《ひらおか》の班もです」

「なんだと？」

溝淵が銃口を下ろして阿比留に向き直る。

「無線のスイッチを切ってやがるのか」

「分かりません」

「どういうことなんだ」

そのとき、阿比留の手にしたトランシーバーに通信が入った。

〈こちら杉山《すぎやま》、応答願います〉

「あっ、ちょっと待って下さい」

阿比留がレシーバーからの呼びかけに応答する。

「阿比留だ、どうした」

〈大変です、渡辺が死んでます〉

「死んでるだと？　殺られてるってのか」

〈そうです、奴の班は皆殺しです〉

杉山と名乗った報告者は半狂乱のようだった。

「相手は誰だ。何人いる」

〈さっぱり分かりません。赤い小屋を探してたら、森の中に死体がごろごろ転がってて……〉

「チャカか長物《ながもの》で殺られてるのか」

〈違います。ナイフだと思います〉

「渡辺の班は全員銃を持ってたはずだ。それが一人残らずナイフで殺られてるってのか」

〈たぶん……〉

「たぶんだと？　バカヤロー、はっきりしろ」

〈だって、銃声どころか物音一つ……〉

トランシーバーの向こうで、明らかに銃声のような音が聞こえた。

〈あっ、今銃声がしました。森の方です〉

「すぐ様子を見てこい。何があったか残らず報告しろ」

通信を終えた阿比留は溝淵に向かい、

「蔡のグループでしょう。奴ら、もう来やがったんだ。他には考えられません」

「そんなとこだろうが……待てよ」

溝淵は掌の中で拳銃を弄《もてあそ》びながら、

「駐車場と道路を固めてる田窪《たくぼ》の班はどうなってる」

阿比留はすぐさまトランシーバーで田窪を呼び出し、状況を確認する。

「田窪の方は特に異状ないようです」

「おかしいじゃないか。蔡はチャイニーズ・マフィアと組んで武器と人手をかき集めたって話だ。奴らが押しかけてくるとしたら、田窪の固めてるバリケードを突破するしかない」

「じゃあ誰が渡辺らを殺ったと……」

そこへ杉山から報告が入った。

〈バイク組の三宅《みやけ》が殺られてます。加藤《かとう》と島田《しまだ》もです〉

「殺った奴らはまだ近くにいるはずだ。見つけ出して全員殺せ」

〈オレ達だけでですか〉

「すぐに応援を回す」

阿比留は手許に広げた部下達の配置図を睨みながら手際よく応援の指示を下す。それからカウンターの周辺にいた男達にも声をかける。

「堀口《ほりぐち》、それと菅井《すがい》、おまえらも様子を見に行ってこい」

「はいっ」

二人の男がすぐさまショットガンを手に慌ただしく飛び出していく。

阿比留は溝淵を振り返り、

「やっぱり、蔡のグループが来たとしか思えません」

「来たって、一体どこから」

「それは……」

阿比留が返答に窮する。

「外から来たのでなければ、中にいたと考えるしかないだろうが」

「だとすれば、蔡の手下が先に乗り込んでたんじゃ……」

「それはないな」

溝淵が即座に否定する。

「しかし」

反論しようとする阿比留に、

「おまえ、足りねえのはタッパだけのはずだろ？　オレらが金の隠し場所を訊き出してから、情報が蔡らに漏れるまでのタイムラグを考えてみろ。オレらだってソッコー動いてる。先回りは不可能だ」

阿比留ははっとしたように、

「もしかして、客の誰かがやったって言うんですか？　まさか、そんな」

対して溝淵は真剣な表情で、

「合宿の中坊と先公、それに小学生のガキ二人以外に、生き残っている客がいる可能性は」

「ありません。一人でも逃がすわけにはいかないんで、殺した人数は全部報告させてます。キャンプ場の利用客名簿と照らし合わせてますから、間違いはないはずです。もちろん職員は真っ先に確認済みです。管理人まで殺っちまったのは手違いでしたが」

阿比留は、一冊のファイルを差し出した。

それを見て公一は自分の顔色が変わるのを自覚した。

阿比留のチェックしている青いファイルは、カウンターの上に置かれていた一般客用の利用者名簿だった。セミナーハウス用の利用者名簿はそれとは別になっていた。こいつらはそのことに気づいていない――

さらに、公一はもう一つの事実に思い至った。

由良先生。

北の倉庫に薪を取りに行った先生が殺されていたら、青いファイルの利用者名簿に記入された人数より一人多くなってしまう。阿比留が不審に思わないはずはない。

もしかしたら由良先生が――

一瞬浮かんだ考えをすぐに打ち消す。

新任の代理教員にすぎないあの由良先生が、関帝連合の凶悪犯達を殺害して回っている――到底あり得ない考えだった。

しかし、由良先生がまだ無事でいるのは間違いない。公一は密かに胸を撫で下ろす。また同時に、強烈な危機感が高まっていく。もし由良先生のことを彼らが知ったら、なんとしても見つけ出して殺そうとするだろう。

懸命に昼間の様子を思い出す。管理人の長谷川は、カウンターから奥の部屋に入り、セミナーハウス用の利用者名簿を取ってきた。あの反り返った古い大学ノートは、この部屋のどこかにあるはずだ。

溝渕達に悟られぬよう注意しながら、ドアの横に立ったまままさりげなく室内に目を配る。あるとすれば、備品のロッカーか。いや、あのとき、ロッカーを開け閉めするような音は聞こえなかった。いかにも古い作りのあのロッカーを開けたなら、きっとなんらかの音が聞こえたに違いない。だとすれば、書類棚か。古いノートやファイルが乱雑に並んだ書類棚の中身は、一見しただけではとても判別できない。

だが諦《あきら》めるわけにはいかない。先生の命が懸かっている。今できるだけのことをしなければ。それに、もし先生が無事に逃げ延びてくれれば、きっと警察に通報してくれるはずだ。

公一は焦燥の思いに駆られながら慎重に室内を見回す。

あった――

乱雑に散らかった事務机の上に、ブックエンドに挟まれた書類やノートが並んでいる。その一番右端に大雑把《おおざっぱ》に突っ込まれていた。間違いない。斜めになってはみ出ているため、反り返ったあの形がはっきりと分かった。

だが、机の前には阿比留が座っている。その左右には二人の黒人が。

在処《ありか》が分かっても、手の出しようはなかった。

公一は焦った。溝渕や阿比留ほどの悪賢い奴らなら、もう一つの名簿の存在にいつ気づいてもおかしくはない。

黒人の一人がじろりとこちらを睨む。心臓が破裂したように思った。さりげなく視線を逸らすが、挙動が自然であったかどうか、自信はまるでなかった。

何か言おうとしたのか、黒人がこちらに向かって分厚い唇を開きかけたとき、

「大変です！　仲間があっちこっちで死んでます！」

管理事務所に数人の男達が息せき切って駆け込んできた。

「宮内《みやうち》も坂下《さかした》も殺られてます。きっと蔡の野郎に違いありません。奴ら、もう来やがったんだ」

皆パニックを起こしている。

「分かってる。落ち着いて報告しろ」

溝渕が立ち上がって管理人室を出ていく。阿比留もその後に続いた。二人の黒人も。

今だ――

公一は思い切って素早く事務机の前に移動し、斜めにはみ出たノートを抜き取って夢中でシャツの背中に隠す。ノートの下部をズボンの中に入れ、ずり落ちないように調整する。

突然、ドアの外から黒人の一人が顔を突き出した。ポロシャツを着た方だ。

「妙な気を起こすんじゃねえぞ」

思いのほか流暢《りゅうちょう》な日本語だった。

「逃げようとしたらソッコー死刑だかんな」

それだけ言って、黒人は再びドアの外に消えた。

顔に吹き出た汗を両手で拭《ぬぐ》いたくなったが必死に堪える。背中を見られないように注意しながら元の位置に戻り、壁に背をくっつけるようにして立った。

大きく息を吐きながら思う——このノートだけはなんとしても隠し通さねば。


セミナーハウスの方に向かって木々の合間を移動しながら、〈先生〉は自問していた。

自分ともあろう者が、どうしてこんな馬鹿なことをやっているのだろう——

なんのメリットもないどころか、下手をしたら命取りになりかねない。自分の存在が警察に知られるだけでも致命的だ。なのにどうして。

——私達はね、愛する人のために戦うの。

祖母の教え。幼い頃、砂漠で何度も聞かされた。

——愛する人のためだから、どこまでも強くなれるのよ。

愛する人？　私はあの生徒達を愛しているというのか？

あり得ない。馬鹿馬鹿しすぎて思わず笑いが込み上げる。ほんの一時しのぎの教員生活で、一方的に押しつけられた副顧問だ。自分の目的はあくまでほとぼりを冷ますための潜伏であって、正体を知られないようにひっそりと隠れていられればそれでよかった。

自分が愛するのは、虐《しいた》げられ、抑圧された人民であり、甘やかされた日本の中学生では決してない。

——そのことの本当の意味が、槐《エンジュ》、あなたにも分かる日がきっと来るわ。

一〇メートルほど前方に二人の男の後ろ姿を視認。

レミントンの銃口を四方に巡らせながら、頼りない腰つきで歩いている。戦闘訓練を受けていないことは一目瞭然だ。

右側の男がトランシーバーに向かって怒鳴る。

「こちら大村《おおむら》です。日高《ひだか》も斎藤《さいとう》も殺られてます。テニスコートやその横のクラブハウスも捜しましたが、付近にはそれらしい奴は誰もいません」

〈バカヤロー、いねえはずはねえだろ。もっとよく捜せ〉

気配を殺して背後から接近する。隙だらけだ。タリバンなら銃を手にして三日目の初年兵でもこいつらよりは使えるだろう。

ナイフを振り上げて左側の男の真後ろに立ち、延髄に突き立てる。即死した相手からナイフを引き抜き、通話しながらこちらを振り返った男の喉を掻《か》き切った。

左の男の体で噴出する血飛沫を避ける。血まみれになった男の体を突き倒し、先へ進む。

〈どうした大村、何があった……返事しろ大村……〉

通信の相手がトランシーバーの向こうで喚き続けているが気にはならない。

このキャンプ場では携帯電話は使えない。敵が管理事務所の固定電話で自ら通報しない限り、ここで自分が何をしようが知られることはない。外部に知られる前に姿を消しさえすればいい。大してリスクはないはずだ――

それが自分への言いわけであり、ごまかしであることは自覚していた。そんな理由でもないよりはましである。すべての作戦行動にはなんらかの〈理由〉が必要だ。

フィールドパンツのポケットからクッキーを取り出し、歩きながら包装を破いて口に入れる。バスの中で食べたときよりも、気のせいか、味の特徴がはっきりと感じられた。甘ったるいことに変わりはないが、それ以上の何かがある。

なるほど、可愛らしい味だ――

認めたくはないが、分かっている。これが真の〈理由〉なのだと。


「チクショウ、一体どうなってやがんだ」

口々に罵《ののし》りながら溝淵達が管理人室に戻ってきた。公一はじっとりと汗の浮いた背中をより壁面に近づける。

全員が苛立ちを隠せずにいる。当然だろう。〈赤い屋根の小屋〉も依然発見できないまま、正体不明の襲撃者に仲間が次々と殺されているのだ。

スチール椅子に足を組んで腰掛けた溝渕は、机の上に置かれていた青いファイルに目を留めた。そしてファイルを取り上げ、異様に熱の籠もった目でページをめくっている。

公一は口の中が瞬時に干上がったような感じがした。

「おい」

いつの間にか溝渕がこっちを見つめていた。

「弓原君さあ、この名簿にはおまえの名前が載ってない。他の部員や先公の名前もだ。これって、どういうこと？」

「名簿、ですか。僕達、名前なんか訊かれませんでしたけど」

舌が口内に貼り付いてうまく発音できない。それでもありったけの勇気を振り絞って答える。

「訊かれなかった？」

「はい」

「訊かれもしなかったし、書かされもしなかったって言うんだな？」

「そうです。僕達、セミナーハウスの利用者ですから、学校からあらかじめ教育委員会に届けが出されるようになってるんです。だからここの名簿には……」

「載ってないというわけか」

「はい、毎年そうでした」

溝渕が手にしたファイルをゆっくりと机の上に置き、

「そうか。それが本当かどうか、セミナーハウスにいる女の子達に訊いてみようか。尋問役は石原に任せてもいい。奴なら喜んでやるだろうな。いろいろ面白い〈尋問〉をさ」

「…………」

「どうした、顔色が悪いな」

溝渕は阿比留や外にいる手下達に大声で命令した。

「おまえら、セミナーハウス用の名簿がないか、徹底的に探せ。あるとしたらこの部屋だ」

たちまち数人の男が部屋に雪崩《なだ》れ込んできて、ロッカーや書類棚をひっくり返し始めた。

今や背中を完全に壁に押し付けつつ、公一はなすすべもなくその様子を眺めていた。汗に濡れた背中にノートが貼り付く感触が一層恐怖を煽《あお》り立てる。

阿比留は真っ先に事務机の上に並べられたノートを調べている。公一は息を吞んだ。過去のセミナーハウス利用者名簿が一冊でも出てきたら、当然最新のノートの存在が明らかとなる。

だが、阿比留はその手を止めることなく右端から左端まで調べ終えた。どうやら事務机の上にはなかったようだ。

公一はほっと息を漏らすが、安心にはほど遠い状況だ。

阿比留は次に机の引き出しを開けて中を引っかき回し始めた。他の男達は冷蔵庫の中まで調べている。

「ありましたよ、セミナーハウス利用者の名簿です」

一冊のノートを手に阿比留が勢い込んで声を上げた。

「貸せ」

溝淵が阿比留の手から名簿を引ったくる。

「こいつは三年も前のじゃないか。一番新しいのは」

阿比留は引き出しの中からさらに数冊のノートを引っ張り出し、その日付を調べていたが、

「ないですね。それより古いのばっかです」

溝淵が振り返って公一を睨む。

恐ろしくてもう一言も発することができなかった。

近づいてきた溝淵が、いきなり平手で公一の顔を張り飛ばした。

床に倒れた公一は、歯を食いしばってすぐに立ち上がり、前を向く。今は絶対に背中を見られてはならない。

背中のノートに気づかれたか——どうだろう、分からない——

やはり遅かった。

その一瞬を見逃すような溝淵ではなかった。

「おやあ？　弓原君、えれぇ変わった下着じゃない」

大股で近寄ってくると、公一の肩を荒々しくつかんで強引に後ろ向きにさせ、背中からノートを取

り出した。

そして今日の日付の記された欄に素早く目を走らせる。

「水楢中学校教頭、脇田大輔……同教諭、由良季実枝……由良季実枝？」

「引率の教師はセミナーハウスにいるオヤジだけです。そんな女はいませんでした」

すかさず阿比留が口を挟む。

「もう殺しちまったってことは」

「それもありません。殺してたら一般客の名簿と人数が合わなくなってるはずです」

溝渕は公一を見据え、

「この由良季実枝ってのは何者だ」

「副顧問の先生で、産休の野島先生の代わりに……」

「入ったばかりの新任か」

公一は無言で頷く。

「どんな女だ」

「どんなって……無口で、授業以外じゃあんまり僕達ともしゃべらない人だから……」

阿比留が呆れたように、

「その女の先公がたった一人で仲間を殺して回ってるって言うんですか。そんなバカな」

「ただの先公とは限らないぜ」

「デコスケ（警察官）かなんかってことですか。よけいあり得ませんよ。デコスケがなんでこれだけの殺しをやるんですか。それに、オレらがここに乗り込むことをそんな前から知ってたわけがない」

溝淵はもう何も答えない。それくらいは阿比留に指摘されなくても承知しているはずだ。彼はじっと考え込んでいるようだった。

公一も同じことに頭を巡らせる。

由良先生が一人で関帝連合と戦っているなんて、絶対にあり得ない。では、先生はあれからどうなったのだろう、今どこにいるのだろう。

無口で、無愛想で、眼鏡を掛けた地味な風貌の先生を思い浮かべる。

そんな態度と風貌以外に、自分は先生について何も知らない。副顧問を引き受けてくれたというのに、興味を持とうともしなかった。

唐突に思った——〈由良季実枝〉とは一体何者なのだろうかと。

第二章　由良先生

8

管理事務所には部下達からの報告が次々ともたらされた。

いずれも〈手がかりはなし〉〈襲撃者は発見できず〉〈仲間との交信途絶〉。

公一は壁際に立ったままその一部始終をぼんやりと眺めていた。

溝淵に殴られた頬が熱を持って疼《うず》いている。痛みだけではない。怒りを含んだ熱だった。

また由良先生のことも気になった。先生の存在をこの連中からなんとか隠し通そうと自分なりにやってみたが、溝淵の目を欺《あざむ》くことはできなかった。

自分のせいだ――自分の力が足りなかったから――

悔やまれてならない。シャツの後ろなんて。他にもっといい隠し場所を思いつけなかったのか。

もし先生が奴らに見つかり、万一のことがあったら、自分は自分を責めずにはいられないだろう。祖母の死を知ったときのように。思考は自ずと悪い方へと傾いていく。

眉間に皺を寄せてソファに座り込んでいた溝淵が、不意に思い出したように手にした拳銃をこちらに向けた。

「おまえ、もう邪魔」

今度こそ撃たれる——そう思った。

だが溝淵は拳銃を持った手をひらひらさせ、

「おい、誰かこいつ片づけちゃって」

阿比留の横に控える黄色いトレーナーの黒人が、側に置かれていたハンティングナイフを手に取った。

公一は思わず後ずさる。汗ばんだ背中と後頭部が硬い物に突き当たった。背後は壁だ。逃げ場はない。

のそりと近寄ってきた黒人が公一の前に立ちはだかり、ハンティングナイフを振り上げる。

「バカ、そんなとこで殺《や》るんじゃねえ。ただでさえ汚ねえ部屋がよけい汚れるだろ。臭くてたまんねえよ。表でやれ、表で」

溝淵がそう怒鳴ったとき、ドアの外を通り過ぎようとした男が立ち止まり、中に向かって言った。

「あ、オレ、今から堀口の応援に行くんすけど、ついでに殺ってきましょうか」

「そう、じゃ頼むわ。できるだけ遠くでな」

満足そうに頷き、溝淵は再びソファに沈み込んで考え事に没頭し始めた。

「オラ、来い」

素肌に革のベストを直接着た男は、公一に黒い拳銃を突きつけて言った。

「オレの前に立って歩け」

従わざるを得なかった。

管理事務所を出て、西側に向かい夜の草原を歩かされる。蛍光灯の点いていた室内にいたため、闇が途轍《とてつ》もなく濃く見えた。

「ここら辺でいいか」

五〇メートルほども歩いたところで、男はそう呟いて立ち止まった。

イチかバチか、全力疾走で逃げよう――公一は決意した。

走り出そうとした瞬間、後頭部に硬い銃口が押し付けられた。

「そうはいかねえよ、バーカ」

もう駄目だ――

固く目をつぶる。

しかし、引き金は引かれなかった。

銃口の感触が後頭部から離れ、背後でどさりと誰かが倒れる音がした。

おそるおそる振り返ると、そこに立っていたのは、革のベストの男ではなく、もっと細い人影だった。夜の闇ではっきりとは分からない。

「危ないところだったわね、弓原君」

その声で初めて相手が誰であるかを悟った。

「先生？　由良先生ですか！」

そう叫んでから、足許に転がっている男の死体と、先生が手にしているナイフとに気がついた。刃先から滴《したた》っている黒い液体は、男の血に違いない。

「先生だったんですか……」

キャンプ場の各所で音もなく男達を殺して回っている謎の人物。その正体は、目の前に佇む女教師であったのだ。

呆然《ぼうぜん》とする。現実のこととは到底思えない。

「先生がどうして……」

「関帝連合のボスは管理事務所にいるんでしょう？　敵の本部を偵察しとこうと思って来てみたら、ちょうど君が出てくるところだったから」

公一はもどかしげに遮《さえぎ》り、

「いえ、僕が訊いてるのはそんなことじゃなくて」

闇の中で、先生は薄い笑みを浮かべたようだった。

「質問は授業のときだけにして。それより、みんなを助けたかったら先生の質問に答えて。そう、まず管理事務所にいる敵の顔ぶれと人数を教えてちょうだい。それからセミナーハウスの様子も」

セミナーハウス二階寝室の隅で、早紀は部員の仲間達と一緒に身を寄せ合って震えていた。

父母のことを思い出したのだろうか、小学生のみちると聡が、再びしゃくり上げ始めた。見張りの石原と仲崎が殺気の籠もる目でこちらを睨む。

早紀は慌てて二人をより強く抱き締めた。

「泣いちゃだめ。お姉ちゃんがついてるから、ねっ?」

そう言い聞かせながらも、自分自身が声を上げて泣きそうになる。

どうしてこんなことになったの?

こいつらは一体なんなの?

あたし達、これからどうなるの?

それに——

連れていかれた公一君はどうなったの?

「おい」

仲崎が押し殺したような声を発した。

生徒達がびくりとして顔を上げる。

しかし、仲崎は早紀達に向かって言ったのではなかった。

「下には佐々木と山野が詰めてるはずだよな」

「あ？　それがどうかしたか」

顔の腫れ上がった石原が大儀そうに応じる。

「やけに静かすぎねえ？」

「知るか。あいつら、また居眠りでもしてんじゃね？」

「まさか。そんなことしててみろ、阿比留君や溝淵君に見つかったらどんな目に遭わされるか」

何を思ったか、ショットガンを手にしたまま出口の方に向かって歩き出した仲崎の背中に、石原が声をかける。

「おい、どこへ行くんだ。勝手に持ち場を離れるなよ」

「小便だ。ついでに下の様子も見てくる」

そう言い残し、仲崎は廊下へと姿を消した。階段を下りていく足音が聞こえる。

「おまえらは動くんじゃねえぞ。ま、逃げられると思うんならいっぺん試してみ？　そこの窓から場外までかっ飛ばしてやっからな」

金属バットで素振りをしながら、石原がこちらを威嚇する。たとえ動けと言われても動けるものではなかった。

みちるや聡だけでなく、景子や茜も懸命に嗚咽を堪えている。早紀自身も、できるものなら大声で泣き叫びたかった。

「石原……」

にたにたと薄笑いを浮かべて素振りをしていた男の背後から、不意にかすれたような声がした。

いつの間に戻ってきたのか、仲崎がドアの所に立っていた。手には、部屋を出ていったときと同じくショットガンを提げている。

「なんだおめえ、顔色が悪いぞ。血尿でも出たのか」

振り返った石原が不審そうにバットを降ろす。

「ちょっと……こっちへ来てくれ……」

「どうした？」

石原が二、三歩近寄った途端、仲崎の口から血の塊があふれ出た。

同時に仲崎の手が上がり、ショットガンの銃口が驚愕する石原の頭に向けられる。

轟音とともに石原の頭部が四散した。

通路を挟んで早紀達とは反対側の畳の上に、頭部を失った石原の体が倒れ込む。

生徒全員が絶叫を上げた。

仲崎の体がぐらりと傾き、俯せに通路に倒れる。

その後ろに立っていたのは——

「由良先生！」

皆一斉に目を見張る。

仲崎が握っていたはずのショットガンはまるで手品のように由良先生の手に移っていた。仲崎の背にナイフを突き立てていた先生は、背後からもう一方の手を添えて瀕死の仲崎の手を動かし、ショットガンの引き金を引いたのだ。

私は夢でも見ているのだろうか――それもとびきりの悪い夢を――

だがそのとき、彼女の背後からもう一人、別の誰かが顔を出した。

「公一君！」

早紀は真っ先に叫んでいた。

「よかった、無事だったのね」

依然として恐怖のまっただ中にありながら、心底胸を撫で下ろす。自分の声が潤んでいるのが分かったが、気にもならなかった。

「うん、由良先生が助けてくれたんだ」

公一の言葉に、皆が改めて由良先生を見る。

腰を屈めた由良先生は、落ち着いた動作で仲崎の背中に突き立っていたナイフを引き抜き、死人のシャツで丹念に刃を拭っている。

いつもの眼鏡をかけていない。髪も下ろしている。しかし由良先生に間違いなかった。

校内ではあれほど目立つことのなかった先生が、一人をショットガンで射殺し、もう一人を後ろからナイフで刺殺した。そして、ありふれた日常の家事をこなすかのように慣れた手付きで刃の手入れをしている。

何が起こっているのか、早紀にはまるで理解できなかった。すべてのことが想像力の範疇を越えていた。他の生徒にとっても同じだろう。

それに——由良先生って、こんなに美人だったっけ?

「由良先生……あなたは、一体……」

衝撃と動揺を辛うじて抑えた様子で、教頭先生が問いかけた。

「私のことは知らない方が教頭先生のためですよ。また、みんなにとってもね」

ナイフとショットガンを手に立ち上がりながら由良先生が答える。

「もっとも、話すつもりもありませんけど」

その言葉には、総毛立つような迫力が感じられた。

教頭は、精一杯とも見える勇気を奮い起こしたように、

「あなたは今、人を、人を殺したんですよ」

「こいつらはもう何人も殺してる。それに、殺さなければあんた達が殺される。それでもよかったとおっしゃいますの?」

挑発的な笑みさえ浮かべながら平然と言う由良先生に、教頭先生が絶句する。

やはり普段の由良先生とは、口調も雰囲気も違っていた。違うどころではない。完全に別人だった。

「まあ、私のことより、ここからどうやって脱出するかが先決ね。手がないわけじゃないけど、その前に確認しときたいの。みんな、無条件で私の指示に従える？」

「従えるわけないでしょう」

進太郎だった。

「いくらなんでも、ワケ分からなすぎです。もうちょっと教えて下さいよ、先生のこと」

「教えるもなにも、見た通りよ」

「はい？」

「単なる人殺し。それでいいじゃない」

今度は進太郎が絶句した。早紀も同様である。

「先生の言うことが聞けないって言うんなら、久野進太郎君、キミはここで死になさい。悪いけど、先生、やる気のない生徒の面倒まで見るつもりはないの。そもそも時間外勤務だし」

冗談にも聞こえる言葉。しかし冗談を言うにはあまりに凄惨で常軌を逸した状況であった。すぐ横には血の臭いも生々しい二つの死体が転がっているのだ。

「どうでもいいけど早く決めてくれる？　先生も忙しいの。みんなが死にたいって言うんならそれは勝手だけど、早くしないとこっちまで逃げられなくなるから」

「僕は先生に従います」

まず口火を切ったのは公一だった。詳しいいきさつは分からないが、そもそも彼は〈先生に助けられた〉と言っている。

「あたしも、先生の言う通りにします」

続いて決然と茜が叫んだ。

「オレも」

意外にも、朝倉隆也が前に出た。彼がはっきりとした意志を自分から示すところを、少なくとも早紀は初めて見た。

それだけでなく、隆也は進太郎に向かい、

「久野センパイ、分かんねえのかよ。先生は命懸けでオレ達を助けに来てくれたんだぜ。自分だけ逃げてもよかったのに。オレ達なんかほっといてさ。そうだろ、先生」

今度は由良先生の方が答えなかった。ただすべてを嘲笑《あざわら》うかのような表情を形のいい唇の端に浮かべただけだった。

違う、あれは決して嘲笑なんかじゃない——早紀は直感した。あれは、そうだ、照れ隠しだ。

そう思った瞬間、体の方が動いていた。両脇に二人の姉弟を抱いたまま、震える脚を踏みしめて立ち上がり、由良先生に向き直る。

「私も先生に従います。その代わり、みんなやこの子達のこと、必ずお願いします」

「俺もです。お願いします」

裕太もきっぱりと言い切った。

「分かりました。由良先生にお任せします」

脇田教頭も蒼ざめた顔で言い、真剣な面持ちで続けた。

「しかし、そのためにも現在の状況を教えて下さい。でないと、私達も動きようがありません」

先生は頷いて、

「今ここで大量虐殺を実行してるのは関帝連合っていう連中よ。このキャンプ場のどこかにある〈赤い屋根の小屋〉に振り込め詐欺で儲けた四十億が隠されてるの。その金を溝淵って奴のグループと、蔡って奴のグループが取り合ってるわけ。どちらも相手を出し抜いて今夜中に金を見つけ、高飛びしようと思ってるから、時間の余裕がない。そこでここの閉鎖的な立地に目をつけて、来場者の皆殺しという手段に出た。他に選択肢がなかったってのも分かるけど、短絡的なバカの集まりね。バカだけど薬物をキメてる上に武器は豊富に持ってる。ナントカに刃物、その上ヤクにショットガンってとこ」

そう言ってから先生は、石原が持っていた金属バットに視線を落とし、付け加えるように呟いた。

「それにバット、か」

早紀は思わず横目で公一を見た。彼は振り込め詐欺グループに対して普段から強い怒りを抱いている。どんな無茶なことを考えていてもおかしくないような気がした。

しかし他の生徒と同様、蒼白になって震えている公一の横顔からは、それ以上のものを読み取ることはできなかった。

「さて、肝心の作戦だけど」

そこで先生は一同を見回し、

「地形からすると、北側の山頂からなら携帯の電波は確実に届くと思うの」

「楠木岳ですか」

進太郎が口を挟む。

「確かにあの山のてっぺんまで行けば携帯が使えます。北の上畑市《かみはたし》から山頂近くまでドライブコースの車道も通ってますし。でもこっち側――湖の側から楠木岳に登る登山道はありませんよ」

「それホントですか、久野先輩」

茜の問いに頷いて、

「ああ、何年か前に公一とトライしたことがある。途中までは廃道みたいな踏み跡があるにはあるんだけど、今はどうなってることか。それに、そこから先は断崖みたいな岩場になってて、クライミングとかやってる人ならともかく、素人が簡単に登れるようなルートじゃない」

「俺、行きます。前に登ったことあります」

裕太が真っ先に名乗りを上げる。

「と言っても、あんときは父ちゃんと兄ちゃんが一緒で、俺は引っ張り上げてもらったようなもんですけど。ともかく山頂まで完登したのは確かです」

「でもおまえ、そのときはヘルメットとかザイルとか、ちゃんとした装備で登ったんだろ?」

「ええ、まあ」

「ほれ見ろ。素登りでしかも夜だぞ、あんなとこ登れるもんか」

「やる前から決めつけるなよ、進太郎」

公一が反論する。

「おい、まさかおまえ」

目を見開く進太郎に、公一は頷いた。

「僕も行く」

「行くって、おまえ、岩の経験は俺と一緒に『こどもボルダリング教室』に通ったくらいじゃないか」

「ああ、でも裕太と二人でフォローし合えばなんとかなるだろう。あの山は岩場は確かにきついけど、高度自体は大したことないし、それに直登する分だけ時間もかからないはずだ」

「おまえな……」

絶句する進太郎に構わず、公一は由良先生に向き直り、

「僕らの使命は、山頂から携帯で助けを呼ぶこと、ですね？」

「その通りよ」

先生は二人に向かって携帯端末を二台差し出し、

「奴らから頂いた物よ。両方ともバッテリーは充分残ってる。念のため一人一台ずつ持っていって」

「はい」

公一と裕太は覚悟の滲《にじ》む表情で、先生の手からそれぞれ携帯を受け取った。〈念のため〉とは、二人のうちどちらか一人が、転落した場合などを想定してのことだろう。

やめて、公一君——危なすぎるわ——

そんな言葉がもう少しで口をついて出そうになった。やっとの思いで自制する。公一を案じる気持ちに変わりはないが、今は反対できるような状況ではなかった。

「それから……ちょっと待って」

室内を見回していた先生は、石原と仲崎の死体に目を留め、二人の死体のズボンから手早くベルトを抜き取った。

「はいこれ、確保器具の替わり」

「えっ、これが」

驚く公一に、先生は平気な顔で、

「カラビナか何かの替わりに使って。もう一本はザイル替わり。まったくのフリークライミングよりはましでしょう」

確かにその通りだった。カラビナやザイルの替わりでなくても、他の用途に使えるかもしれない。

早紀はもともとアウトドアに関しては門外漢だが、それでも公一達と付き合ううちに、〈カラビナ〉がクライミング用確保器具の名称であるということくらいの知識は得ていた。以前からたまに街で、リュックに三角形に近い楕円形をした金属製のリングをぶら下げている人を見かけることがあったが、そのリングの名称がカラビナであると初めて知ったものである。

『野外活動部』を名乗っていても、中学生の部活レベルでは所詮はハイキングに毛の生えた程度で、今回の合宿でも登攀《とうはん》器具やザイルなどの本格的な装備は当然のことながら何も用意していなかった。

「分かりました」

肚《はら》を決めた表情で公一が血痕の付着したベルトを受け取る。裕太も気持ち悪そうにベルトを取り、子供のような細い腰にシャツの上から二重にして巻き付ける。近くで見ていた景子が「いやぁ」と顔をしかめる。もちろん早紀も嫌悪感を堪えるのがやっとである。

先生は次いで皆に向かい、

「作戦はもう一つ。南にある駐車場横の道路はさすがに関帝連合が万全の態勢で固めてる。でもバイクなら脇の森を抜けてこれを突破することは不可能じゃない。敵のバイクを奪い、そのまま車道を突っ走って一番近い人家まで到達できればいい」

「それなら、一番近いのは国道と県道の分岐の手前にある檜之俣《ひのまた》って集落です。バイクで飛ばせば二十分くらいの距離です。確かコンビニも一軒ありました」

公一が落ち着いた口調で先生に告げる。

「追手もかかるだろうし、危険なのは確かだけど、その二十分、追手を振り切って走り通せるかどうかの勝負ね」

「オレにやらせてくれ」

隆也だった。

「こん中じゃ、バイクに乗れるのはたぶんオレだけだ。先生はどうだか知らねえけどさ」

「朝倉君、君は中学生なんだぞ」

諫《いさ》めるような口調の教頭先生に、

「今はそんなこと言ってる場合じゃないすよ。教頭先生だってもう分かってんだろ」

「それにしたって、あんな暴走族みたいな連中を本当に振り切れると思っているのか」

「でも、誰かがやるしかないんだ」

「しかし君」

「お願いします、教頭先生。オレ、自信あるんだ。他のことはなんにもできねえ落ちこぼれだけど、バイクだけは任せてくれ。オレ、昔っからバイクが好きで好きで……最初のきっかけはテレビでヒーローが乗ってたヤツなんだけど……兄貴も昔はあんなじゃなくて、よくオレをバイクに乗っけてくれて、もちろん徐行運転でさ、そんときの兄貴は優しくて、隆也、隆也って……」

隆也の抗弁は、途中から鼻声に変わった。

早紀は改めて朝倉隆也を見た。暴走族に所属する彼の実兄が服役中であることは全校の誰もが知っている。言ってみれば、彼の兄は関帝連合の方に近い人間だ。隆也本人も、こうして合宿の場にいる——その結果とんでもない事件に巻き込まれたのだが——のは、もとはと言えばオートバイに乗っていて補導されたのが原因だ。学年でも一、二を争う長身で、バスケ部からかなり熱心に勧誘されたと聞いている。この体格なら本人の主張する通りオートバイにも乗れるかもしれない。だがそれよりも、早紀はこの少年が普段表に出すことのなかった真情を知らず知らず吐露していることに胸を打たれた。

由良先生はあっさりと了承し、

「じゃ、朝倉君、バイクは君に任せるから。でも作戦の前提となるバイクの奪取には、私以外にもう一人、囮《おとり》が要る。一番危険な役かもしれない」

「俺がやります」

すかさず進太郎が歩み出た。

「久野センパイ……」

隆也が意外そうに振り返る。

進太郎は横を向いてうそぶいた。

「しょうがないだろ、もう男子は俺しか残ってないんだから」

「これで決まりね」

先生は早紀やみちる達に向かい、

「残りの女子と子供は助けが来るまでどこかに隠れていて。最長の場合、つまり助けを呼びに行く作戦が二つとも失敗した場合を想定して、朝まで隠れていられる所ならベストなんだけど」

とんでもなく不吉で最悪な〈想定〉をさらりと口にする先生に、早紀は内心またも仰天し、戦慄《せんりつ》する。

それって、公一君や朝倉君が死ぬってことじゃ——

「それなら、テニスコートの横にクラブハウスがあるって案内板に書いてあったわ。そこなんてどうですか」

茜の提案に、先生はすぐさま賛同した。

「そこにしましょう。連中が無線でクラブハウスは捜索済みって言ってるのを聞いた。もう一度調べに来る可能性もあるけど、当分は安全だと思う」

「だったら、みんなでそこに隠れてるってのはどうですか」

早紀は必死の思いで訴えた。

「明日になったらきっと誰かが気づいてくれるわ。そうよ、それだったら公一君や進太郎君達も危ないことをしなくて済むじゃないですか」

しかし由良先生はにべもなかった。

「これは時間との戦いでもあるのよ。連中もそれくらい分かってるから、なんとしても今夜中にカタをつけようと全力で捜索してる。助けが来る前に見つかったらもうおしまい。それに、一か所に固まっていて火でも点けられたらどうするの。こっちは抵抗する余地もなく全滅よ」

一言もなかった。なぜか戦い慣れしているらしい先生に、中学生の自分が反論できるはずもない。

「女子の護衛は、教頭先生にお願いします」

そう言って、先生は教頭に向かって目礼した。

声には出さなかったが、早紀は少なからず驚いた。

この教頭先生に護衛なんて務まるの？　確かに唯一の大人だけれど——

抗議しかけた景子の口を、茜が慌ててふさいでいる。

しかし教頭先生本人は、なんらかの覚悟が定まったのか、それまでの動揺が嘘のようにごく淡々と
由良先生の指名を受け入れた。

「分かりました。この子達は私が必ず守ります」

「必ずですって？　どうしてそんなことが言えるの！」

茜の手を振り払って景子が叫ぶ。

それを完全に無視し、先生は自分の持っていたショットガンを教頭に差し出した。

教頭は静かに首を振り、

「要りません。使い方も知りませんし、私はそんなものは持たない方が働けると思います」

「そうですか」

先生はなぜか素直に了解したようだったが、景子が教頭に向かってヒステリックに喚き出した。

「なに言ってんの？　アタマおかしいんじゃない？　あたし達を守ってくれるんじゃなかったの！

武器もなしにどうやって——」

由良先生が無言で景子を張り飛ばす。

中学生に対するものとは思えない強烈さで、景子の体は木の葉のように吹っ飛んで石原の死体の上に倒れ込んだ。

「景ちゃん！」

茜が慌てて景子を抱き起こす。

「ここは学校じゃないの。戦場なのよ、小宮山さん。全員を危険にさらしかねない不安材料は今後一切の容赦なく排除するから、そのつもりでいてちょうだいね。あ、〈排除〉ってどういう意味か分かる？　クラスで仲間はずれにされる程度の生易しいことじゃないのよ？　強制的に沈黙させる、つまり殺すってこと。ここ、別にテストには出ないけど、覚えといた方がいいと思うわよ」

冷ややかに、そして皮肉たっぷりに言い放ち、先生は手にしたショットガンを横にいた進太郎に放り投げた。

唖然としていた進太郎が、あたふたとした動作で銃を受け止める。

「ちょっ、先生、俺だって銃なんか使ったこと――」

「撃ち方は道々教える。敵の新手が来るとまずい。すぐに移動を開始する」

そう言うと先生は先に立って寝室を出た。

一同は言われるままに先生の後に続く。早紀もみちると聡の手を握って最後尾についた。

階段を下りた早紀は、一階の惨状に息を呑んだ。

男達が一様に喉を裂かれ、血まみれになって絶命している。さほど広くもないセミナーハウスの二階にいながら、一階でこんな惨劇が起きていようとはまるで気づかなかった。物音どころか、気配すらなかった。

これ、全部先生がやったの――？

二階で石原と仲崎を倒した手際をまのあたりにしたはずなのに、早紀は今さらながらに〈由良先生〉の恐ろしさに震え上がった。

なんなの、この人は一体――

「では教頭先生、後はお願いします」

そう言い残し、死体の手からショットガンをもぎ取った先生は進太郎と隆也を連れてセミナーハウスを出ていった。公一と裕太も外に出て、先生達とは反対の方向へと走り去る。

「よし、私達も早く行こう」

脇田教頭が振り返って促した。

「あ、ちょっと待って下さい」

何を思ったか、茜は床に転がっていたモップとガムテープを拾い上げ、流し台に放置されていたアウトドア用のナイフをつかんだ。ガムテープは合宿の必需品として必ず誰かが持参する決まりになっていたものである。

「なにやってんの、茜、早くして！」

景子が半泣きの状態で急《せ》かす。

「さあ、みんな急いで」

残る全員がセミナーハウスを出るのを確認し、教頭は先頭に立って夜の底を走り出した。

9

由良先生はまるで真昼の平野を往く如く、この上なく安定した足取りで闇夜の斜面を駐車場に向かって進んでいく。

隆也は進太郎と一緒になって、先生の後ろ姿を見失わないようについていくのがやっとだった。

「教頭先生、本当に大丈夫なんですか」

「何が」

懸命に追いすがった進太郎の問いかけに、由良先生は振り返りもせずにそっけなく応じる。

「何がって……女子全員を教頭先生一人で守るなんて」

「大丈夫よ、あの人なら」

何が大丈夫なのか、さっぱり分からない。教頭先生は学校一の事なかれ主義者で、しかも噂では隣町の高校生に脅されて手も足も出なかったというではないか。

進太郎は抱えていたショットガンを先生に示し、

「第一、武器もなしで万一見つかったらどうするつもりなんですか、教頭先生は」

「銃のない方がやりやすいって本人が言ってんだから、任せるしかないでしょう」

「そんな、無責任な――」

「しっ」

立ち止まった先生が、進太郎の頭を押さえ込むようにして身を伏せる。隆也も咄嗟にうずくまった。

緩やかな下りであった草の斜面が盛り上がり、土手のような形状を成している。

そこから前方の様子を窺っている先生の真似をして、隆也も進太郎と並んでおそるおそる顔を出した。

駐車場と、封鎖された道路の様子が一目で見渡せる。

道路は数台のバンと、関帝連合の一味が持ち込んだらしい道路工事用の車止めで完全に封鎖されている上に、ハンドライトと銃を手にした数人の見張りが周囲をうろつき回っていた。

隣接する駐車場には、明らかに関帝連合のものと分かるバイクが何台も並べられている。暗いため車種まではっきりとは分からなかったが、いずれも大型で、さすがに中学生の自分が自在に乗りこなすのは無理と思われた。

「朝倉君、君が好きなのを選びなさい。なるべく連中のいる道路から離れた所に置いてあるのがいいわね」

先生が囁く。

これ以上ないくらい真剣な思いで駐車場を見回す。やがて端の方に駐められた一台に目が吸いつけられた。他のバイクよりスリムで一回り小さいオフロードバイクのようだった。

「あれ……あそこにあるオフロードでやります」

「そう。作戦にはちょうどよさそうね」

先生は次に進太郎に向かい、

「久野君、君はあっちの丘に回り込んで」

駐車場の南西部に位置する小さな丘を指差し、

「そこで今から十五分後にレミントンをぶっ放しなさい。撃ち方はさっき教えた通りよ。あそこにたむろしている悪党ヅラの連中がオニのように殺到してくるはずだから、君は捕まらないように茂みの中か木の上にでも隠れてて。いい？　捕まったら殺されるからそのつもりでね」

「そんなアバウトな――」

思わず大声を上げかけた進太郎を、先生が睨む。

進太郎は慌ててトーンを抑え、

「『さっき教えた』って、実際に撃ってないし」

「当たり前でしょう、撃ったら音がするじゃない。君の使命は敵を引きつけることであって、別に当たらなくてもいいんだから」

先生の人を食ったような口調に、横で聞いている隆也の方が唖然とした。

「言ったはずよ、最も危険な役かもしれないって。この作戦の成否は君の陽動にかかっているの」

進太郎は大きく深呼吸して、はっきりと答えた。

「分かりました。俺、やります」

「センパイ、すんません」

反射的に隆也は進太郎に向かって頭を下げていた。

「なに謝ってんだ。実際にバイクで走るおまえの方こそ滅茶苦茶《めちゃくちゃ》ヤバイんだぞ。俺に謝るくらいなら、何があっても檜之俣に辿《たど》り着いて、みんなのために一秒でも早く通報するんだ」

「はい」

「……おい朝倉」

「はい？」

なぜか少しためらってから、進太郎は思い切ったように口を開いた。

「朝倉、謝るのは俺の方だ」

「え？」

「俺はおまえを誤解してた。どうせろくでもない不良だろうって、偏見を持ってた。勘弁してくれ」

「そんな、別に偏見でもなんでもないすよ。オレ、ろくでもない不良だし」

「いいや、おまえはガッツのあるジェントルマンだ。おまえこそ本物のヒーローだよ」

「やめてくれよ、センパイ」

それはあんただよ、久野さん——わざわざいつもの英語使って冗談めかしてさ——

「そうだな、前言撤回。おまえがリアルヒーローになるのは、この作戦が成功したときだ。頼んだぞ、朝倉。関帝連合の奴らなんかぶっちぎってやれよ」

それだけ言い残して、進太郎は盛り上がった斜面に沿って駆け去った。

「行くわよ、朝倉君」

先生は腹這いになって斜面から身を乗り出し、闇に紛れるようにするすると匍匐《ほふく》前進する。速い。普通に歩いているのと変わらないと言っても過言ではない。

隆也も慌てて先生の真似をするが、まったくついていけない。

「音を立てないで。焦らなくてもいいから。草と同化したつもりで気配を消すの。いいわね?」

先生に注意される。ついでによく分からない指導も。

「気配を消すということは、自分を消すということよ。それは自分を完全にコントロールするということでもあるの」

およそ指導や授業と名のつくものは大嫌いな隆也であったが、この教えにはなぜか胸が高鳴った。

これから死ぬかもしれないというときなのに。

この人、本当に何者なんだ——?

前方を進んでいた先生の動きが止まった。その二メートルほど先には駐車場入口の照明がぼんやりと届いていて、草の輪郭がほんのわずかだが浮かび上がって見える。先生はどこまでも完全に闇の中へ身を潜めているのだ。

先生が伏せたまま腕時計を見る。何分くらい経ったのか、自分から時間の感覚が失われていたことに隆也は気づいた。


十四分経った。

丘の上に立ち並ぶ大木の後ろでボタン点灯式の腕時計を確認した進太郎は、先生に教えられた通り、レミントンM870を構え、その銃口を車道付近に集まっている関帝連合メンバーに向けた。

何が「さっき教えた」だ、あんな大雑把な教え方があるか。教師なら教師らしく、もっと丁寧に教えたっていいじゃないか——

内心独りごち、根本的な誤謬《ごびゅう》に気づく。

〈由良季実枝〉はどう考えてもまともな教師じゃない。ましてや普通の人でもない。銃の撃ち方、ナイフの使い方、その他様々な戦闘技術にも長《た》けているらしい人物だ。そんな人がどうしてウチの学校で代理教員なんかやってんだ——？

考えていてもきりがない。先生本人が自分の正体について明かさぬ以上、いくら考えても無駄だ。

それに——今は〈由良先生〉だけが唯一の希望なのだ。

十五分、経過。

指が震える。腕も、肩も。足だって。なんと言っても、今自分が手にしているのは、紛れもなく本物の銃である。

だけど――だけどよ――

生きるか死ぬか。自分は与えられた責任を果たすだけだ。公一だって裕太だって、それに朝倉だって。みんなとんでもないことをやらかそうとしてるんだ。俺だって――

頭をあえて空にして、ただ機械的に指を動かした。想像していた以上の反動と衝撃。だがそれもすべて頭から閉め出す。少しでも考えたらもう撃てない。

一発撃つごとに左手で支えたハンドグリップを前後にスライドさせて排莢《はいきょう》し、次弾を薬室に装填《そうてん》する。

四発撃ったところで後をも見ずに逃げ出した。

「どこだ」「あそこだ」「逃がすな」「チクショウ、追え」「ぶっ殺せ」

背後からはとんでもなく物騒な怒声が聞こえてくる。もちろん絶え間ない銃声も。

もうすでに死んだ気になって進太郎は走った。捕まったら本当に殺される。

隠れ場所はあらかじめ決めてあった。丘の後ろにある二股の大木の根元だ。

そこには人一人が入れるくらいの洞《うろ》がある。去年の合宿のときに公一と一緒に見つけたのだ。夜だからよほど注意して捜さないとまず発見できないだろう。しかし、隠れる前に敵が丘を登り切ったらアウトだ。

走りながら進太郎は思った。

マジで頼むぞ、朝倉――

対面の丘から銃声と銃火。四発だ。

駐車場近辺にいた男達が、一斉に丘に向かって駆け出していく。

先生が暗闇の中から立ち上がった。そして音もなく駐車場目指して草原を滑るように移動する。隆也もなるべく足音を立てないように注意しながら先生に続いた。

斜面を下って駐車場に侵入した二人は、夜陰に紛れて目指すオフロードバイクに接近した。前輪に比べて後輪が極端に幅の太いバルーンタイヤになっていた。

「ヤマハＴＷ２００か」

隆也は素早く車体各部を確認する。キーは付けられたままだった。ここで盗まれることなどあり得ないとたかをくくっていたのだろう。

先生と一緒になってＴＷ２００を森の方まで押していく。

森の中に入ってからエンジンをかけて出発、道路をふさいでいるバンや車止めを迂回するという作戦だ。どのみち気づかれないわけはない。地形からしても森の中を進める距離は知れている。封鎖地点をかわしたら、その先の車道に飛び出て、後はひたすら走り続ける。檜之俣集落まで二十分。

本当に自分にできるだろうか――いや、できなくてもやってやる。

やらねばみんなが殺されるから。

〈こちら田窪、近くの丘から誰かが撃ってきました〉

管理事務所で待機していた阿比留のトランシーバーに、車道を封鎖している班から連絡が入った。

「よし、絶対に逃がすな。殺してもいいが、できれば生かして捕まえろ」

そう指示してから、溝渕を振り返る。

「敵が動きました。正面突破で車道から逃げるつもりだったようです」

「そうか」

勢い込んでソファから身を乗り出しかけた溝渕は、すぐに何事かを考え込むように再び腰を下ろし、

「いや待て……どうも変だな。そんなヤケみたいなマネするような相手とも思えねえけど」

阿比留はすぐにその意を察して、トランシーバーに向かい、

「田窪、車道にはちゃんと人を残してあるだろうな」

〈はい、もちろん……あっ、でも、駐車場にいた連中はみんな丘の方へ……〉

「バカヤロー、そいつは囮だ。すぐに駐車場に戻せ」

通信を切った阿比留は、立ち上がりながら言った。

「案の定です。念のため、自分も行ってきます」

「おう、そうしてくれ」

「はい。行くぞ、ジョン、ボブ」

左右に控えた二人の黒人を促し、阿比留はせかせかとした足取りで管理人室を出た。

ソファに沈み込んだまま、溝淵はにやにやと見送っている。


誰にも気づかれぬうちに駐車場から出た隆也は、先生と一緒にオフロードバイクを押して舗装された遊歩道を横切り、木立に入り込もうとしていたところだった。

突然、まばゆいハンドライトの光が幾条も浴びせられた。

「いたぞ！」

醜悪な形相の男達が猛然と走ってくる。

「行って、朝倉君」

先生が背中を叩く。

「はいっ」

即座にＴＷ２００に跨がり、エンジンを吹かす。

先生が背負っていたショットガンを構えるのと、ＴＷ２００が唸りを上げて走り出すのがほぼ同時だった。

「後は任せて」

木々の生い茂る斜面を疾走しながら、隆也は背後でショットガンの銃声が立て続けに炸裂するのを聞いた。

先生――

振り返る余裕はなかった。初めて乗るオフロードバイク。バルーンタイヤの咆哮《ほうこう》。下生えや灌木《かんぼく》の密生する悪路。少しでも気を抜けばたちまち制御を失い、車上から放り出されそうだった。

眼前に迫る太い枝を、間一髪で頭を下げてかわす。細い枝は構わず進む。たちまち顔面のみならず体中が擦り傷だらけになった。だが気にしてなどいられない。

転がる浮き石にバランスが崩れ、柔らかな泥濘《でいねい》にタイヤが滑る。そのたびにハンドルを取られそうになるが、隆也は必死でTW200を駆った。

自分の好きなバイクで――唯一の取り柄とも言えるバイクで――みんなの役に立つ。落ちこぼれと言われ続けた自分にとってこれ以上の晴れ舞台はない。今全力を尽くさねば、自分は本当に駄目になってしまう。そんな気がした。

金のために平然と人を殺す関帝連合。自分はあんな奴らとは違う、絶対に。

部長の弓原公一と、副部長の久野進太郎。入学した頃は特に意識したこともなかったが、不良仲間――自分では仲間のつもりはなかったが――の武田《たけだ》がやたらと嫌っていたので、なんとなく知っていた。詳しい経緯は知らないが、武田は進太郎になにやら「恥をかかされた」そうである。つまらない逆恨みだ。いずれにしても知ったことではなかった。

借金もなく、飲んだくれでもない〈まともな親のいる家〉の生まれ。みんなから慕われ、成績もいい。それでいて野外活動部なんて変なクラブに熱中している。

これまでずっと、自分には関係ない世界の奴らだと思っていた。また同時に、そんな気持ちにほんの少しの羨望が混じっていることも分かっていた。

それが思わぬ成り行きから、彼らの合宿への参加を余儀なくされた。そうなってみて、公一や進太郎に対する反発と羨望とがより強まるのを意識した。特に進太郎は、明らかに自分を避けているようだった。

わざと気取ったような英語を使い、皆を笑わせる進太郎も、やはり自分には蔑《さげす》みの目を向けてくる。他の連中となんら変わるところはない。

いいさ、所詮あいつらはあいつらだし、自分は自分だ——そう思った。なのに、当の進太郎が自らの偏見を認め、男らしく頭を下げて謝ってこようとは。

やっぱりオレなんかとは違う。どこまでもまっすぐで、てらいがない。だからみんなから好かれるんだ。

でも、嬉しかった——

その気持ちが、自分でも意外であり、また不思議でならなかった。

どうしてだかは分からない。でもオレは、なんだか嬉しかったんだ——

本当はエンジン音が聞こえないくらいに遠回りできればよかったのだが、斜面の角度がきつく、車道の近くを通らざるを得なかった。第一、自分が森に入るところをすでに目撃されている。だがそれくらいは予想のうちだ。まだ最悪ではない。

道路をふさぐバンの車列を木々の合間から横目に見る。封鎖地点通過。そのままの勢いで茂みを突き抜け、一気に車道へと飛び出す。

ここからが勝負だ――

バンの合間から飛び出してきた数台のバイクが、猛然と追跡してくる。隆也はさらにアクセルを回す。エンジンが、心が燃える。

見ててくれよ久野センパイ、オレ、きっとヒーローになるからさ――


殺到してきた第一陣の男達を掃討し終えると、〈由良季実枝〉はレミントンに新たな弾薬――十二番径のダブルオーバック――を装塡しながら駐車場を横切るように移動した。

車道の封鎖地点には相当数の男達がいた。全員を一度に倒すのは不可能だが、隆也への追手を減らすためにも、少しでも始末しておくに越したことはない。

しかし、その前に隠れている進太郎を回収、撤退する必要があった。それもできるだけ早く。

車道の方から新手の男達が数人駆けつけてきた。銃声。周囲に着弾。車のフロントガラスが砕け散る。

車の陰に伏せ、駐車場の入口付近に駐められていたミニバンの燃料タンクを狙って発砲した。

二発目。タンクから燃料が漏れ出す。三発目。四発目。火花が散り、ミニバンが轟音とともに爆発した。周辺の男達を巻き込み、赤い爆炎が闇を払う。

立ち昇る劫火《ごうか》を通して、恐慌に陥った男達を次々に狙い撃ちにしていく。

巨漢のジョンとボブを従え、芝の斜面の上部に到達した阿比留は、前方の爆発に驚いて足を止めた。

緩やかなすり鉢状になった斜面の底で、盛大な炎が上がっている。それに止むことのない銃声と、断末魔の悲鳴。

阿比留は声もなく眼下の惨劇に見入った。

ショットガンを構えた一人の女が、悠然と炎を横切りながら男達を次々と射殺していく。恐ろしい光景だった。女には一片の情も躊躇も感じられない。ただひたすらに、黙々と死を与え続ける。

「やっぱり女だったのか」

呻くように呟いた阿比留を、ジョンが急かす。

「俺達も早く行かないと」

「バカ、この状況で出ていってどうする。死体が三つ増えるだけだぞ」

「でも阿比留君」

「――待て」

不満そうなジョンとボブを制し、身を乗り出した阿比留は目をすがめるようにしてじっと女を見つめる。

鮮血よりも赤い炎に照り映える冷ややかな横顔。無慈悲で、精悍で、そして何より誇り高い。

どこかで見た――どこかで、確かに――

全身に衝撃が走った。

「あの女、まさか……」

思わず声を漏らす。ただならぬその口吻《こうふん》に、二人の黒人が阿比留を振り返る。

「嘘だろ……マジかよ……」

阿比留は驚愕に顔を歪め、次いで鼠よりも下卑《げび》た笑みを顔中に浮かべた。

「間違いない、あの女は――」

10

公一は裕太とともに夜の山道をひたすらに進んだ。

山道というよりは獣道に近い。まったくの廃道である。微かな踏み跡から外れないよう注意しながら先を急ぐ。

厚い雲が垂れ込めた重苦しい闇夜であったが、それでも少しばかりの風はあり、時折月が顔を出すこともあった。しかし道を照らし出してくれるほど明瞭な光ではなく、藪の中のルートファインディングは途方もなく厄介だった。

ライトを使うと敵に察知されるおそれがあるため、無灯火で行くしかない。ただでさえ危険な夜の登山がさらに困難なものとなる。

楠木岳はそう高い山ではない。廃道をしばらく進むと、懸案の岩場の基部に出た。

裕太と並んで、岩壁を見上げる。闇夜のため、下から見上げただけではルートは判然としない。恐ろしさが倍増した。

だが見える範囲では、手がかり、足がかりは充分にあり、それほどグレードの高そうな壁には見えない。むしろ楽勝とさえ思えた。

「途中までは簡単なんですよ。部長なら目をつぶってても行けるでしょう。でも、問題はその先なんです」

先回りするように裕太が言う。

「手がかりが急になくなって、ちょっとオーバーハング気味のところもあるんです。俺らみたいな子供が取り付こうもんなら、ベテランのおっちゃんとかに絶対叱られそうなカンジですね」

「登る前に嫌なこと言うなよ。難しいってのは分かっててここまで来たんだ」

「はいっ、すんませんっ」

顔を見合わせてともに笑う。

大丈夫だ。こいつとならやれる——

「いろいろ条件は違うけど、おまえはこの岩場の経験者で、しかも完登してる。トップはおまえが行け」

「ルートは」

「任せる。信用してるよ、未来の部長さん」

「えっ、俺が……」と言いかけた裕太が、すぐに気づいて、

「なーんだ、一年は俺一人じゃないですか。つまり来年の二学期には自動的に……」

「来年廃部になってなけりゃのハナシだけどな」

「えーっ？　だったら俺、来年ゼッタイ勧誘がんばりますから」

「まあ、しっかりな」

公一はそこで裕太の背中を叩いた。

「よし、行け」

「はい」

別人のように真剣な顔になって、裕太が岩に取り付く。

するすると登っていくその手足の動きを見て、公一は舌を巻く。安定感抜群の見事な登りだった。スピード感もあり、まるで小猿が岩を駆け登っているようだ。それでいて、両手両足合わせて四点のうち常に三点で体を支え、残り一点を使って次の手がかりに移動するという三点確保の原則は決して忘れていない。

適当な間隔を開けて続くつもりだったが、すでに大きく引き離されている。公一は慌てて岩に手を

かけた。裕太に負けてはいられない。そもそも作戦の目的は、少しでも早く山頂から通報することだ。裕太のスピードは頼もしい限りだった。

神や仏が実在するのかどうかは知らないが、こんな最高の後輩を得たことを、神と仏の両方に感謝したい気さえした。

いや、神や仏がいるのなら、その気まぐれをなじってやりたい――

岩を登りながら、公一は思い直す。

自殺した祖母。振り込め詐欺。両親の不和。関帝連合。キャンプ場の大虐殺。そして、溝淵。

こんな形で、溝淵と出食わすことになるなんて――

それが神仏の意思ならば、人間の気持ちなど何も考えていないに違いない。

傾斜の強い山肌ではよくある現象だが、麓《ふもと》の音が上昇気流に乗って聞こえてきた。散発的な銃声。忌まわしい怒号。

振り返ると、暗い森の向こうに広がる闇一色の湖面、それに点在する施設や街灯の明かりが見えた。

闇夜の登攀は予想以上に恐ろしかったが、逆に考えると、万一敵の誰かが山肌を見上げたとしても、岩に取り付いている自分達が発見されることはない。それだけがこちらにとって唯一の有利な点だった。

冷たい岩の感触を全身に感じつつ、公一は固く心に誓う――溝淵とその一味は絶対に許さない。必ず罪を償わせてやる。

従兄弟にもらった腕時計で時刻を確認する。夜光塗料の塗られた針は夜目にも鮮明に読み取れた。登り始めてから二十二分が経過している。

いいペースだ――

平たく突き出た岩棚に手をかけて這い上がる。そこで裕太が待っていた。おそらくその先が問題の難所なのだろう。

岩棚に二人並んで座り、休憩する。気力と集中力を充分に高めてからでないと、まず間違いなくこの先には行けない。

ハンカチを取り出して汗を拭いていたとき、どん、という音がして、闇の底に爆発の炎が見えた。自分達のいる北の楠木岳とは、湖を挟んでちょうど反対側となる駐車場のあたりである。そこで何か大きな物が燃え、煙が立ち昇っている。湖面を渡ってくる銃声も激しくなった。

「何があったんでしょうか」

「さあ、僕に分かるもんか」

小さく赤い炎はまるで、闇の中に灯った豆電球のようにも見えた。

何があったかは確かに分からない。だが、いいことであるような気はまるでしない。駐車場のあたりということも気がかりだった。

まさか、進太郎や隆也の身に――

「急ごう、裕太」

そう言って立ち上がる。今は自分達にできることをやるしかない。

裕太も無言で頷き、それまでに比べると極端に手がかりの少なくなった岩を攀《よ》じ登り始めた。

次々と湧き上がる悪い考えを振り払うように、公一は登攀に集中する。

裕太の言っていた通り、険しい岩場だった。少しでも気を抜くと、たちまち真っ逆さまに転落する。自らの限界まで集中する必要があった。にもかかわらず、絶え間なく風に乗ってくる銃声に、ともすればその集中力が断ち切られそうになる。

まさに自分との戦いだった。

不安。焦燥。恐怖。そして怒り。

怒りは力にもなった。使命感も。本来の自分の実力なら、到底登れる場所ではない。だがここを乗り越えねば、部のみんなを救うことはできない。今にも途切れそうな気力を奮い起こし、手の指先、足の爪先だけで岩を登る。

再び岩棚に出た。一息つけるという安堵《あんど》の思いで這い上がると、裕太が泣きそうな顔で立っていた。

「すんません、ルート、間違えたみたいです」

「なんだって」

愕然として頭上を仰ぐ。のしかかるようなオーバーハング。幅二、三メートルほどの張り出した岩だが、左右をいくら見回しても手の届く範囲に中継地点となりそうな手がかりはない。本格的な登攀道具なしでこれを乗り越えることは、少なくとも中学生の自分達には不可能だ。

「あれがおまえの言ってたオーバーハングじゃないのか」

「違います。前に父ちゃん達と登ったのは、もっと緩いとこでした。あんなの、到底越えられっこないです」

絶望に目眩《めまい》がした。この暗さでは、どこでルートを誤ったのかさえ判然としない。仮に分かったとしても、その地点まで引き返すことはもはや不可能だ。装備なしで岩を登ることはできても、降りることは到底できない。もとよりそれは覚悟の上の登攀だった。しかし、ここまで来て立ち往生とは。

念のため、携帯を取り出して電源を入れてみる。［圏外］の表示。やはり山頂でなければ通話は不能であった。

「ごめんなさい、全部俺の責任です。カンベンして下さい」

裕太は今にも泣き出さんばかりだった。

公一は無言で岩を見上げる。このままでは通報どころか、夜が明けても誰かに発見されるまでこの場に立ち尽くすことになる。

どこかに——どこかに手がかりはないか——

夜間の暗い岩肌にそれを捜すのは困難だった。後悔と焦りの念が頭の中で渦を巻く。敵に発見されるリスクを覚悟の上で、ライトの一個も持ってくればよかった。いくら後悔しても追いつかない。

なんでもいい——ホールドでも、クラックでも——

そのとき厚い雲が一瞬途切れ、降り注いだ月光が岩肌に陰翳《いんえい》を生み出した。

「あれだ！」

闇に沈んでいたため今まで見えなかったが、月の光で初めて分かった。黒く突き出た大岩のちょうど左斜め下のあたり。そこに幼児の拳ほどの出っ張りがある。しかもさらにその上部には、もっとしっかりした突起や亀裂がいくつかあるのが確認できた。

あそこに手をかけることさえできれば――

公一は足場にしている岩棚の左端ぎりぎりまで移動した。目も眩《くら》む凄まじい高度感の中、虚空《こくう》に向かって思い切り左手を伸ばす。

だが、どうしても届かない。

駄目だ――

あと三〇センチ、いや二〇センチ。その空間がどうしても縮まらない。

「裕太、僕の右手を持っててくれ」

「はいっ」

「いいか、絶対に放すなよ」

「はいっ」

裕太に右手を預け、体をできる限り左に伸ばす。しかし二〇センチの距離は、絶望的かつ決定的に遠かった。

「部長、もう限界です！　それ以上やったら落っこちます！」

公一の右手を握った裕太が叫ぶ。

「あと少しなんだ！　踏ん張れ、裕太」

「ダメです、もう止めて下さい！」

やはりどうしても届かない。公一は岩棚にへたり込んで荒い息をつく。同じく裕太も。

「こうなったら、イチかバチか、僕があそこまでジャンプしてみる。あの岩をうまくつかめれば……」

「ダメですってば！」

裕太が叫ぶ。

「たとえあの岩をつかめたとしても、足場がないじゃないですか」

その通りだった。しかしここで諦めるわけにはいかない。

「やってみるしかない。他に手は……」

他に手はない、そう言いかけた公一は、相手の腹を見て叫んだ。

「手はあるぞ！」

「えっ？」

公一は自分の腹に緩く巻いていた石原のベルトをほどく。その意味をすぐに察して、裕太も慌てて由良先生から渡されたベルトを外した。

石原のベルトで長めの輪を作り、そこに仲崎のベルトを通してやはり輪を作る。由良先生が咄嗟に持たせてくれた〈登攀器具〉だ。

　岩棚の端に立って、連結させたベルトを投げ縄のように放る。引っ掛からずに外れた。諦めずに二度、三度と試みる。七度目にようやく引っ掛かった。

　興奮を抑え、落ち着いて引っ張ってみる。外れない。さらに力を込めて感触を確かめる。大丈夫だ。

「よし、これなら行ける」

「気をつけて下さいよ、部長」

「ああ」

　ベルトを強く握り締め、思い切って虚空に飛び出す。恐怖とない交ぜになった浮遊感が全身を走り抜ける。次の瞬間、全体重が両腕とベルトに掛かった。公一はすかさず左手を伸ばし、岩の突起をつかむ。次いで体をくの字に曲げ、両足の爪先を下の輪にかけた。

　左手で突起を押さえたまま、右手をベルトから放し、体を伸ばして上部のホールドに手をかける。慎重に右足を下の輪から抜いて、上の輪に掛ける。左手を突起から放し、掌で上部の岩肌を押さえる。そして入れ替わりに左足を突起の上に乗せる。

　後は比較的楽だった。間もなく公一はオーバーハングの上部に飛び移っていた。

「さすが部長！」

　裕太が手を打ってはしゃぐ。

「喜んでる場合か。おまえも早く来い」

「はいっ」

裕太はすぐさま手を伸ばし、垂れ下がっているベルトの端を手許に引き寄せた。さすがの身体能力を発揮し、公一と同じ要領でたちまち突起の上に達した。

「油断するなよ。気をつけろ」

「はいっ」

念のため声をかけるが、裕太の集中力に乱れはない。やがて公一の横に飛び移ってきた。公一よりも数分は速かった。

そこはもう、岩棚というより平地に近かった。所々に灌木が生い茂り、段状になった岩が積み重なっている。その上部には、おぼろながらも雲に覆われた夜空との境界が見えた。

「山頂だ！」

二人は同時に叫んでいた。

それまでの疲労も忘れ、夢中になって競うように岩を攀じ登る。ここまで来ればもう登頂したも同然と言っていい。

頂上直下の岩に手をかけたのは、二人ほぼ同時であった。

「お先にっ」

元気よく叫んだ裕太が、両手を突いて岩の上に身を乗り出す。

「一番乗り――」

銃声が轟き、裕太が短い悲鳴を残して岩から落下した。

平坦な山頂に手をかけた状態で岩にしがみついていた公一は、驚愕して背後を振り返った。眼下には生い茂る灌木の合間に虚空が黒々と広がるのみである。裕太の姿は見出しようもなかった。

それでも闇に向かって絶叫する。

「裕太、裕太ーっ！」

返事はない。取り返しのつかない思いに心臓が押し潰される。

嘘だ――嘘だろ――

「おい、こっち向け」

振り向くと、目の前に拳銃を持った男がしゃがみ込んでいた。その後ろには、やはり拳銃を持った男がもう一人。

「チビの方に当たったか。おまえを狙ったのにな」

声が――声が出ない――

「さすが溝淵君の読みは凄《すげ》えよ。まさか本当にこんな所を登ってくるヤツがいるなんてさ。オレなら考えつきもしねえ」

「ああ、一晩ムダにするつもりでいたんだけどよ、大当たりだったな」

溝淵は山頂から携帯で連絡を図る者がいることを警戒して、あらかじめ手下を配備していたのだ。

楠木岳は南側こそ急峻《きゅうしゅん》であるものの、北側の上畑市からは、山頂近くまで車道が通じている。手下を派遣するのも容易である。

裕太――

体がわななく。底知れぬ無力感と喪失感に。

なんのために僕達はここまで――

公一の眼前に、二つの銃口が向けられた。

11

「さっさと上がってこい。今のチビみたいに撃たれたくなかったらな」

拳銃を手にしゃがみ込んだ男が言う。

どうしようもなかった。公一は言われるままに山頂に這い上がる。

岩場のすぐ先からはなだらかな草地となっていた。展望台を兼ねた四阿《あずまや》の屋根も見える。その先は駐車場になっているはずだ。公一も上畑市側から何度か車で来たことがある。

もう一人の男が、トランシーバーを取り出して連絡する。

「こちら湯原《ゆはら》、応答願います」

やや間があって応答が返ってきた。

〈おう、なんだ湯原〉

溝淵の声だ――公一にはすぐに分かった。

「あ、オレら溝淵君に言われた通り楠木岳のてっぺんで張ってたんすけど、ガキが二人、崖を登ってきました。一人は花井《はない》が撃ち落としましたが、もう一人は捕まえてあります。どうしますか」

〈どうしますかじゃねえだろ、適当にそこら辺から突き落としとけ。チャカの弾が節約できる〉

「うぃっす」

通話を聞いていた花井がいきなり公一の襟首をつかみ、有無を言わさず崖の方へ引っ張っていく。

「おめえよお、せっかくここまで必死こいて登ってきたってのにさあ、ツイてねえのなー」

薄笑いを浮かべて公一を岩壁の下へと突き落とそうとする。公一は全力で抵抗しようとしたが、情けないほど手足に力が入らなかった。決死の登攀で体力を使い果たしていたのだ。

「このクソガキ、暴れんじゃねえよ。タマ食らわせて死体にしてから落としてもいいんだぞ」

花井が公一のこめかみに拳銃を押し当てる。

なすすべはもはやなかった。男は公一の頭を岩の上に押さえつける。公一の眼前に、黒々とした深淵が広がった。吹き上げてくる風が頬をなぶり、恐怖を増大させる。

〈おい湯原、聞こえるか湯原〉

再び通信が入った。

「はい、聞こえます」

湯原が慌てて応答する。

〈ガキはもう殺《や》っちゃった？〉

「いえ、まだ……もうすぐ片づきますんで」

〈殺るのはちょっと待て〉

「はい？」

〈いいからちょっと待ってろ〉

「うぃっす」

湯原の目配せで、花井が不審そうな顔をしながらも公一を突き落とそうとしていた手を止める。

数分の間があって、再び連絡が入った。

〈湯原、そのガキの名前が分かるか〉

「あ、はい、今訊いてみます」

湯原はトランシーバーから顔を上げ、

「おい、名前は」

「弓原……公一」

激しい動悸《どうき》を抑えつつ答える。

再びトランシーバーに向かった湯原が聞いたままを報告する。

「弓原公一って言ってます」

〈そうか……ちょっと待て〉

溝淵はトランシーバーの向こうでなにやら相談しているようである。

またもお預けを食らった湯原と花井は、互いに怪訝《けげん》そうに顔を見合わせている。

やがて溝淵から指示を伝える通信が入った。

〈状況が変わった。そのガキを連れてすぐにこっちへ戻ってこい。キャンプ場の管理事務所だ〉

「え、殺るならここで殺っちまった方が……」

〈だから状況が変わったって言ってんだろ。いいからさっさと戻ってこい〉

通話は切れた。二人はいまいましげに舌打ちする。

「めんどくせえな。ここで殺っちまおうぜ」

公一を押さえ込んでいた手を放し、不満げに言う花井に、

「そう言うな。溝淵君の言いつけだ。勝手やってるとおめえの方がぶっこまれるぞ」

湯原にたしなめられ、花井が憤懣をぶつけるように振り返った。

「なにボーッとしてやがる。突っ立ってねえで早く来いよオラ」

すぐには頭がついていかず立ち尽くしていた公一に、花井が銃口を向ける。

「あん、聞こえねえのか」

公一は我に返って歩き出した。

湯原は四阿の横を通り過ぎ、駐車場に向かった。

ここからなら携帯がすぐ通じるのに――

悔しい思いで公一は四阿を横目に見る。この状態では作戦どころではなかった。

駐車場には一台のセダンが駐められていた。先に湯原が運転席に乗り込み、花井は公一を後部座席に押し込んで自分もその隣に座った。

湯原がすぐに車を出す。上畑市から県道を回っていけば、葦乃湖にはかなりの短時間で着く。

――だから状況が変わったって言ってんだろ。

頭の中で溝淵の言葉を反芻《はんすう》する。

どう考えても、悪い想定しか浮かばなかった。

そして――裕太。

暗黒の底へと落下した一年生。その最後の悲鳴が耳について離れない。

ごめんな――ごめんな――

今頃になって涙がこぼれてきた。事態はすでに最悪を通り越している。

ショットガンを撃ちまくって駐車場から離脱し、闇に紛れて反対側の丘を越えた〈先生〉は、緩やかな斜面を下って二股の大木を目指した。

「久野君、私よ、久野君」

目標の大木に到達した彼女は、周囲に人影のないことを確認してから小さな声で呼びかけた。

「ここです」

大木の根元で返答があった。

声のした方に回ると、節くれ立った太い根と地面の間から、レミントンを抱いた進太郎が這い出してきた。

「へえ、いい隠れ場所じゃない」

「それより、朝倉は」

「出発したわ。無事に人里まで辿り着けるかどうかは、彼の運次第ね」

「運次第、ですか。腕じゃなくて？」

「そう、運よ。腕だと、彼はまず辿り着けない。途中で捕まる可能性の方が高い」

「そんな」

進太郎は憤然として、

「だったらどうして、あいつをそんな危険な――」

「危険なのは彼だけじゃない。みんな同じよ。弓原君や日吉君だって、今頃は岩壁から転落して墜死してるかもしれないし」

「縁起でもないこと言わないで下さい」

「今さらなに言ってるの」

憤慨しているらしい少年を、あえて冷ややかな口調でたしなめる。

「私達は全員、生きるか死ぬかの瀬戸際なのよ。今自分が生きていることが重要だと思いなさい。君にとっても、他の全員にとっても」

身を翻して歩き出す。

「ここは危険よ。すぐに移動する」

「移動するって、どこへ」

「森の中よ。手持ちの弾薬が尽きた。敵の死体から武器と弾薬を補給する」

進太郎を連れ、湖を取り巻く森の中に入る。

途中で関帝連合の構成員達と何度か遭遇したが、そのつど茂みに身を隠してやり過ごす。進太郎を連れた状態で連中と交戦するのはできる限り避けたかった。

自分が通過した場所の地形図は頭の中に焼きつけてある。その図に従って、排除した敵の死体の在処に向かう。

見つけた。朽ちたバンガローの側に血まみれの死体が三つ。素早く死体をあらため、弾薬を奪う。

「ほら、君の分。持ってなさい」

進太郎にもレミントンの弾薬を渡す。

彼は死体の惨状に顔をしかめながらも弾薬を受け取ってポケットに詰め込んだ。

〈由良季実枝、聞こえるか〉

不意にトランシーバーからの声がした。

驚いて振り返る。自分の所持しているトランシーバーではない。電源は切ってある。声は死体の手にしたものから流れていた。

〈そこら中の手下がトランシーバーを持ってる。電源は切るなと言ってあるから、死体にも聞こえてるはずだ。手下を殺して回ってるのがあんただってことはもう割れてる。ねえ由良先生、聞こえたら返事して下さいよ。先生の得にもなる話だ。由良季実枝……いや、三ツ《みっ》扇　槐《おうぎえんじゅ》〉

進太郎がはっとこちらを見るのが分かった。

トランシーバーを取り上げて応答する。

「あんた、もしかして溝渕ってバカ？」

〈おっ、やっとお返事してくれたね、先生〉

「質問に答えなさい」

〈イエース。関帝連合のアタマを張ってる〉

「アタマじゃないでしょ。アタマの一人、でしょ。答えは正確にね。減点1」

〈詳しいじゃないか、先生。でもさ、こっちだってあんたについてはちょっとばかり詳しいんだぜ〉

「へえ、スリーサイズでも知ってるって言うの」

〈そんな口きいてられんのも今のうちだ〉

溝渕の口調が変わった。

〈オレの片腕に阿比留って男がいてな、タッパは足りねえが頭は抜群だ。こいつの親父が警察クビになった元公安の刑事なんだよ。クビになるくらいだから、タチが悪いって言うかルーズって言うか、公安の資料を勝手に自宅に持ち帰ってたんだな。それを息子がこっそり覗いてたってわけ。親父のパソコンなんざ、こいつにかかったらチョロイもんさ。その中に三ツ扇克子《かつこ》の資料もあったってこと〉

　今度は自分の顔色が変わるのを自覚する。

〈オレも歴史のお勉強なんて興味なかったクチだからさ、全然知らなかったんだけど、七〇年代にはえれぇ有名人だったんだな、三ツ扇克子って。日本赤軍の最高幹部で、ハイジャックとか、空港乱射事件とか、大使館占拠とか、マジ凄えよ。公安の長年の宿敵だったんだってな。資料もいろいろ揃ってるわけだ。だが三ツ扇克子はリビアの砂漠で死んだ。その孫が、三ツ扇槐、あんただよ、先生〉

　横で進太郎があんぐりと口を開けている。

〈パレスチナ名をエンジュ・アリク・ナブルーシー、もしくはエンジュ・アリク・ミオーギ。あっちじゃ『最後の赤軍』とか『最後の闘士』とか言われてるそうじゃないか。凄えよあんた。国際指名手配の超大物。マジでモノホンの国際テロリストだ〉

「テロリストじゃない。闘士よ。減点2」

　苦々しい思いで訂正する。

〈はいはい、最後の闘士ね。その闘士様のお顔を、駐車場で阿比留がこっそり見てたってわけだ〉

　甘かった。相手をアマチュア集団と過小評価していた。敵の中に自分の顔を知っている者がいようとは。

〈さて、ここからがビジネス、つまり本題の交渉だ。あんた、追われてんだろ、いろいろ厄介な連中にさ。当然逃亡資金がいるはずだ。オレ達に協力してくれれば十億出す。どうだ、悪い話じゃないだろう〉

「用心棒代ってわけ？　私に蔡を始末させようって魂胆ね」

〈世界中でプロの軍隊相手に散々やり合ってきたあんただ。チャイニーズなんかひとひねりじゃねえの〉

「生憎《あいにく》ね。こう見えてお金には困ってないの。知らない？　中学校の先生って、結構お給料がいいのよ」

〈そうかい。こっちは今すぐにでもあんたを警察にチクったっていいんだぜ〉

「どう言ってチクるわけ？『もしもし、警察ですか、ボク、関帝連合のミゾブチですけど、実は今、みんなで葦乃湖に来てまして、キャンパー皆殺しにしてたんですけど、いえ、バーベキューじゃなくって大虐殺。そこで三ツ扇槐って女を見たんです』」

〈マジ殺すぞこのアマ……とか言えばまた減点ですかね、先生〉

挑発に乗ってこない。何かある。

〈あんたは一人で逃げようと思えばいくらでも逃げられた。むしろその方が手っ取り早い。ところがそうはしなかった。これってどう考えたって変だよね。なんで？〉

「趣味がゴキブリ潰しなの。あんた達みたいなね」

〈言っただろ、そんな口きいてられんのも今のうちだって。楠木岳で弓原公一ってガキを捕らえた。もうじきこっちに着く〉

それか——

〈あいつの命が惜しかったらさ、おとなしく投降してよ〉

「私のプロフィールを知ってんなら分かるでしょ。縁もゆかりもない中学生の命なんて知ったことじゃない。好きにしたら」

進太郎が「えっ」という顔でこっちを見上げる。

〈またまたー。ブラフですか〉

「中東でもアフリカでも、子供の命なんてタダより安いのよ。ちょっとは国際相場を勉強しなさい。減点3」

〈そうっすか。じゃあ弓原君が着き次第、指を一本ずつ切り落とすことにするよ。あんたが来るのが先か、あいつの指がなくなるのが先か。あいつが死んだら、次は残りのガキどもだ〉

「脅し方が陳腐でありきたり。減点4」

〈舐めんなよ。オレはやると言ったことは必ずやるんだ〉

「教えてあげる。悪党はみんなそう言うの。特に小者ほどね」

〈会うのが楽しみだな、先生。あんたの祖母《ばあ》さんはずいぶん美人だったらしいが、阿比留の話じゃ、あんた、祖母さんの若い頃に似てるって言うし〉

「そう、ありがと」

〈ここは砂漠じゃなくてキャンプ場だけどさ、あんたも祖母さんみたいにみじめったらしく砂にまみれて死ぬんだ〉

かっとしてトランシーバーを放り捨てる。

「先生！」

歩き出そうとしたとき、進太郎がすがりつくような目をして言った。

うんざりとした思いで応じる。

「聞いた通りよ。私は先生でもないし、由良季実枝でもない」

「先生！」

「やめてったら」

だが進太郎は執拗《しつよう》に繰り返す。よほど公一の身が心配なのだろう。呆れるほどの友達思いだ。国際標準では馬鹿とも言う。

「先生！」

「どいて」

必死にすがる進太郎を突き飛ばし、闇に向けて散弾を放《はな》った。

茂みに隠れていた男が胴体部から血を噴出させて倒れる。

溝淵の冗漫な喋りはそれ自体が罠だったのだ。通話の声を聞きつけて、いつの間にか周辺には武装した男達が集まってきていた。

「久野君、私から離れちゃ駄目よ」

「はいっ」

先生は――槐は――進太郎を連れ、ショットガンを乱射しながら闇を走った。

ヤマハTW200に跨がった隆也は、夜更けの車道を死ぬ気で猛然と飛ばした。背後からは五台のバイクが爆音を上げて追ってくる。

弓原先輩と日吉裕太の登攀作戦が万一失敗した場合、みんなの危機を知らせられるのは自分しかいない。

絶対に振り切ってみせる――隆也はさらにアクセルをふかし、速度を上げる。

やがて五台のバイクは一気に距離を詰めてきた。このまま走り続ければそのうち確実に追いつかれてしまう。だが目的地である檜之俣集落までそう離れているわけではない。勝機はある。

捕まってたまるか――

曲がりくねった山間《やまあい》の道だ。ハンドルさばきを一つ間違えば確実に死ぬ。追い上げてきたバイクが一台、カーブを曲がり損ねてガードレールに激突した。凄まじい音を立てて渓谷へと転落する。

オレはツイてる――

追手のヘッドライトが四つになった。

イケる――

下りの勾配が次第に緩くなってきた。檜之俣集落が近いのだ。

やったぜ、久野センパイ――ここまで来ればもう――

体重の移動に気をつけながら最後のカーブを曲がったとき、突然目の前にまばゆい光が現われた。

「あっ！」

隆也は咄嗟にバイクを倒して横に滑らせる。正面衝突を避けるにはそれしかなかった。ノーヘルでぶつかったら死亡は免れない。

頭をかばう姿勢を取り、凄まじい勢いで路面を転がった隆也の体は、ガードレールの支柱にぶつかって止まった。全身に受けた打撲と擦過傷で息ができない。

昼間の熱を微かに残すアスファルトの上で、隆也は身をよじるようにして激痛に耐えた。特に左足首の痛みが酷い。どうやら悪い角度で捻ったらしい。それでも隆也は朦朧《もうろう》とかすむ目をしばたたかせながら顔を上げた。

前方に現われた十数台の車が、火花を散らして滑ってきたヤマハTW200を避けて停車する。セダンもあれば、バイクもあった。

一方、追手である四台のバイクは隆也を取り囲むようにして停まっていた。

だが、双方は隆也のことなど忘れ果てたかのように、互いに殺気を孕ませて対峙《たいじ》している。

やがて前方の一団のうち、先頭に停まっていたトヨタ・クラウンのドアが開き、襟のやたらに広いグレイのシャツを着た男がゆっくりと降りてきた。

意識の薄れかかった隆也にも、男が常人にない精気を放っているのが分かった。

最悪の予感——予感じゃない、これが〈最悪〉だ——

キャンプ場から追ってきた男達が一斉に呻きながら後ずさる。

「蔡……」

12

「おい、何か変だぞ」

檜之俣を過ぎ、山道に入ったあたりでハンドルを握る湯原が声を上げた。

「なに」

公一に拳銃を突きつけていた花井が前を見る。

車のテールランプが集まっている。おびただしい数だ。

「やべっ、警察か」

狼狽する花井に、前方を睨んだ湯原が、

「いや、警察の車じゃねえ」

「じゃあなんだってんだよ、こんな時間にこれだけの車が……」

そう言いかけて、花井はようやく気づいた。

「蔡だ！　やべえ、すぐに引き返せ」

花井が叫ぶより前に、湯原はブレーキを踏み、ギアをバックに入れている。

しかしもう遅かった。

こちらに気づいて急接近してきたバイクが、車の前後左右を取り囲む。

すべての窓に銃口が向けられていた。一人が銃で運転席の窓を叩く。降りろと言っているらしい。

「どうするよ？　降りんのか」

花井が情けない声を上げたとき、男達は銃の台尻で一斉に窓ガラスを叩き始めた。足で車体を思い切り蹴りつける者もいる。花井と湯原が悲鳴を上げる。

公一はもちろん生きた心地もしなかった。恐ろしく気の短い連中だ。〈蔡のグループ〉。溝淵派が怖れるだけはある。

やむなく車内から出た三人を男達が取り囲む。花井と湯原の所持していた武器は真っ先に奪われた。

男達が交わす言葉は基本的には日本語だったが、イントネーションのおかしい者も混じっていた。

また中には中国語らしい外国語で喚き散らす者も少なからずいた。溝淵の言っていたチャイニーズ・マフィアかもしれない。

公一達は男達に押し出されるように前に出た。そこでは、中国系グループの面々と、バイクの側に立った四人の男達とがなぜか睨み合っていた。どういう状況なのか、まったく分からなかった。

双方が銃を手にしている。数は中国系の方が圧倒的に多い。実際、溝淵派と思われる四人は拳銃を構える手が傍目《はため》にもぶるぶると震えていた。

しかし、引き金を引く者はいない。ここで銃撃戦になれば、銃声は当然檜之俣集落の住民にも届くからだ。それは双方にとって絶対に避けねばならない事態のはずである。

なんとかこいつらに発砲させる手はないか——そんなことを漠然と考えていたとき、公一は溝淵派らしい四人の近くに、誰かが血だらけになって転がっているのに気がついた。

「あっ」

無数のヘッドライトに照らされた傷だらけのその姿は——

「朝倉!」

思わず駆け寄っていた。止める者はいなかった。

「朝倉、大丈夫か、朝倉!」

抱き起こすと、隆也はうっすらと目を開けた。どうやら意識はあるようだ。

「弓原さん……すんません、オレ、カッコ悪くて……」

「バカ、しっかりしろ」

そのとき背後から両腕をつかまれ、中国系の男達にむりやり引き離された。隆也の体が再びコンクリートの上に転がる。

男達に押さえつけられた公一は、グレイのシャツを着て黒い髪をオールバックにした細身の男が、四人と何事か話し合っているのを見た。その男だけは銃を持っていない。両手をズボンのポケットに突っ込んだまま不敵な横顔をこちらに向けている。

あれが蔡か――

公一は直感した。交差するヘッドライトが、その男に複雑でどこか禍々《まがまが》しい陰翳を与えている。

虚勢を張った溝淵派の四人が、それぞれ口ごもりながら答えているのが切れ切れに聞こえた。

正体不明の――ナイフで次々と――おめえらじゃねえってのか――

どうやら先生のことについて喋っているようだった。

やがて双方は、何かの合意に達したらしい。

溝淵派の四人はそれぞれオートバイに跨がって、キャンプ場へと引き返していく。

隆也は中国系の男達に荒々しく引き起こされ、彼らの車に乗せられた。公一も同じ車に押し込められる。

蒼白になって震えていた花井と湯原は、自分達の乗ってきた車に戻された。しかしその後部座席には中国人達が乗り込み、油断なく二人に銃口を向けている。

全車がキャンプ場に向かって一斉に走り出した。

車内で血だらけの隆也と身を寄せ合い、公一はただ不安に震えていた。こうなってはもう事態の進行にすべてを任せるしかない。

ほどなくキャンプ場入口のバリケード前に到着した。

そこでは、先行したバイクの面々から報告を受けたらしいスキンヘッドの男が、トランシーバーで指示を仰いでいた。バリケードと駐車場の警備を担当するという田窪だろう。

与えられた指示に田窪は驚いたような表情を浮かべ、何事か訊き返していたが、すぐに通信を切って大声で部下に命令を下した。

「入口を開けろ。こいつらを通すんだ。クルマじゃねえ、人だけだ」

部下達も驚いていたが、それでも車止めの一部が取りのけられ、人が通れるだけの隙間が作られる。

各々武器を手に、中国系の男達が車から降りる。公一と隆也も、同乗していた男達に促されて外に出た。

「通していいのは蔡を入れて三人。それに逃げたガキ二人だけだ」

田窪がさらに大声で指示を伝える。

どこまでも不敵な笑みを浮かべた蔡が二人の手下を引き連れ、バリケードの隙間を通って中へ入る。たった三人きりで、しかも武器さえ持たぬ丸腰である。その余裕が公一には悪魔のようにさえ思えた。

道をふさぐバンの上に立った溝淵派の男達が、一列になって侵入する蔡達に殺気を漲らせて銃を向けている。

「オラ、そこのガキ！　おめえらも早く行け」

田窪とその部下達が、公一と隆也に銃を向けて怒鳴る。

歩き出そうとした隆也が体勢を崩して大きくよろめいた。左足に怪我をしているようだ。

「大丈夫か、朝倉。僕につかまれ」

「すんません、弓原さん」

公一は満身創痍《そうい》の隆也に肩を貸してバリケードの中に入った。

追手に追われた隆也がバイクで事故を起こしたことは想像に難くない。骨折か捻挫かは分からないが、足の怪我だけで済んだのなら幸運と言っていい。

しかし、できるだけ早く病院に連れていって精密検査をしなければ――

バリケードの内側では、蔡達三人が溝淵派の男達に武器を隠し持っていないかどうか、体中を調べられている。

「よし、座間見《ざまみ》、こいつらを溝淵君の所まで案内しろ」

田窪が側にいた顎髭《あごひげ》の部下に命じる。

「五、六人連れてけ。妙な動きをしやがったら、構わねえからその場でぶっ殺せ」

「うぃっす」

座間見と呼ばれた顎髭の男が先頭に立って管理事務所に向かう。

「こっちだ、ついてこい」

ショットガンやライフルを手にした数人の溝淵派が、蔡達と公一、隆也を囲むようにして移動する。

一触即発といった空気が漂っていたが、一人、蔡のみは自若とした態度をまるで崩さず座間見に従っている。

闇に沈む管理事務所が見えてきた。キャンプ場にやって来て、大学ノートにみんなで名前を記入したのが、はるか遠い過去であったかのように公一には思えた。

「入れ」

座間見が顎をしゃくる。

二人の部下を従えた蔡が、しなやかな足取りでカウンターの後ろの管理人室に踏み入る。

ソファにもたれかかった溝淵が蔡に声をかけてくる。

「よう、久し振り」

室内には、阿比留と二人の黒人も不穏な顔つきで控えていた。黒人の一人が、獰猛《どうもう》な目で公一を睨む。

「六本木で飲んでばっかいるより、たまにはアウトドアもいいもんだろう」

軽口を叩く溝淵に、蔡が冷笑を浴びせる。

「余裕ぶっこいてられる場合か、え、溝淵」

一度喉を潰したことでもあるのか、外見からは想像もつかない低くしゃがれた声だった。年老いた老人のようでもあり、用心深い猛獣のようでもある。

蔡は隆也を指差し、

「バイクでそのガキを追ってたおまえの手下に聞いた。おまえら、キャンプ場を包囲したのはいいが、正体不明の殺し屋に片っ端からぶち殺されてんだってな」

溝淵はにやにやと聞いている。

公一には溝淵のその笑いが気になってならなかった。

「どうだ溝淵、取引と行かないか。俺達が手を貸してやる。夜明けまでに金を探さなくちゃならないのは俺達もおんなじだからな。どんなに腕の立つ奴だか知らないが、その殺し屋は俺達が見つけ出してぶっ殺してやるよ」

「その代わり、金は山分けってか」

「ああ」

「遅かったな、蔡。謎の殺し屋の正体はもう割れた」

「へえ」

蔡が興味深そうに漏らす。

溝淵は芝居がかった動作で携帯端末を取り出し、

「今からそいつとのやり取りを聞かせてやるよ。トランシーバーで話したんだが、そのときの会話をこいつで録音してたんだ。言っとくけど、マジ面白《おもしれ》えから」

溝淵がスイッチを入れると同時に、粘り着くような溝淵自身の声が流れ出した。

〈ねえ由良先生、聞こえたら返事して下さいよ。先生の得にもなる話だ。由良季実枝……いや、三ツ扇槐〉

その先の会話は、公一の想像をはるかに超える恐ろしいものだった。

いや、中学生の身には次元が違いすぎて頭がついていけなかったと言った方が正しいかもしれない。三ツ扇槐。パレスチナ名をエンジュ・アリク・ナブルーシー、もしくはエンジュ・アリク・ミオーギ。国際テロリスト。『最後の赤軍』。

あの由良先生が？　確かに先生は今までの印象や先入観と大きくかけ離れた凄い人だった。でも、まさか国際テロリストだなんて――

考えれば考えるほど混乱する。

そんな人が、僕達を助けてくれたりするものだろうか――

〈そうっすか。じゃあ弓原君が着き次第、指を一本ずつ切り落とすことにするよ。あんたが来るのが先か、あいつの指がなくなるのが先か。あいつが死んだら、次は残りのガキどもだ〉

溝淵はそこで音声の再生を止め、公一を見た。

「そういうワケだ、弓原君。おまえ、命懸けであんな山まで登ってさ、大したモンだよ。さすが野外活動部の部長さんだ。そのご褒美に、まずおまえからなぶり殺しにしてやんよ。先生との約束だからな。恨むんなら由良先生、じゃなかった、三ツ扇先生を恨みな」

パチッと音を立ててナイフを開いたポロシャツの黒人が、公一に歩み寄ってその手をつかむ。抵抗のしようもない。まるで重機でつかまれたようなもの凄い力だった。

「わざわざ俺に録音を聞かせたわけが分かったよ、溝淵。俺をここまで通したわけもだ」

それまで面白そうに耳を傾けていた蔡が口を開いた。

「正体は分かったが、とんでもない相手だな。その女のおかげで、そこら中におまえの手下の死体が転がってる。取引を望んでるのは、むしろおまえの方だ。違うか」

「まあ、そんなとこ」

溝淵はあっさりと肯定した。

「オレはここにいるガキをエサにして三ツ扇槐をおびき出す」

「そこで俺達がその女を仕留める、か。分かった。金は折半でいいな」

「この際だ。手を打とう」

「ぐずぐずしてると夜が明けちまう。すぐに開始だ。まず俺の手下を全員キャンプ場に入れろ。もちろん武器も一緒にだ」

「それも計算のうちか」

蔡は唇の端を歪めてにやりと笑った。溝淵に負けず劣らず、胸の悪くなるような笑みだった。

溝淵が阿比留に目配せする。

頷いた阿比留がトランシーバーを取り上げ、出入口を固める田窪にその通り指示を伝える。

「これでいいか、蔡」

「ああ」

相手の返答を確認し、溝淵は公一の手をつかんだ黒人を促した。

「よしボブ、景気よくスパスパやれ」

抵抗しようとしたが、もう一人の黒人が後ろから公一の両肩を押さえつけた。巨岩がのしかかったように、全身がもうぴくりとも動かない。

「弓原君さあ、中坊のクセして、おまえ、ちょっとがんばりすぎ。そろそろ痛い目見てもいい頃だと思うだろ常識的に」

ボブの手にしたナイフが公一の右手の小指に当てられた。

「いいぞボブ、まずは右手からやっちゃえ」

早く――早く何か思いつかないと――

「待って下さい、僕、白状します」

咄嗟に叫んでいた。

「待てボブ」

溝渕が黒人を制止して問い質《ただ》してくる。

「白状するって、何を」

「お金の……四十億の在処です」

室内がざわめく。蔡は誰よりも鋭い目でじっとこちらを見つめていた。

「おまえら、ちょっと静かにしてろ」

一同に向かって声を張り上げた溝渕が、公一の方に身を乗り出し、

「どうして知ってる」

「分かったんです、『赤い屋根の小屋』の意味」

「へえー、まあ言ってみ？」

公一は相手を焦《じ》らすように息を整え、間を置いてから答えた。

「北東側の森の中に古い地蔵堂があります。正式な施設でも名所でもないんで、案内図にも載ってません。その屋根が赤いんです」

「本当か」

「はい」

「じゃあ、おまえはそれを知ってて今まで黙ってたわけだ」

「すみません、でも、気がついたのはついさっきなんです」

溝渕は嫌な目でこちらを覗き込み、

「あやしいなあ。その場しのぎのハッタリじゃねえの？」

「そんなこと……本当です、僕、死にたくないんです、黙っててごめんなさい」

地蔵堂があるのは本当だ。ただし、屋根は赤くない。溝渕の言った通り、なんとかこの場をしのぐためにに思いついたでまかせである。

「ふーん……」

溝渕は両手を頭の後ろで組み、ソファにもたれかかる。

「北東側の森っていうと、立入禁止になってるあたりか」

「はい、そこを抜けたちょっと先です。藪に埋もれてて、回りからは分かりにくくなってますけど」

「よし、じゃあおまえが案内しろ」

「溝淵君、そのガキの言うこと、信じるんすか」

阿比留が耳障りな甲高い声で口を挟む。

「嘘に決まってますって。命が惜しくてデタラメこいてるだけですよ」

「嘘だったらその場で殺せばいいだけさ。確かめてみても損はねえ。現にこっちは手詰まりなんだ。阿比留、何人か出してこいつにその地蔵堂まで案内させろ。五人くらいでいいだろう」

「俺の手下も同行させろ。ちゃんと武器を持たせてな」

蔡だった。

「本当に金があったとしても、そのガキを殺して金はなかったと言われたら俺達には確かめようがない」

「オレが信用できないってのか」

「当たり前だ」

「ま、好きにしたら。オレの誠意の証《あか》しだよ」

溝淵はなぜか素直に同意した。

「唐《とう》、袁《えん》」

蔡の合図に応じて二人の男が前に出た。

「おまえ達は銃を受け取ったらこいつらと一緒に行け。俺は他の仲間と合流して槐って女の狩り出しにかかる」

二人は黙って頷いた。

溝淵に目で促され、ジョンが唐と袁に拳銃を差し出す。

一方、阿比留はドアの前に控えていた顎髭の座間見に命じる。

「座間見、聞いた通りだ。おまえ、手下を四人連れてこのガキと地蔵堂まで行ってこい。あとの者は車道の警備に戻せ。金がなかったらガキはすぐに殺すんだ。いいな」

「うぃっす」

室内に入ってきた座間見が公一の襟を引っつかみ、外へと引きずり出す。

「来い」

ショットガンの銃口で小突かれながら、公一は必死に後の策を考えていた。

駄目だ、何も思いつかない――

13

もう誰も追ってこない。敵は完全にこちらを見失ったようだった。

ショットガンに弾薬を装填し、槐は森の奥深くへと入り込む。そして雑木の間を湖に沿って早足で移動した。

「先生、待って下さい、先生」

進太郎が木々の根に足を取られながらも懸命についてくる。

いまいましくて振り返る気にもならない。

何度言ったら――私はあんた達の先生じゃない――

――私はあなたの先生よ。ここではね。

祖母が言った。パレスチナの軍事キャンプで。

――私はあなたに、戦うためのすべての技術を教える。手加減はしない。覚悟なさいね。

それを聞いて、五歳の槐は心底怯《おび》えた。

――なんのための戦いなの？

――愛する人を守るための戦い。そのためには、まず自分が生き残らねばならない。何があってもよ。

野戦服に身を包み、シュマーグ（アラブスカーフ）を巻いた祖母は、地平線に沈む夕陽を哀しげに振り仰いだ。

――あなたのお母さんは、生き残ることができなかった。それでも、あなただけは立派に守り抜いたわ。槐、あなたもお母さんのように愛する者のために戦わねばならない。そう、私やお母さんの分までね。

遠くから地鳴りのような爆発音が断続的に聞こえてきたのを覚えている。

今考えると、それはイスラエル軍の空爆だったに違いない。

その頃、祖母はすでに孤立していた。

幼心にも日々感じられた。以前は祖母を讃え、敬っていた者達が、次第に祖母や自分を疎んじるようになっていくのが。

幼い槐にはそれが悲しくてならなかった。

大義を信じ、よりよい世界を目指して祖国を捨てた祖母。かつてはアラブの英雄とまで呼ばれた祖母。その祖母が、どうしてこんな仕打ちを受けるのだろう。人々に接する祖母の態度は、祖母の優しさは、これまでとちっとも変わらないのに。

すでに白髪の目立っていた祖母が急速に衰え、皺だらけだった肌がパレスチナの荒野のように固くひび割れ始めたのもこの頃だ。

それでも祖母は戦い続けた――彼女が愛した人々のために。

自分もまた愛されていたのだ。三ツ扇克子という偉大な闘士に。

日本赤軍はすでにない。共産主義は蜃気楼《しんきろう》よりも儚《はかな》い幻影だった。いや、狂人の脳髄に宿った悪夢か。それを人類史上最低の悪党どもが私欲のため利用したにすぎなかったのだ。

西も東もない。極左も極右もない。すべての大義は地に堕ちた。

世界中に浸透したアル・カイダ系武装勢力が幅を利かす今、さまざまな組織の厄介者となった槐は、数少ない支援者からの依頼を受け、一人ですべての作戦を立案、遂行するようになった。

気がついてみると、いつしかこう呼ばれるようになっていた――『最後の赤軍』。あるいは『最後の闘士』とも。

フリーのテロリストと呼ばれることだけは我慢ならなかった。ああいう下品な犯罪者どもとは違うという自負があった。

しかし、自分がいかに嫌がろうとも、世界中の法執行機関はお構いなしにそのふざけた呼称を使っている。実に腹立たしい限りだが、いちいち抗議するわけにもいかない。

虐げられた人民のために。そして自分が愛する者のために。

槐は独り戦い続けた。

それでも、ヒズボラの幹部ムハンマド・シェハーブを殺ったのはまずかった。

シェハーブはレバノンのイスラム武装組織ヒズボラの中でも最も過激な将軍として知られていた。世界各地で実行された多くの自爆テロの作戦責任者が他ならぬこの男であった。

アラブ世界の犯罪組織と太いパイプを持つシェハーブは、武器や麻薬の密売に手を染めており、ヒズボラの組織を利用して巨額の利益を得ていた。生かしておけばおくほど世界に害毒を垂れ流し続けるだけの悪党だ。

暗殺の依頼人は、シェハーブと対立する派閥の有力者。そちらも手が汚れていないとは到底言えない。しかしそんなことはシェハーブを長生きさせておく理由にはならなかった。

シェハーブの暗殺は困難を極めたが、槐はなんとかやり遂げた。

厄介な仕事を終えて安堵したのも束の間《つかのま》、そこから事態は思わぬ方へと動き出した。

シェハーブはヒズボラの秘密資金調達係でもあったのだ。マネーロンダリングの手法を駆使し、犯罪で得た利益の一部を組織に還元して合法的な政治資金とする。シェハーブはそのシステムを自らの保険として、必要書類や暗証番号、認証方法などを含めた一切合切《いっさいがっさい》を誰にも伝えていなかった。だからこそシェハーブは組織内で専横的に振る舞うことが許されていたのだ。

大きな資金源を失ったヒズボラは激怒し、組織を挙げて復讐を誓った。シェハーブのカリスマに心酔していた若手将校グループの怒りは特に凄まじいものだった。

依頼人はたちまち炙《あぶ》り出され、家族もろとも粛清される前に槐の名を吐いた。

かくして槐は一時的に――もしかしたら恒久的に――身を隠す必要に迫られた。イスラム武装組織のネットワークは今や世界中に及んでいた。非イスラム圏の軍事勢力や犯罪組織も、ヒズボラが槐の首に懸けた莫大な賞金目当てに競って情報を提供する。

世界中の裏社会から身の置き所が失われたと言っていい。もちろん各国の司法機関はここぞとばかりに槐逮捕に動き出した。文字通りの四面楚歌だった。

アメリカもヨーロッパも駄目だ。イスラム系の情報ネットワークがほぼ完璧に構築されている。南米やアフリカ、東南アジアには犯罪組織の目が光っている。独裁国家や破綻国家は問題外だ。

行き場を失った槐は、窮余の策として、祖母の故国に身を潜めることを思いついた。祖母も母もパレスチナ人と結婚した。槐の体に流れる日本人の血は四分の一となっていたが、目も髪も黒く、日本人として充分に通用した。実際、小さい頃から祖母に似ているとよく言われた。それでも祖母に比べると、だいぶ彫りの深い顔立ちであったが、祖母から学んだメイク術や変装テクニックでなんとかカバーできると考えた。

信頼できる闇ルートを通じて、日本人女性〈由良季実枝〉の戸籍を手に入れた。パスポート他の必要書類も揃っている。掘り出し物と言ってよかった。本物の由良季実枝は、金に困って戸籍まで売り飛ばした末、タイの海に沈んでいるという。

生前の由良季実枝について念入りに身辺調査した結果、様々な情報が得られた。近親者はなく、特に親しい友人もいない。そうした線から正体を疑われる懸念はなさそうだった。また教員資格を取得していることも判明した。

無職でいるのは疑いを招く元だ。然《しか》るべき手続きを行ない、職を探した。長期的な仕事より、短期間のものが望ましい。しかも社会的に認められながら、職場を転々としても不自然ではない職業。臨時の代理教員はまさに打ってつけだった。

こうして三ツ扇槐は〈由良季実枝〉として水楢中学校に英語教師としての職を得た。

それが今――

「先生、お願いです、公一を助けて下さい！」

後ろから聞こえる、進太郎の情けない声。

さっきから癇《かん》に障って仕方がない。

彼はきっと、公一をはじめとする部の仲間達を心から愛しているのだろう、だからこうまで必死になれるのだろう。

「先生！　先生！」

ついに堪えかね、振り返って言い渡した。

「久野君、キミね、その先生っての、いいかげんやめてくれる？　でないと君も排除するわよ」

進太郎が愕然としたように目を見開く。

これで少しは懲りただろうか。

「はい、でも……」

しかし彼は、全身の震えを精一杯抑えながら、こちらを挑発するように言い返した。

「でも、先生は僕達の副顧問です」

槐はため息をついた。

いい根性してるじゃないの、久野進太郎君――

高台のようになった場所に位置するテニスコートに到着した教頭先生が、フェンスの横を小走りに駆け、クラブハウスの窓の下に身を寄せて中の気配を窺う。次いで正面玄関の方に回り、そっとドアを開けて内部を覗き見た。

その様子を、景子達は離れた茂みの中から固唾《かたず》を呑んで見守っている。

教頭先生が景子達の方を振り返り、手招きした。

女子と子供達が一斉に駆け出し、正面のドアからクラブハウスの中に駆け込む。全員が入ったことを確認して教頭はすぐにドアを閉めた。

黴臭《かびくさ》い内部で、景子はほっと息をついた。見つからずにここまで辿り着けただけでも奇跡と言える。だがその幸運も、この先どこまで続くか知れたものではない。どう考えてもこのまま無事に夜明けを迎えられるとは思えなかった。今にも頭がどうにかなりそうだ。

クラブハウスというだけあって、受付カウンターの側にはソファやテーブルなどの置かれたラウンジがしつらえられている。また左側の奥には更衣室とシャワールームがあった。

照明は点いていない。見つかるおそれがあるから当然明かりを点けるわけにはいかなかった。唯一、壁際に設置されたドリンクの自販機だけが白い光を放っていた。

内部のあちこちを調べていた脇田教頭は、落胆を隠せぬ表情で生徒達に告げた。

「全員で隠れられそうな場所はどこにもない。更衣室には窓がないから、かえって逃げ場がなくなってしまう。外から見られないように気をつけて、ここでじっとしているしかなさそうだ」

「じゃあ、あいつらがやってきたらどうすればいいんですか」

早紀が心配そうに尋ねる。

「そこの非常口から湖の方に逃げるしかないだろう」

全員が振り返り、背後の非常口を見た。その横には大きな窓がある。

景子は窓に駆け寄って外を見た。確かに湖が近い。日中はラウンジから湖水が一望できるようになっているのだろう。

おそるおそる非常口のドアを開けた茜が、外の様子をそっと窺う。

「気をつけて、新条さん」

早紀の注意に、茜が頷く。

「はい」

景子も茜や早紀の背後から外を見渡す。

非常口の先は錆の目立つ金属製の階段になっていて、湖の方へと下りられるようになっていた。クラブハウスの建っている場所と岸辺との間には相当の高低差があるようで、急な階段の先は闇に塗り込められて何も見えない。階段の周囲は雑木の密生する急斜面で、到底下れるものではなかった。

それだけを確認し、一同はドアを閉めた。

皆思い思いの場所に腰を下ろし、疲労と不安に満ちたため息をつく。

景子はポケットからハンドタオルを取り出して汗を拭った。茜と一緒に商店街のスポーツ用品店で買った物で、速乾性に優れているというアウトドア用のグッズだった。

茜なんかに乗せられたせいで――

淡いグリーンのそのタオルを、景子はそれなりに気に入っていたのだが、今はそんなものまでがひたすらに疎ましく、恨めしかった。

突然、背後で「うーん」という低い呻き声が聞こえた。

驚いて向き直ると、顔を真っ赤にした茜が、セミナーハウスから持ってきたモップの先のヘッド部分を両足で踏みつけ、力を込めて取っ手の棒を引っ張っている。

「何をやっているんだ、君は」

教頭先生も驚いて訊いている。

「これ、ゆるゆるに緩んでて抜けそうになってたから……」

「それがどうかしたのかね」

ヘッド部分が抜け、取っ手の棒が外れた。

「ふう、やっと抜けた」

茜はこれもやはりセミナーハウスから持ってきたガムテープで、アウトドアナイフの柄を棒の先端に入念に固定する。

そこまで来るとさすがに全員が理解していた。茜は武器を作っているのだ。

景子は茜が薙刀《なぎなた》部のエースであることを思い出した。そして心の中で密かに毒づく。

銃を持った凶悪犯達を相手に、そんな即製の薙刀で一体何ができるって言うの――

14

座間見と四人の部下、それに蔡の部下である唐と袁に囲まれ、公一は湖東の立入禁止区域を進んだ。

立入禁止とはいっても、黄色い看板が数か所に設置されているだけであるから、侵入するのになんの支障もない。ただ街灯をはじめとする照明はすべて点灯していないので、関帝連合の七人が手にしたマグライトだけが唯一の明かりだった。

早く次の手を考えなければ――

地蔵堂に着いたら屋根が赤くないのがばれてしまう。もちろん金などあるはずもない。それまでにこの窮地を脱する方法を思いつかなければ、自分はその場で殺される。

「こうして見るとマジ心霊スポットっつーカンジだよな、あれ」

溝淵派の一人が、森の中に屋根だけ覗かせているレストラン『湖畔亭』を横目に見て呟いた。

「知らねーのか、おまえ。あそこで自殺した男はな、頭がおかしくなってて自分で自分の首を包丁で切ったんだってよ」

「あ、それオレもネットで見たことある」

「え、マジ？　ホンモノ？」

「んなワケねーだろ、テレビの再現フィルムだよ。出るのはその男の霊でさ、血がもうビュービュー噴き出てんの」

善良なキャンパーを虐殺したばかりの男達が、幽霊話で盛り上がっている。それはこの上なく愚昧《ぐまい》で浅薄で、そして滑稽な姿だった。

「やめねえか。真面目にやれ」

部下をたしなめる座間見の言い方も、また同様に滑稽だった。

唐と袁はそんな会話には加わらず、異様にぎらついた目をして黙り込んでいる。

「こちら座間見、阿比留君どうぞ」

歩きながら座間見がトランシーバーで連絡する。

〈阿比留だ、どうした〉

「現在幽霊レストランの前あたりです。地蔵堂はまだ発見できません」

〈この大バカ野郎、そんなこといちいち言ってくんな。報告は金を見つけたときだけでいい〉

自分の仕事ぶりをアピールするつもりであったのだろう座間見は、思わぬ罵声を浴びて面食らい、それをごまかすように公一を怒鳴る。

「さっさと行けよ、このガキ。てめえ、わざとのろのろ歩いてんじゃねえか？」

実際その通りであった。公一は形ばかり足を速めてみせる。

湖畔亭の前を過ぎ、一行は立入禁止区域の外れに出た。

座間見が立ち止まって振り返る。

「こっからはおまえが前に出ろ」

公一はやむなく先に立って茂みに分け入る。草が伸び放題に伸びて、以前ははっきり見分けられたはずの踏み跡さえも定かでない。

「どうした、何やってる」

凄む座間見に、

「道が分からなくて……」

「てめえ、やっぱりフカシこいてやがったのか」

屈み込んで踏み跡を捜す公一の後頭部に、ショットガンの銃口が押し当てられる。

そのとき、見覚えのある岩と木の根のシルエットに気づいた。

「ありました、こっちです」

木の根を踏み越え、微かな道を辿る。

道が見つかってよかったのか悪かったのか――公一はもう考えることもできなくなっていた。

周囲は背丈よりも高い笹藪に覆われている。各々生い茂った葉や木々の枝を払いのけながら進んだ。

「あっ、ありましたよ」

最初に叫んだのは公一ではなかった。公一のすぐ後ろを歩いていた座間見の部下だった。

男達は公一を押しのけて左右の草を踏み倒し、我先に前へ出る。

笹薮に埋もれるように、崩れかけた古い地蔵堂が建っていた。それほど大きなものではない。せいぜい三メートル四方といったところである。これでは確かに何度もこのキャンプ場に来ている者でなければ、その存在に気づくことはないだろう。

男達は一斉にマグライトの光を屋根に向け、あらゆる角度から照らす。

「赤じゃねえ！」

誰かが叫んだ。

「ほんとだ、全然赤くねえ！」

皆口々に喚いている。

笹薮の中に走り込もうとした公一の腕を、座間見がつかんで荒々しく引き戻した。

「このクソガキ、だましやがったな」

座間見はショットガンを公一の顔面に向けた。その指が引き金に掛かる。

「座間見君！」

手下の一人が悲鳴のような声を上げる。

「なんだ」

座間見は公一から銃口を逸らすことなく応じる。

「松本《まつもと》と伊東《いとう》がいません」

「なにっ」

「さっきまで確かにいたんですが、いつの間にか……」

座間見が背後を振り返る。

公一も驚いてその場の男達を見回したが、確かに四人いたはずの座間見の部下は、今は二人に減っている。

「松本！　伊東！」

座間見が大声で呼びかける。返事はない。

驚いたように顔を見合わせていた男達が、それぞれの銃口を周囲の藪に向ける。

「あの女だ！　あの女が来たんだ！」

恐怖に駆られて誰かが叫んだ。

同時に銃声が四回、立て続けに轟いた。

残る溝淵派の二人、それに唐と袁の二人が崩れ落ちる。

座間見は悲鳴を上げて公一を腕の中に抱え込んだ。

「誰だ、出てこい！　このガキを――」

不意に座間見の体が硬直したようになって、公一の上にのしかかってきた。

悲鳴を上げて横に飛び退《の》くと、座間見はそのまま下生えの草の上に倒れ込んだ。その首筋には、小振りのナイフが突き立っている。

呆然と立ち尽くす公一の目の前に、茂みの中から先生が姿を現わした。

「由良先生！」

先生は腰を屈めて座間見の首に突き立ったナイフを右手で引き抜いた。左手には拳銃を持っている。

「暗闇でライトを持ったまま戦うなんて、ホント、素人もいいとこね。あれじゃただの標的じゃない」

「先生……」

公一が口を開きかけたとき、背後の茂みをかき分けて進太郎が飛び出してきた。

「公一！」

「進太郎か！」

手を取り合って再会を喜び合う。

「進太郎、おまえ、どうして僕がここにいると分かったんだ」

「そこのバカのおかげよ」

座間見の死体を指差し、先生が代わりに答える。

「トランシーバーはこっちも持ってる。阿比留に連絡してくれたおかげで、東側にいると分かったの」

座間見が湖畔亭の前から連絡したとき、阿比留が怒ったわけがようやく分かった。

進太郎も得意げに、

「地蔵堂って聞いて、俺はピーンと来たね。地蔵堂のことを知ってるのはたぶん俺とおまえ、それに裕太くらいだろ？　それで先生と急いで北側から回ってきたんだ」

そこまで言ってから、進太郎は急に思い出したように、

「そう言や、裕太はどこだ？　通報は成功したのか？」

公一は俯いて首を左右に振る。

「通報はできなかった。失敗だ」

「そうか、ま、しょうがないよ。気にすんなって。それより――」

「僕が悪いんだ……」

「え、なに？」

それまで堪えていたものが一気にあふれた。

「裕太は撃たれた……撃たれて崖から転落した」

進太郎の顔色が変わった。

「おい、まさか」

「全部僕のせいだ！　僕のせいで、裕太は、裕太は！」

突然パンという音がして頬に熱い痛みが走った。先生に平手を食らったのだ。

頭に上っていた血が急速に引いていく。

「落ち着きなさい。さもなければ排除する」

冷ややかな口調で先生が言った。

「すみませんでした。もう大丈夫です」

胸の痛みを押し殺して先生に一礼する。

「危ないところをありがとうございました。由良先生、いや、三ツ扇……さん」

先生はじっとこちらを見つめ、

「知っているのね」

「はい。管理事務所で溝淵に録音を聞かされました」

「そう」

なぜかは分からないが、先生はどこか寂しそうに微笑んだ。

公一は意を決して顔を上げる。

「先生、お願いです。朝倉を助けて下さい。あいつ、溝淵に捕まったままです。怪我をしてます。早く病院に連れてかないと」

「なんだって！」

今度は進太郎が声を上げる。

先生は肩をすくめて呟いた。

「だから私は先生じゃないってば」

「こいつ、どうします?」

管理人室の床に転がされた朝倉を爪先で蹴りながら、ボブが訊いた。

「まだ死んでねえのか」

阿比留は事務机の前に座ったまま聞き返した。

「息はしてるみたいですよ」

「じゃほっとけ。そのうち勝手に死ぬだろう」

そう答えたとき、手にしたトランシーバーから声が流れてきた。

〈あーあー、関帝連合の溝淵君、聞こえる? 聞こえたならすぐ先生に返事するように〉

にやりと笑って手を差し出す溝淵に、阿比留は黙ってトランシーバーを渡した。

「溝淵だ。決心はついたか」

〈十億は確かなのね?〉

「ああ」

〈もう少し色をつけて、と言いたいところだけど、交渉してる時間がない。また状況が変わったの。悪い知らせよ、溝淵君、あんた達にとってもね〉

「どういうこと?」

〈ところでそっちの弓原君は元気にしてる?〉

唐突に話題を変える相手の話術に、さすがの溝淵も困惑しているようだった。

「ああ、まだ生きてるよ。もう指はねえけどな」

〈変ねえ、彼、今私の横にいるんだけど〉

二人の通話に聞き入っていた阿比留は驚嘆した。

あの女、さすがに駆け引きにも慣れていやがる――

「おい、するとてめえ……」

〈そう、今地蔵堂にいるの。あんた達のマヌケ通信を聞いて、先に全額引き出そうと思って来てみたら遅かったわ。バカの座間見と四人が死んでた〉

トランシーバーを耳に当てたまま溝淵がソファから立ち上がる。

「じゃあ、金はあったんだな」

〈地蔵堂の屋根は真っ赤っか。情報は正しかったようね。でも中のお金はもうないわ。蔡の手下が持ち逃げしたのよ。あんたの手下を殺してね〉

「どうして分かる」

〈弓原君が見てたのよ。この子、撃ち合いが始まったときに咄嗟に草の中に隠れたんだって。私が来たときにはチャイニーズの二人は逃げた後だった〉

「クソッ」

溝淵が目の前のテーブルを蹴飛ばす。

〈蔡ははじめからこれを狙ってたのよ。こうなると私一人じゃもう無理ね。チャイニーズ・マフィアの凶悪さは世界中で有名よ。正直に言うわ。私は生徒達を助けたいし、お金も欲しい。そうよ、あんたが睨んだ通り逃走資金よ〉

「それで今度はオレ達と組みたいってわけか」

〈ま、そんなとこ〉

「ふざけるな、てめえ、金を独り占めするつもりだったって言ったとこじゃねえか」

〈男のクセに細かいわね。でも、言ったでしょ、状況が変わったって。早くしないと蔡が逃げてしまうわ。四十億と一緒にね〉

阿比留は溝淵を見つめたまま素早く頭を巡らせる。

確かに蔡は今ここにはいない。あの女を始末してくると言って出ていった。しかも武装した仲間をまんまとキャンプ場に引き入れている。

〈こっちの要求は生徒の安全、それと十億。引き換えに蔡はちゃんと殺してあげる〉

「バカ言え。証人のガキどもを生かしておけるか」

〈バカはそっちよ。まさかそこまで本気で警察を舐めてるわけじゃないでしょう？　せいぜい犯人の特定が数日遅れればいいくらいに思ってた。どうせ高飛びするんだから、それまでの時間稼ぎになればいいって。違う？〉

阿比留は密かに感心した——その通りだ。

〈生徒達には最低でも五日は黙秘させる。精神的ショックを受けた子供よ。警察も無理には聴取できないはずだわ〉

「保証できるのか」

〈できる。黙秘しなければ私が殺すって、ようく言い聞かせておくわ。私だって逃げる時間が必要だもの。どうでもいいけど早く決めてちょうだい。こうしてる間にも蔡は逃げにかかってる〉

溝渕がこっちに視線を向ける。阿比留は大きく頷いてみせた。

「奴の居場所は分かってんのか」

〈唐と袁が話してるのを弓原君が聞いてたの。蔡のグループはセミナーハウスに陣取ってる〉

「なに、あそこには石原達が——」

〈もうとっくに皆殺しになってるって。嘘だと思うんなら連絡してみたら。女の子達がどうなったかまでは私にも分からない。まあ、どうなっててもしょうがないわね。この際一人でも生きててくればいいくらいに思ってるわ。だからあんた達もそこは考慮してちょうだい〉

「分かった、交渉成立だ」

通信を切った溝渕に、阿比留は勢い込んで言う。

「罠ですよ。あの女はそんなタマじゃありません。俺達と蔡の共倒れを狙ってるんだ」

「それくらい分かってる」

溝渕は異様に白い歯を剝き出して嗤《わら》った。

「こっちの狙いはあの女と蔡の共倒れだ。その上でキャンプ場の殺しも、金の持ち逃げも、すべて蔡の仕業に見せかける。阿比留、おまえはすぐに兵隊を率いてセミナーハウスに行け。絶対に蔡を逃がすな。それから隙を見て女を殺せ」

「ガキどもは」

「皆殺しに決まってんだろ」

溝淵からトランシーバーを受け取った阿比留は、念のためセミナーハウスに配置した面々を呼び出した。

「こちら阿比留、石原、仲崎、返事しろ」

応答はない。

「阿比留だ、佐々木、山野、聞こえてたらすぐに応答しろ」

やはり同じであった。

トランシーバーを机の上に置いて隠し持っていたグロックを取り出し、装弾を確認する。

「行くぞ」

ジョンとボブを連れて管理人室を出た阿比留は、周囲に待機していた男達に向かって声を張り上げた。

「みんなオレと来い。蔡の野郎をぶっ殺す。三ツ扇槐もだ」

第三章　闘士たち

15

公一と進太郎を連れて、槐は管理事務所から四〇メートルほど離れた茂みに身を隠した。

「さて、と」

照明の点《とも》る正面玄関を見張っていると、二人の黒人と殺気だった手下達を引き連れた小男が出ていくのが見えた。

「先頭の男が阿比留です」

背後に控えた公一が囁く。

「元公安のバカ息子って奴ね。確かに小ずるそうな顔をしてるわ」

「溝淵の片腕になるくらい頭の切れる奴です。油断はできません」

公一が心配そうに付け加える。

「溝淵は？」

「今出ていった中にはいませんでした」

「確かなのね」

「はい、間違いありません」

セミナーハウスに向かった男達の数は阿比留と黒人二人を入れて総勢十人。道路と駐車場を固める一隊は除外し、今までに倒した人数を考えると、溝淵派の虎の子とも言うべき最後の戦力だろう。

すると、中に残っているのは指揮官の溝淵と多くて数名のボディガードということになる。

全員がセミナーハウスの方に去ったのを確認して、槐は静かに立ち上がった。

「あなた達はここで待ってなさい」

そう言い残し、レミントンを抱えて闇の中を慎重に移動する。

管理事務所の玄関には立哨《りっしょう》もいなかった。やはり戦力はもうほとんど残っていないのだ。

旧友のアパートメントを訪ねるような気安さで中に踏み入る。

無人のカウンターを回り込み、管理人室の中を窺う。

部屋の隅に置かれた段ボールに腰掛けた男と、ソファにふんぞり返っている男。それに床に転がされた隆也が見える。息があるかどうかは分からない。

開いているドアをノックして明るく声をかける。

「水楢中学の教師ですけど、家庭訪問に来ました。溝淵君、いますか？」

中にいた二人の男が、虚を衝かれたように目を見開いて立ち上がった。

泡を食ってグロックの銃口を向けてきた二人を、問答無用で射殺する。

隆也には構わず、素早く奥の部屋に続くドアの横に移動した。呼吸を整え、ドアを蹴り開けて中を確認する。誰もいない。

おそらくは死んだ長谷川管理人のものであろう垢染みた布団と、数枚の着替えが乱雑に散らばっているだけだった。窓が開いていて埃《ほこり》まみれのカーテンが微かな風に揺れている。

カウンターにとって返し、脇の廊下沿いに並んだ別室を覗いて回る。簡易ベッドの置かれた部屋に作業服を着た老人の死体が二つ転がっているだけだった。キャンプ場の管理に雇われた職員だろう。〈赤い屋根の小屋〉について何も知らなかったため即座に殺されたものと思われた。

管理人室に戻り、隆也の状態を確かめる。大丈夫だ。呼吸はしっかりしている。意識を失っているが問題はない。

事務机の上に黒い固定電話があった。受話器を取り上げて耳に当てる。無音であった。電話線が切断されている。予想はしていたので特に落胆もない。

玄関に出て、闇に向かい片手を挙げて合図する。

すぐに公一と進太郎が駆けつけてきた。黙って二人を奥の管理人室に通す。

至近距離から散弾を受け、全身血まみれになって倒れている二つの死体に驚いて立ちすくむが、隆也に気づいて駆け寄った。

「朝倉！」「しっかりしろ朝倉！」

二人の呼びかけに、気を失っていた隆也が呻き声を漏らす。

「うう……」

進太郎はほっとしたように、

「大丈夫か、朝倉！」

薄目を開けた隆也は、

「久野センパイ、オレ……あ痛《ッ》ッ」

何か言おうとして顔をしかめる。

「おい、左足がえらい腫れてるぞ。骨折してるんじゃないか」

「すんません、オレ、こんなザマで……」

涙を流して悔しがる隆也に、進太郎はきっぱりと、

「なに言ってんだ。名誉の負傷ってやつさ。無事に帰れたら、生徒会で表彰してもらえるよう俺が副会長に言ってやる」

「そうね、無事に生きて帰れたらね」

槐はうんざりする思いで水を差すように割って入り、

「それより弓原君、そこに二人死んでるけど、溝淵ってのはどっち？」

「あっ、はい」

我に返ったように振り返った公一が、すぐに顔色を変えて、

「違います！　どっちも溝渕じゃありません！」

奥の部屋の窓だ――カーテンが揺れていた――

溝渕は阿比留達を送り出した直後に、一人で奥の部屋から逃げ出したのだ。二人の部下に何も告げることなく。おそらくは「少し休むからドアを開けるな」とかいったもっともらしい口実で奥の部屋に移動してドアを閉め、誰にも気づかれぬうちに脱出したに違いない。

つまり、手薄になったここをこちらが襲撃すると踏んでいた。〈取引〉を口にしながら、こちらをまったく信用していなかったのだ。もっとも、それはこちらも同じであったが。

溝渕は邪魔者をすべてチャイニーズに始末させるつもりだ。あくまで自分の一人勝ちを狙っている。部下など最初から含めていない。文字通り自分一人だけで金を持ち逃げする気だ。

思っていた以上に切れる相手だ。その上に卑劣で姑息で、恥を知らない。

プロにはプロの矜持《きょうじ》がある。だが子供には自己中心的なエゴしかない。そういう部分だけが子供のままの〈半グレ〉は、下手なプロ以上に厄介な相手かもしれない。少なくとも溝渕は、最も唾棄《だき》すべき類のクズだ。

槐はしゃがみ込んで隆也の怪我の状態を確かめた。左足首が大きく腫れている。骨折か、少なくとも骨にひびが入っている。

「久野君、弓原君、確かここの裏に薪があったわね。添え木になりそうな小さいのが残ってないか探してきてちょうだい」

「はいっ」

同時に答えて飛び出していった二人は、すぐに何本かの木ぎれをそれぞれ両手につかんで戻ってきた。

「こんなんでどうでしょうか」

「上等よ」

槐は二人の持ってきた木ぎれの中から手頃な大きさのものを選び、死体から剝《は》ぎ取ったシャツで隆也の足首を固定した。

その間も隆也は全身に脂汗を浮かべて苦痛に耐えている。

「さあ、行くわよ。ぐずぐずしてるとこっちが溝淵の掌で踊らされる羽目になる」

二つの死体からグロックと予備弾倉を奪った槐は、公一達を促し、先に立って外に出る。

「ついてきて」

公一と進太郎は、阿吽《あうん》の呼吸で左右から隆也に肩を貸し、力を合わせて抱きかかえ歩き出した。隆也も右足一本で懸命に進もうとしているが、左足が何かに当たるたびに苦痛の呻きを漏らしている。

「待って下さい先生、これから一体どうするつもりなんですか」

後ろから公一が小声で問いかけてくる。

私は先生じゃない——と、もはや訂正する気にもなれなかった。

「どうするも何も、とりあえず朝倉君を安全な場所に隠さなきゃ。こっちも動きようがないわ」

隆也が顔を上げて虚勢混じりに懇願する。

「オレのことなら大丈夫です、その辺にほっといて下さい」

「朝倉、おまえは黙ってろ」

思いがけぬ進太郎の一喝に、隆也が素直に口をつぐむ。

進太郎は強い口調で、

「先生の言う通りだと思います。でも、そんな安全な場所が近くにあるんですか。このありさまじゃそう遠くまでは行けませんよ」

前方の闇を警戒しながら、槐は答えた。

「いい場所があるわ。少なくともこの状況に最適の場所がね」

「えっ？」

「久野君、君が一番よく知ってる場所よ」

「あっ」

さすがに進太郎はすぐにピンと来たようだ。対照的に公一と隆也は怪訝そうな顔をしている。

槐は構わず暗闇の上り斜面を駐車場の方に向かって進む。

一体どこなんだよ、と公一が進太郎に向かって呟いたとき、槐は前方から伝わってくる異変の気配に気づいて足を止めた。

「どうしたんですか、先生」

進太郎が不審そうに訊いてくる。

「ちょっと様子を見てくる。君達は、そうね、そこの茂みの中に隠れてて」

三人の生徒を残し、草の斜面を駆け上った槐は、途中から腹這いの姿勢になって匍匐前進した。

進むにつれ、死を前にした息遣いや、流れ出る血の臭いが次第に大きく感じられる。

斜面の上部に到達。草の陰から駐車場の方を見下ろす。

先ほど自分が爆破したバンはまだ完全には鎮火しておらず、黒煙を燻《くゆ》らせていた。その向こうに車道を封鎖した溝淵派のバリケードが見える。

横に並んだ車列の前に、男達の死体が転がっていた。中には腕や首の切断された死体もある。心臓に深々と大型ナイフを突き立てられたままの死体も。

銃声はおろか、格闘する声や悲鳴も聞こえなかったのは、全員がほぼ同時に不意を衝かれ、抵抗する間もなく即死したからだろう。例えば、青竜刀で背後からいきなり首を斬り落とされるように。

薄笑いを浮かべて死体を見下ろしている男達の声が小さく聞こえる。すべて上海語《シャンハイ》だった。

——バカな日本人が。

——本当に間抜けな奴らだ。

生首をサッカーボールのように蹴り合ってふざけている男達もいる。

——日本人の頭は風船より軽いな。

——カラッポだからさ。

——ボール代わりにもならないなんて、猿より使えない連中だ。

間違えようもない。普通話をはじめとする中国語の各方言は他の言語と同じく幼い頃から叩き込まれている。

明らかに中国人だ。死体の方は道路の封鎖を担当していた溝淵派の男達だろう。悲鳴や殺戮《さつりく》の物音が管理事務所まで届かないように、またトランシーバーで連絡されないように、あらかじめ示し合わせて一瞬で凶行に及んだに違いない。

蔡もまた本心から溝淵と共闘する気など毛頭なかったのだ。

血の滴る青竜刀を手にした蓬髪《ほうはつ》の男がリーダーらしかった。黒地に金の蛇の刺繡《ししゅう》が入った、とんでもなく趣味の悪いアロハを着ている。他の男達より一回りは大きい体格の持ち主で、赤みがかった蓬髪はライオンのたてがみを思わせる。

——鄭《てい》の兄貴、こいつが田窪です。

三人の中国人が、猿轡《さるぐつわ》をかまされたスキンヘッドの男を引き立ててくる。

鄭と呼ばれた黒いアロハの男が振り返った。

——田窪？

——ここの守備を任されていた男です。この野郎、てめえ一人だけで逃げようとしてやがった。

――そうか。じゃあ、念入りに腕からやってやるか。

そう言って鄭が青竜刀を振り上げた。

男達は強引に田窪をその場にひざまずかせる。恐怖に見開かれた目から血のような涙を流して田窪は必死に抵抗する。喉を盛んに上下させているが、猿轡のせいで悲鳴は漏れず、くぐもった音しか聞こえなかった。

鄭が無造作に青竜刀を振り下ろす。鈍い音を立てて田窪の右腕が肩のすぐ下で切断された。その切断面から大量の血が噴出する。

アスファルトの上にしゃがみ込んだ田窪の周囲に黒い染みが広がる。失禁したのだ。

青竜刀が再度振り下ろされる。今度は田窪の左腕が切断された。

もはや田窪は抵抗する気力さえ失っている。すでに絶命しているのかもしれない。

最後に鄭は田窪の首を斬り落とした。

周囲の男達はげらげら笑っている。

槐は確信していた。彼らは〈半グレ〉ではない。中国系ではあっても日本に生まれ育って関帝連合の一派を成す蔡のグループなら、たとえ一部でも日本語を使うはずだ。すべて上海語で会話することなどまずないと考えていい。

彼らは蔡が協力者として引っ張り込んだというチャイニーズ・マフィアだ。言わば〈本職〉の連中だ。

四十億の金の値打ちは、日本人と中国人とでは大きく異なる。中国共産党に連なる富裕層は別として、日本に流れてきた貧困層の中国人犯罪者は、金のためならどんなことでも平気でやってのける。金に対する執念の度合いが根底から違っているのだ。

鄭は四十億を最終的には蔡に渡すつもりもないだろう。鄭にしてみれば、蔡など日本猿に毛が生えた程度の小僧でしかない。少なくとも、同胞意識などあろうはずもない。

槐は音を立てないように注意しながらその場を後にし、公一達の待つ茂みへと引き返した。

状況は分かった。特に感慨はない。あの程度の蛮行など、世界基準では蛮行のうちにも入らない。もっと凄惨なことが日常的に行なわれている。それが戦場であり、世界の姿だ。

「私よ。もう出てきていいわ」

茂みの前から声をかけると、三人の生徒が這い出てきた。

「先生、どこ行ってたんですか」

進太郎が不安そうに訊いてくる。彼らにしてみれば実際の時間よりもはるかに長く感じられたに違いない。

「バリケードに配置されていた溝淵派の男達が、蔡の連れてきたチャイニーズに皆殺しにされた。連中は最終的に金を独り占めにするつもりよ。溝淵と同じにね」

三人は驚いたようだった。

公一が考え込みながら言う。

「でも、それって、道路と駐車場の見張りがいなくなったということじゃ……」

「そうかもしれない。でも、チャイニーズが替わって見張りを立てる可能性の方が大きいわ。そうじゃなかったとしても、他のみんなを助けるまではどうしようもない。誰かが車を飛ばして助けを呼びに行くって手もあるけど、弓原君、久野君、君達、運転できる？」

「あ……」

公一と進太郎が同時に顔を見合わせる。

「唯一バイクに乗れた朝倉君はこんな状態だし、私は今ここを離れるわけにはいかないし。つまりそういうこと」

「すみません」

公一が己の浅慮を恥じるようにうなだれる。

「とっとと行くわよ。中学生の反省日記はこの際どうでもいいから」

槐は再び先に立って歩き出した。

駐車場を大きく迂回する形で、反対側に位置する丘に向かう。

朝倉がバイクで飛び出す前、囮となった進太郎が陽動のショットガンを発砲した場所だ。

そこまで行くと公一にも見当がついたらしかった。

「そうか、あそこか進太郎」

丘の背後にある二股の木の根元。まさに進太郎が身を隠したばかりの洞である。歩けない隆也一人が隠れるにはもってこいの場所だった。

「いいか朝倉、ここなら絶対見つかりっこない。俺もさっきまで隠れてたんだ」

「はい」

「こう見えても中は意外と快適なんだ。助けが来るまで寝てるくらいのつもりでいろ」

「はい」

進太郎の励ましに頷く隆也の様子は、いかにも苦しそうだった。やはり一刻も早く病院に搬送する必要がある。

頷いた隆也を、進太郎と公一が協力して大木の洞に横たえる。脹《ふく》れ上がった左足が木の根や地面に当たり、隆也は激痛に身を捩《よじ》った。

「我慢しろ、あと少しだ」

口々に励ましながら、二人は後輩の体を洞の奥に押し込んだ。そして外からは見えないことを確認する。

槐は進太郎にはレミントンのショットガンを、公一にはグロックの拳銃を手渡した。

すでに四発発砲した進太郎はそうでもなかったが、実銃を初めて手にしたのであろう公一はさすがに緊張しているようだった。

「グロックにはマニュアルの安全装置はついてないから、自分を撃たないように気をつけてね、弓原君」

「えっ？　あっ、はい」

「久野君、君の任務は負傷兵、つまり朝倉君の護衛よ。この木の上に登って隠れてれば、夜だから簡単に見つかりはしない。危険が迫っていると判断すれば躊躇なく先制攻撃すること。いいわね」

「分かりました。朝倉は俺が必ず守ります」

進太郎はすぐさまするすると木に登り、繁った枝葉の中に身を隠した。

「弓原君は先生と一緒に来て。セミナーハウスまでの最短距離を案内してほしいの」

「はい」

「急ぐわよ」

「はいっ」

先に立って走り出そうとした公一が、ふと気づいたように振り返って、

「先生」

「なに？」

「先生、今、自分のことを〈先生〉って言いましたよね？」

「言ってないわよ」

「でも、確かに……」

「作戦中によけいなことを言っていると懲罰ものよ。それよりも早く」

「すみません」

公一は再び前を向いて走り出した。

その後に続いて走りながら、槐は心の中で舌打ちしていた。

なんてことだ——自分で自分を〈先生〉と呼ぶなんて——

16

「先生……」

公一が木立の陰に身を隠すようにして立ち止まった。

槐も公一の後ろから前方を望む。

セミナーハウスを遠巻きに包囲している阿比留の一隊が見えた。

「間に合ったようね」

「え、それはどういう……」

公一の呟きに構わず、

「君はここに隠れてて。いいわね」

そう言い残し、阿比留の方に向かって平然とした足取りで接近する。

「阿比留クン」

背後から突然声をかけられ、阿比留がぎょっとしたように振り返る。

「あなたが阿比留君でしょ、溝淵派ナンバーツーの」

「てめえは――」

「はじめまして、三ツ扇槐よ。あら、ごめんなさい、あなた、私のことはよく知ってるんだったわね」

手下の男達が一斉に銃口を向けてくる。

「なんでこっちに向けるわけ？　私達、協定を結んだはずじゃなかったの？」

「だったらてめえが真っ先に乗り込んだらどうだ」

阿比留が威嚇するように言う。見え透いた虚勢だ。

「だからこうして来たんじゃないの。安心しなさい。蔡のグループなんて、ヒズボラやアル・シャバブとかに比べればかわいいもんよ。あんた達は私が合図するまでここで待機してて」

見せつけるような動作でグロックを抜き、セミナーハウスの入口まで走り寄る。

阿比留達の視線を充分に意識しつつ、突入の真似事をしてみせる。

一階に転がっている死体に向かって一発ずつ弾を撃ち込み、二階に駆け上がる。

次いで石原達の死体を横目に、弾倉が空になるまで適当に乱射する。

一息ついてから入口側の窓を開け、阿比留達に向かって手を振った。

「オールクリア」

我に返ったように阿比留が男達に命じるのが見えた。

「よし、行け」

グロックの弾倉を交換しながら階段を駆け下りる。

「敵の本隊は二階よ。確かめてみなさい」

そう声をかけ、雪崩れ込んできた男達と入れ違いに外に出た槐は、セミナーハウスの横手に回る。

台所には炊事用のガスコンロが設置されていた。ならば――

あった。

壁に沿ってガスボンベが六本、縦に並べられている。

充分に距離を取り、槐はボンベに向かってグロックの銃弾を撃ち込んだ。

五発目で爆発が起こり、耳を圧する轟音とともにセミナーハウスが吹っ飛んだ。

爆風が周囲の木々を揺るがし、まばゆい炎が渦を巻いて闇を払う。

これでとりあえず溝淵派の戦力はほぼ片づいた――後は――

夜の冷気に引火したかの如く広がる炎に背を向けて、木立の方に引き返す。

「先生！」

飛び出してきた公一が叫ぶ。

「阿比留が、阿比留と黒人が逃げました！」

「えっ」

阿比留はセミナーハウスの中に入らなかったのか――

「どっちに逃げたの」

「それが……」

公一は面目なさそうに、

「僕も爆発に気を取られて……気がついたらいなくなってたんです」

迂闊であった。さすがに用心深い男だ。溝淵の片腕と言われるだけのことはある。

槐は即座に決断した。

「仕方ない。阿比留は後回しにして、クラブハウスに向かう。女の子達が心配だわ」


「のどがかわいたよう」

クラブハウスに響き渡った突然の声に、景子は心臓が飛び出そうなほど驚いた。

「おねえちゃん、ぼく、のどがかわいた」

小学一年生の聡だった。自販機を指差して姉のみちるにねだっている。

「ぼく、あれが飲みたい」

「我慢しなさい、聡。お姉ちゃん、今お金を持ってないの」

「でも、のどかわいたんだってば」

「お願い、静かにして。悪い奴らに見つかったらどうするの」

みちるが小声で叱りつける。

聡の泣き声に、景子は思わず叫び声を上げていた。

「なんでこんな子供を連れてきたのよ！　とんでもない迷惑だわ」

「ごめんなさい」

半泣きになったみちるが頭を下げる。しかし聡は泣き止む気配もない。

「ジュース飲みたい、のどがかわいたよう」

「ごめんなさい、ごめんなさい」

みちるはしきりと謝っている。その様子に、景子はかえって苛立ちを覚えた。

「もうっ、謝ってる暇があったら早くなんとかしなさいよ！」

早紀と茜が顔を見合わせている。

「茜ちゃん、お金持ってる？　私、お財布はリュックサックに入れてお掃除してたから」

「あたしもです」

二人は同時にこちらの方を振り返った。景子は慌てて首を左右に振る。本当は胸のポケットに財布が入っているのだが。

「喉が渇いたんならあっちに水道があるよ」

みちるが言い聞かせるが、聡は首を振って駄々をこねる。

「やだやだ、ぼく、ジュースがいい」

「わがまま言わないで、聡！」

極度の興奮状態にある聡は、大声を上げて泣き出した。

みちるが慌てて弟の口を押さえる。

教頭先生がそっと正面側の窓から外を窺い、

「今なら大丈夫だろう」

そう呟いてベストのポケットから札入れを取り出し、千円札を自販機に挿入する。

「聡君、何が飲みたい？」

「オ……ジ……ユス……」

「えっ、どれだって？」

泣きじゃくる子供が何を言っているのか、すぐには聞き取れなかった。

「もう一度ゆっくり言ってくれるかな」

「オレンジ……オレンジジュー……」

「そうか、オレンジジュースか」

教頭先生がボタンを押す。ゴトリという音を立てて、ジュースの缶が取り出し口に転がり出た。次いで、釣り銭が甲高い金属音を響かせながら立て続けに落下する。

普段はどうということもないはずの音が、深夜のクラブハウスではとんでもない騒音に聞こえた。

早紀と茜がきゃっと小さな声を上げて抱き合う。教頭先生も驚いて外に目を配る。落下する釣り銭の音はいつまで経っても止まない。景子は自販機が壊れているのではないかとさえ思った。

次の瞬間、頭の中が白く弾けた。

もう嫌だ、嫌だ、嫌だ、嫌だ——こんなとこ、もう嫌だ——早く帰りたい、帰りたい、帰りたい

気がつくと、早紀が自分の肩を揺すっていた。

「小宮山さん、大丈夫よ、しっかりして」

怖々と顔を上げる。いつの間にか、耳をふさいでしゃがみ込んでいた。頬が濡れているのが分かった。

「私、私……」

声がおかしい。悲鳴を上げていたのか。

「心配しなくていい。気づかれていない」

教頭先生がこっちを見て言う。

みちるはしくしくと泣きながら謝っていた。

「ごめんなさい、聡のせいで」

聡もオレンジジュースの缶を手に啜《すす》り泣いている。

「もう大丈夫。誰のせいでもないわ」

早紀が明るく言って、聡に手を伸ばした。

「聡君、そのジュース貸して。お姉ちゃんが開けてあげる」

缶を受け取った早紀は、音がしないようにハンカチで缶の上部をくるんで開栓した。

「はい」

「ありがとう」

ひくひくとしゃくり上げながらも涙を堪え、聡がジュースの缶を傾ける。

「みんなも、飲みたいドリンクがあったら今のうちに言いなさい。水分と糖分の補給は大事だぞ」

場を落ち着かせようとするかのように教頭先生が言った。

冗談じゃないわ、さっきの音が聞こえなかったの――

「じゃあ、私、コーラをお願いします」

真っ先に答えたのは、意外にも早紀だった。

景子は驚愕の思いで早紀を見つめる。

あんなに音がするっていうのに――生徒会副会長のくせして、なに考えてるの――

「分かった、コーラだね」

教頭はおつりが出ないように金額分の小銭を投入してコーラのボタンを押した。

またもゴトリと音がしてドリンクの缶が落下してくる。

その音に、景子の胸と鼓膜は張り裂けた。

「ほら」

「ありがとうございます」

早紀は礼を言ってコーラの缶を受け取る。

「信じられない！」

反射的に早紀をなじっていた。

「小椋先輩、見つかったら先輩が責任とってくれるんですか！」

「景ちゃん、落ち着いて」

茜が両腕を回して抱き締めようとする。

「静かにしなさい、小宮山さん。外に聞こえたら大変なことになる」

教頭得意の説教だ。すべて保身のためだ。自分の責任になるのが嫌なのだ——そう思うと、反感と嫌悪が込み上げた。

限界だった。もう自分を抑えることができなかった。

茜の手を全身で払いのけて絶叫した。

「何よ、いつもいつも友達ヅラして！　こんなことになったのも、茜、あんたのせいよ！　あんたに言われて変な部に入部したから！　そうよ、何もかもあんたのせいだわ！　私のことなんてほっといてくれればよかったのに！」

「ごめんなさい、あたし……」

さすがに茜も泣きそうになっている。

「お願いだから静かにしてちょうだい」

早紀がおろおろとなだめようとする。それがよけいに癇《かん》に障った。

「もうイヤ！　こんな所、来るんじゃなかった！　私、帰る！　あんた達はずっとここに隠れていればいいわ！　私は一人で歩いて帰る！」

「それはもう無理だ、小宮山さん」

窓の端から外の様子を確かめた教頭が、静かに言った。

「えっ？」

「どうやら気づかれたようだ。何人かこっちへやってくる」

全員が息を呑んだ。

景子も我に返って黙り込む。

私は、一体――

込み上げる自己嫌悪に、景子は吐き気さえ感じた。

私のせいだ――結局は私のせいで――

教頭は生徒達の方を振り返り、

「君達はすぐに非常口から逃げなさい。この周辺から湖に下りるには、あの階段を使うしかない。ここは私に任せて、さあ、早く」

早紀が驚いたように、

「えっ、でも教頭先生は」

「私のことなら心配ない。言っただろう、私が必ず君達を守ると」

「でも、でも！」

「いいから早く行きなさい！」

躊躇する早紀達を教頭が一喝した。

「生徒を守るのは教師の義務だ！　生徒は黙って言われた通りにしていればいい！」

「そんな――」

教頭の発する迫力に早紀が言葉を失う。

「分かりました」

茜であった。手製の薙刀を手にした短髪の少女は、教頭に向かって深々と一礼した。

「後はよろしくお願いします」

脇田教頭が大きく頷く。

「早紀先輩、それにみんなも早く！　さっ、急いで！」

茜が皆を急《せ》き立てて非常口へと追いやる。

景子も一緒になってドアの外へと走り出た。

女生徒三人と小学生の姉弟が全員外に出るのと同時に、正面口のドアが開かれた。

「おい、おっさん」

非常口のドアを閉め、脇田教頭はゆっくりと振り返る。

手に手に青竜刀やライフルを持った男達が十人ばかり、薄笑いを浮かべて踏み込んできた。

「今、ガキどもがそこから出てったよな」

脇田は落ち着いた口調で諭した。

「年長者に対してそういう口のきき方はやめなさい」

男達がどっと笑った。

「ウケるわー、マジ超ウケる」

ライフルを手にした男達が笑いながら近寄ってくる。

「ギャグはいいから、ちょっとそこどいてくんない？」

「断る」

「はあ？」

「生徒に危害を加えようとする者を通すわけにはいかない。教育者として当然のことだ」

再び男達が爆笑した。

「あーハラ痛《いて》ェ……分かった分かった、ギャグはもういいから、早くどけ」

「こういうのもオヤジギャグっていうんスかねー」

「アレじゃねーの、実は若い頃から芸人志望でしたってオヤジ。テレビとかに出てスベりまくってるヤツ」

「早くどけよオラ」

しかし脇田は動かなかった。

男達もいいかげん苛立ったように、

「なにやってんだオヤジ、どけっつってんだろ」

「どかねえと殺すぞ」

「ま、どっちみち殺すんだけどさ」

そう言いながら男の一人がライフルの銃口を向けようとしたとき――

彼の体は風車の羽根のように回転し、人造石の床に頭から叩きつけられていた。

割れた頭蓋から黒い染みがどっと広がる。

目を見開いて絶句した男達が、一斉に銃を向けてくる。だが狙いを定める暇を与えず、一人の体を投げ飛ばし別の男に向かってぶつける。恐慌をきたした男達の中に飛び込んだ脇田は、迅速な動きで次々と敵を戦闘不能にしていった。

閉所における混乱の中では、誰一人としてライフルを撃てる者はいなかった。それは脇田の狙いでもあった。

銃を構えようとする動作を察するや否や、その懐に飛び込んで投げ飛ばす。この距離ではアマチュアが銃身の長いライフルを構えようとする動きより、格闘技の動きの方が圧倒的に早い。

それでも泡を食って引き金を引いた者がいた。銃声と同時に、Tシャツを着た男の背から血が噴出した。同士討ちだ。

誰かが叫んだ――「柔道だ」「こいつ、柔道をやりやがる」

「そうだ、柔道だ！」

脇田は吠えた。

「腐った性根を叩き直す心の武道だ！　私の命に代えてもここは一歩も通しはせん！」

17

――心配するな、そう重い処分にはなりはせん。

暮れなずむ校庭のベンチでうなだれていた脇田は、先輩教師の声に顔を上げた。

――PTAや教育委員会は体罰の行きすぎだと言ってだいぶ騒いどるようだが、幸い大石《おおいし》も後遺症が残るほどじゃない。だが、柔道部の顧問は辞任するよりないだろう。

――山永《やまなが》先生、私は……

山永教諭はため息をついて、若い脇田の隣に腰を下ろし、

――しょうがないさ、柔道の指導においてはこういうこともある。誰にも避けられん。不幸な事故だ。わしも経験があるよ。

山永は脇田が最も尊敬する指導者だった。県下でも有数の高段者で、県柔道連盟の役員を務めている。大勢の名選手を育てた実績もある。脇田自身も、山永に育てられた一人であった。

――私が悪かったんです、私が……指導にもう少し気をつけていれば……そうすればあんなことには……

――自分を責めるな、脇田。おまえは誰よりも大石に目をかけ、期待していた。それはわしがよく知っとる。

慈愛に満ちた山永の言葉に、脇田は涙がこぼれそうになった。

――私が厳しすぎたから、あいつは万引きなんてしでかしたんです。

――脇田、それは違うぞ。大石は自分で潰れた。そういう生徒はわしも大勢見てきたよ。せっかく才能に恵まれながら、連中は柔道の心というものを知ろうともしなかった。

――それを、柔道の心を伝えられなかったのは自分の未熟です。私は、なんとか分かってもらおうと……

山永教諭は、しみじみとした口調で、

――今はわしらの頃とは時代が違う。世間は体罰と指導の違いなんて分かってくれん。これからは難しくなる一方だろう。

脇田は言葉もなかった。

――子供達の気質もどんどん変わっている。もう昔みたいな指導ではやっていけん。じゃあ、どうすればいいのかなんて、すぐに分かるものでもないがな。

――自分は、先生みたいになりたかった。でも、結局なれませんでした。

しばし無言であった山永は、唐突にぽつりと言った。

――辞めるなよ。

――えっ。

――脇田、おまえは教師を辞めてはいかんぞ。

図星であった。自信と気力をすべて喪失していた脇田にとって、他の選択肢は考えられなかった。その捨て鉢な気持ちを恩師に見抜かれたのだ。

――でも、自分はもう……

山永は笑いながら脇田の背中を叩いた。昔と少しも変わらぬ、皺だらけの優しい手であった。

――おまえには、おまえにしかできないことがある。誰にも真似できないことだ。もちろんこのわしにもな。

――なんですか、それは一体……

――その答えを見つけるためにも、おまえは教師を辞めてはいかん。しばらくは辛いだろうが、なあに、おまえなら耐えられる。なんといっても、おまえはわしの育てた生徒だからな。最初は頼りないひよっこだったが、おまえには昔から気骨《きこつ》があった。

——先生……

——うん、おまえならきっとできる。わしが保証する。だからもっとしゃんとせい。気を取り直して明日からもう一度がんばるんだ。

山永の励ましを受け、脇田は教師を続けることにした。柔道部の顧問は辞任したが、それで体罰事件が一応の終息をみせたのはまだしも僥倖《ぎょうこう》であった。時期的にも、全国で教師による体罰が問題視され始めた頃だったからだ。

翌年、脇田は他の中学に異動となり、さらにその数年後、またも異動となった。

そのつど人々の記憶は薄れ、脇田の体罰事件を知る者も滅多にいなくなった。県柔道連盟から再び指導を頼まれるようにもなったが、脇田は固くこれを辞し、二度と柔道着に袖を通すことはなかった。

自分は柔道に頼らず、教育者として生きてみせる。そう心に誓ったのだ。

脇田は一教師として、校則の遵守、ルールの徹底を己と生徒達に課した。

不幸な事故の再発防止を願って。また、子供達が社会に出た際、否応なく晒《さら》されるであろう幾多の試練に耐え、困難な環境にいち早く順応できることを願って。

歳月は流れ、山永は定年を迎えて退職した。その後は県の少年柔道教室の顧問を務めていたが、七年目に病を得て職を退いた。

そして脇田は、教頭に昇進することになった。

上司の推薦や勤務評定によって本人の意志とは関係なく、半ば自動的に昇進するのが県の方式であった。面接など形式的な審査はあるものの、通常は落ちることはない。ましてやその頃の脇田は、校則に厳格な管理職としての定評があった。

教頭になることが内定した脇田は、他県での一週間の研修に出かけた。

山永危篤の報を受けたのは研修先の宿舎であった。

特別に許可を得て恩師の元に駆けつけたが、すでに師は息を引き取った後だった。

かつては仰ぎ見るほど大きかった師の体は、信じられないほど小さく縮んでいた。穏やかな笑みを浮かべているような死顔であった。

その笑みを見つめているうちに、あの日、体罰事件直後の校庭で、自分を励ましてくれた恩師の笑顔が甦った。

脇田は人目を憚《はばか》りつつ泣いた。


教頭となって最初に赴任を命じられたのが、市立水楢中学であった。

体育教師の一人が柔道界における脇田大輔の名を記憶しており、柔道部の特別指導を依頼してきたが、脇田はにべもなく断った。体育教師はこれを惜しむあまり同僚のいる席で慨嘆し、ために脇田が柔道の有段者である事実が学校関係者の知るところとなった。

ある日、所用があって隣町に赴いたとき、河川敷で煙草を吸っている高校生二人を見つけ、注意した。一目で不良と分かる出で立ちをした二人は、威嚇らしき意味不明の言葉を発し、いきなり殴りかかってきた。

かわすのは容易であったが、あえてかわさずその身に受けた。もちろんこちらから技を掛けることもしない。

怖かったのだ。

忘れもしない、あの体罰事件で自分が怪我をさせた生徒の大石は、数か月のリハビリを経て完治したが、当然の如く柔道部を辞め、二度と復帰することはなかった。その後悪い仲間と遊び歩くようになって、実家も他県へ転出し、消息は知れない。

自分はあの子の人生を狂わせてしまった——長い年月が過ぎた今も、そんな思いから逃れることはできなかった。

柔道から離れて久しいが、高段者である自分が手を出せば、相手はただでは済まない。

また大石のように怪我をさせてしまうのではないか。それが怖くて相手の思うがままにさせていた。見かけ倒しの不良の拳など、いくら当たっても効きはしない。痛くも痒《かゆ》くもなかった。急所の位置さえ知りもしないのだ。

情けなくて涙が出た。どうすればこういう少年達を指導することができるのか、まるで見当もつかない自分にだ。

いくら殴っても微動だにせず、またそれにもかかわらず涙を流して泣いている脇田を薄気味悪く思ったのか、

——このオヤジ、アタマおかしいんじゃねーの。

——相手なんかしてられっかよ。もう行こうぜ。

そんな捨て台詞《ぜりふ》を残し、高校生二人は赤く腫れた手を振りながら去っていった。

教育者としては、彼らを捕らえて名前、住所、学校名を聞いておくべきだったかもしれないが、そんな気にはなれなかった。ひたすらに己の無力が情けなかった。

水楢中学の生徒がそのときの様子をたまたまどこからか見ていたらしい。翌日から妙な噂が広まっていることを知ったが、気にもならなかった。

〈誰にも真似できない、自分にしかできない〉教育。

それをついに見出せぬまま、今日にまで至ってしまった。


「どうした、話に聞くオヤジ狩りというやつを見せてみろ。おまえ達の得意技じゃないのか」

脇田の挑発にも、男達は動けずにいる。

青竜刀を手にした男は何人か残っているが、銃を持った者はすでに全員が昏倒していた。床に落ちたライフルに手を伸ばして拾おうとした者は、その瞬間に宙を舞っている。

ずっと体を動かしていなかったのに、血の滲むような稽古を重ねて身につけた動きはさほど鈍ってはいなかった。明日か明後日には筋肉痛で死ぬ思いをするだろうが、それも今を生き抜いたらの話だ。

突然、男達を割ってその背後からグレイのシャツを着た男が入ってきた。側近らしい三人の手下を引き連れている。

髪をオールバックにしたその男は、室内にいた男達に向かって言った。

「岸辺に下りる道は他にいくらでもあんだろ。すぐに行ってガキをぶっ殺してこい。ただし、腕の一本くらいならぶった斬ってもいいから一人か二人は生かしておけ。三ツ扇槐をおびき出すエサにするんだ」

青竜刀を持った男達は、どこかほっとしたような顔で出ていったが、すぐに慌てて駆け戻ってきた。

「駄目です、蔡君！　この辺は高台になってて、近くからはとても下りられません」

男の一人が血相を変えて報告する。

そうか、こいつが蔡か——

「岸辺に下りるには北か南か、どっちかに何百メートルか行かないと」

蔡は、脇田を見据えたまま振り返りもせず命じた。

「じゃあ、おまえ達は手分けしてその何百メートルかを回り込め。俺達はこのオヤジを始末してから行く」

男達がバタバタと走り出ていく。

後には蔡と、彼の背後に従う三人の男達が残った。いずれ劣らぬ強烈な眼光の持ち主だった。

「結構使えるみたいじゃないか、おっさん」

蔡が目を細めて嗤《わら》うように、

「ここから一歩も通さないんだって？　カッコイイじゃない。どうせ死ぬなら、そんなセリフを言ってから死のうとでも思ったか」

今や釘付けになっているのは脇田の方だった。この四人を倒さない限り、女生徒達を助けに行くことはできない。

リーダーの蔡をはじめ、四人は全員が素手だった。しかし彼らの放つ殺気と威圧感は、銃や刀を持った男達とは比較にならぬほど凄まじい。

いつの間にか、四人は脇田を取り巻くように散開している。その呼吸が部屋の空気に異様な流れを作り出していた。一撃必殺の気の流れか。

間違いない。全員が格闘技をやっている。それもおそらくは拳法の類だ。

中国拳法か――

背筋に冷たいものが走る。

柔道一筋に取り組んできた脇田には、異種格闘技戦の経験はあまりなかった。それどころか、道場以外での私闘、すなわちストリートファイトの類も自らに固く禁じてきたほどである。もっとも、格闘技全般に対する興味と研究の必要から、学生時分には先輩と一緒に中国拳法の基礎を囓ったりもしていたが、それとて門外漢や素人の域を出るものでは決してない。

しかも、自分はもう長年実戦どころかなんの稽古もトレーニングも行なっていない。筋力も動体視力も大幅に落ちている。また年齢によるスタミナの違いも歴然としていた。

勝てるだろうか、この男達に——

いや、勝たねばならない。絶対に。なんとしても。

彼らは凶悪な殺人者だ。自分が勝たねば、生徒達が殺されてしまう。

自ら言ったばかりではないか——自分の命に代えてもと。

階段に通じる非常口のドアを背に、脇田は腹に力を込めて両手を振り上げ身構えた。

「さあ来い！」

その大仰な構えと口上こそが脇田の仕掛けた捨て身の罠であった。

拳打《けんだ》で来るか、蹴りで来るか——この距離ならまず十中八九は蹴りだ——

一番手前にいた敵が〈誘い〉の呼吸に乗せられて蹴りを繰り出してきた。予測の通りであった。

やはり中国拳法だ。最初の蹴りをかわしてもすぐに第二撃が来る。蹴りを腕で受けてしまったら骨を砕かれる。つまりその時点で柔道の敗北が決定するのだ。

しかしこちらからの〈誘い〉であるからタイミングは読みやすい。左の蹴りが唸りを上げるとともに、極端な前屈みになって一気に踏み込み、右肩全体で敵蹴り足の大腿部を押さえる。蹴りが廻脚の途中で止まった。その蹴り足を両腕で抱え込み、敵の軸足を大きく払う。異様な音がして相手の股関節が外れた。

男は絶叫を上げて悶絶する。

「まず一人！」

18

手製の短い薙刀を構えた茜が先頭になって細い階段を駆け下りる。

聡、みちる、早紀の順で続き、景子は最後尾になった。

なにノロノロしてんのよ——もっと速く走れないの——

景子は前を行く早紀達に向かって叫びたかった。もし追いつかれたら、最初にやられるのは自分なのだ。

あの頼りない教頭に、追手を防ぎ止められるはずなんてない。銃や刀を手にした男達がすぐにやってくるに決まっている。

急傾斜の階段はやがて尽き、岸辺への小径につながっていた。一行はそのまま狭い小径を走る。

「なにコレ！」

先頭を走っていた茜が声を上げた。

踏み跡のような小径は繁茂する雑草に覆われ、黒々とした地の闇に消えていた。階段から湖に下りる経路自体が、今では滅多に使われなくなっていたのだろう。小径を辿ることすら容易でないどころか、密生する藪で互いの姿さえ分からない。蜘蛛の巣交じりの細い枝木が、四方から景子達の髪に絡みついた。

名も知らぬ毒虫が今にも肌を這い上がってきそうな生理的嫌悪感に、全員がたまらず悲鳴を上げる。

「とにかくまっすぐ進めば湖に出るはずよ」

薙刀の刃で枝を払いながら茜がしゃにむに前へと進む。

だが視界のない藪の中で方向感覚を保つことは難しい。まっすぐ進んでいるつもりであっても、各人の感覚は微妙に違う。気がつけばそれぞれが違う方向へと進んでいるようだった。

「待って、みんな一緒に行かないと！」

注意を促す早紀の声が聞こえる。しかしもう遅かった。その早紀の姿さえ、藪に隠されてすでに見えなくなっている。

間の悪いことに、折から吹き出した風が茂み全体をざわざわと騒がせ、音で他者の居所の見当をつけることすら困難なものにしていた。

今や全員がばらばらに走っている状態であった。

その方がいいわ、前がつかえて逃げられないなんてこともないし――藪を抜けて湖に出れば同じことよ――

そう自分に言い聞かせて、景子は頭がどうにかなりそうなほどの恐怖に耐え、なりふり構わず目の前の灌木をかき分けて進んだ。

急に視界が開けた。果てしなく広がる漆黒の平面を渡ってきた風が、強く全身に吹きつける。葦乃湖だ。

景子は立ち止まって左右を見た。人の気配はない。自分が一番先に草藪を抜けたのか、それとも皆とっくに去ったのか、一体どちらなのか見当もつかない。背の高い草の茂みは岸辺の間近にまで迫っていて、ここからは完全に湖岸の見通しがきくわけではなかった。足許は湿った草地で、誰かが通ったとしても足跡すら残らない。

闇からの風が強さを増した。それに合わせてまた恐怖も募っていく。皆が同じ場所に出てくるという保証もないのに――むしろ別々の場所に出る確率の方が高いというのに――この場にとどまり続けることなど考えられなかった。

景子は思い切って走り出した。草を踏んで岸辺を左へ。北の方へ。

南には関帝連合が指揮所にしているという管理事務所がある。そんな所からは少しでも離れた方がいいと思った。

水辺に沿って三〇メートルばかり走ったときだった。

あっ――

突然足許が消失したかと思うと、次の瞬間、水飛沫《しぶき》を上げて頭まで湖に嵌まり込んでいた。

岸から伸びた雑草の根と水草とが渾然一体となって、陸と湖水との境目を覆い隠していたのだ。

叫ぼうとした途端、口や鼻から流れ込んできた水が息をふさいだ。苦しさのあまりもがきながら手を伸ばして草をつかもうとしたが、手の届く範囲にあるのはぬるぬると滑る手応えのない水草ばかりで、よけいに陸から遠ざかってしまった。

岸に近いのだから自分の背が立たないほど深いはずがない。だがいくらあがいても爪先は固い水底に触れなかった。

途轍もない恐怖とともに景子は気づいた。

泥だ――このあたりの湖底は軟らかい泥になっているのだ――

しかもさらに悪いことに、もがいた分だけ全身に絡みついた膨大な水草がどんどん重量を増し、次第に身動きを取れなくしていく。まるで、湖中から伸びた無数の手が自分を水底に引きずり込もうとしているかのように。

「たす……助けて……誰か……おね……お願い……」

もがけばもがくほど身動きできなくなるというのに、もがかずにはいられなかった。濁った湖水に咽《む》せながらも必死に助けを求める。

「だ……誰か……助けて！」

水位はとうに口や鼻の位置を越えている。それでもなんとか顔を水面に突き出し夢中で叫んだ。

そのとき、水に滲む視界の向こうに、小さな人影を見たような気がした。

誰かいる――

水中で滑る水草にあえて手を絡ませ、なんとか水面に顔を出す。

今度ははっきりと見えた。そして、希望と絶望とを同時に感じた。

水辺に立っていたのは、小学一年生の聡であった。

目を真ん丸に見開いて、呆然と声もなくこちらを見つめている。

よりによってあの子供が――

しかし景子は、両手両足を可能な限りばたつかせながら呼びかけた。

「助け……助けて……」

だが聡は身動き一つできずにいる。

手足の力が尽きた。再び水中に没する寸前、景子は遠ざかる聡の後ろ姿を見た。

逃げたのだ。自分を見捨てて。

絶望がさらに全身の力を奪う。

分かっていた。自分だってそうするだろう。ましてや自分は、今まで散々みちると聡を白眼視し、心ない言葉を投げかけた。

見捨てられて当然だ――

昏《くら》い湖底にゆっくりと沈みつつ、景子はそんなことを考えた。

「まず一人！」

そう叫ぶや否や、脇田教頭は瞬時に動いた。

二人目の男の懐に飛び込んだのだ。

相手は反射的に拳打を打ってきた。それもまた狙い通りであった。

打ち出された拳打が相当なスピードであるだけに、こちらの動きがカウンターとなって技の速度が倍増する。

紙一重で相手の拳打を見切り、極端な前傾姿勢で伸びきった相手の腕と襟とを取る。そして回転しながら腰のバネで相手を背中から投げ飛ばす。力などほとんど要らない。

一本背負い。完璧に決まった。背中から固い床に叩きつけられた男は衝撃で意識を失う。

四人のうち、最初の一人を倒してから、ここまで三〇秒も経っていない。

どこまでも敵の虚を衝き、数を減らす。

柔道はタイミングと瞬発力だ。それさえ決まれば、数やスタミナで劣っていても怖れることはない。

怖れるべきは、強敵を前にして怯《ひる》む己の心だ。

一対四――今は一対二だが、もともと体力差のある極めて不利な戦いだ。勝負を長引かせるわけにはいかない。

それに女生徒達も気にかかる。蔡の手下達が遠回りで湖岸へと向かっている。連中が女生徒達を見つける前に、なんとしてでも眼前の敵を残らず倒す必要があった。

「よし、二人目！」

高らかに宣言するが、残る二人はもう乗ってはこない。ただ殺意の籠もる邪悪な目でじっとこちらを見据えている。

最初の男も二人目の男も、相当な使い手であったに違いない。それが油断につながった。柔道との戦い方を知らなかったのだ。

しかしもう同じ手は使えない。

これから先は、こちらを間合いに入れるような隙など決して見せはしないだろう。柔道と拳法の技と技術を尽くした死闘となるのだ。

「おっさんよお」

蔡が凶悪な本性を露わにして言った。

「調子ぶっこいてられんのも今のうちだぜ。俺達はそこの二人のようにはいかねえ」

「分かっている」

脇田は一転して静かに応じた。

「蔡……君、君は蔡君でいいんだね？」

「よく知ってるな、おっさん」

「蔡君、君がどんな人生を送ってきたか、私は知らない。それでも、これだけは分かる。かわいそうに、君は師に恵まれなかったに違いない。辛いとき、心が挫《くじ》けそうになったとき、ちゃんと導いてくれる大人が側にいれば、こんな大きな罪を犯すこともなかっただろう。だが犯した罪はもはや取り返しはつかない。蔡君、君はこれから自分の罪を償わねばならん」

蔡と、もう一人の男が同時にプッと吹き出した。

「最後まで笑わせてくれるぜ。その手はもう食わねえって言っただろうが。聞いてなかったのか、え、おっさん」

「私は真面目に言っている」

「ああ？」

「蔡君、私は教育者だ。しかしとうとう君達のような少年を指導する方法を見出せなかった。私は師匠の足許にも及ばなかったんだ。教育者として失格だ」

「世迷《よま》い言もいいかげんにしとけよ。それともなにか、今のはてめえの遺言か」

押し殺したような声で言いながら、蔡はじりじりと間合いを詰めてくる。もう一人の男も。

その動きを横目に見て、しみじみと呟く。

「遺言か……そうかもしれない」

蔡はまたも嗤ったようだった。

「もう一度言おう、蔡君」

両手を前に上げて再び大きく構え、脇田教頭は毅然《きぜん》として告げた。

「私の命に代えても、生徒達は守ってみせる」

19

見捨てられて当然だ――

どこまでも、どこまでも、体がゆっくりと沈んでいく。

いや、見捨てられたんじゃない、見捨ててやったのだ。教室のあちこちに固まって、自分を指差してはくすくす笑っていた同級生達。クラスの中で孤立することだけを怖れ、他人に合わせ、くだらない流行や芸能人の話題に明け暮れる。その傍《かたわ》らLINEに〈標的〉の悪口を書き込むことに余念がない。やらねば自分が標的にされるから。

あんな連中と狭い教室で一日中顔を突き合わせているなんてまっぴらだ。それだったら家で本でも読んでいた方がよっぽどいい。ネット上でバカに何を書かれようが知ったことではない。

――景子！　早くここを開けなさい。

――お願い、開けてちょうだい。

――何をやってるんだ、景子。さっさと学校に行け。

――あなた、やっぱり児童相談所の先生に電話した方が……

――馬鹿、そう何度もみっともない真似ができるか。第一、あんないいかげんなところに何ができるって言うんだ。結局景子は引きこもったまんまじゃないか。

高圧的で見栄っぱりな父と、気弱で主体性のない母。どちらもうんざりだ。ただし父は一つだけ正しいことを言っている。児童相談所なんて、自分の保身しか考えていない、やる気のない役人の集まりだ。うわべだけは心配しているかのように取り繕い、もっともらしい顔でありきたりのことを言ってカウンセリングを終わらせる。親身になっているふりをしていても、頭の中では早く帰りたいとしか考えていないことが透けて見える。

――ねえ、景ちゃん、早く学校行こ。さあ、早く早く。

茜の顔が突然浮かんだ。他の者達とはまるで違う、気遣わしげな様子など一切ない、幼稚園の頃からの変わらぬ笑顔。

――景ちゃん知ってる？　ウチの学校、『野外活動部』ってのがあるんだって。みんなで山とか川とかに行ったりするの。面白そうじゃない。ねえ、一緒に入ろうよ。

だまされた。茜の笑顔にだまされた。

その結果がこれだ。自分の体は間もなく水底の泥に沈む。そしてもう二度と浮かび上がることはないのだ。

見捨てられて当然だ――

走り去る聡の後ろ姿。喉が渇いたと言って泣いていた。あんたはいいね、優しいお姉さんがいて。

聡とみちるの両親は男達に殺された。殺された。殺された。殺された。

目の前で由良先生が無造作に男を銃で撃ち殺す。あれは現実だったのだろうか。もう何もかも分からない。自分はセミナーハウスの二階から、東岸に佇む湖畔亭の黒い屋根を眺めていた。不吉な予感を抱きながら。

幼い頃に聞いた葦乃湖お化けレストランの話。夜トイレに行けなくなるほど怖かった。

違う。話を聞いたんじゃない。テレビで見たんだ。心霊スポットの特集だった。父と母は見ない方がいいよと言ったが、好奇心には勝てずに見てしまった。頭のおかしくなったレストランの経営者が、自分で自分の首に切りつける再現フィルム。その血は高く天井まで噴き上がり……

急に意識がはっきりした。

そうか、そうだったのか――

だが呼吸ができない。全身でもがく。両の足首に絡みついていた水草がぬるりと外れた。反動で体が浮上する。しかし一面の暗黒で、どこまで行けば水面なのかもさだかでない。

あと少し、きっとあと少しだ――死ねない、こんな所で――だけどもう息が――

自分でも驚くほどの勢いで頭部が水面に出た。泥水と一緒に空気が急激に肺へと流れ込む。

「助けて！　誰か！」

激しく咽せながら夢中で叫ぶ。

その瞬間、景子は見た。

「あっち！　あっちだよ！」

こちらを指差す聡を先頭に、みちると茜が駆けつけてくる。

聡は逃げたのではなかった。自分を見捨てたのではなかった。

助けを呼びに行ってくれたのだ。

「今行くよ、景ちゃん！」

茜が叫ぶ。だが聞こえたのも一瞬で、体は再び水に沈んだ。

茜――来てくれたんだ、あたしのために――

体に力が甦った。また水草に絡め取られないよう注意しながら必死にあがく。なんとか顔だけを水面に突き出すことができた。

「景ちゃん、しっかり！」

水辺に到達した茜が、目一杯手を差し伸べてくる。だが到底届く距離ではない。

さらに足を踏み出そうとする茜に、景子は目を見開いた。

それ以上近寄っては――自分の二の舞になってしまう――

「ダメ、来ちゃ……危な……落ち……」

水を飲みつつも懸命に叫ぶ。容赦なく流入する水のせいでほとんど声にならなかったが、茜は警告の意味を察し、際どいところで足を止めた。そして手にした即製の薙刀をくるりと回転させ、刃部ではなく石突《いしづ》きの方を差し伸べる。

「早く、これにつかまって！」

またも沈みかけていた景子は、元はモップの柄であった棒に向かって無我夢中で手を伸ばす。だが指先がわずかに触れただけでどうしてもつかむことができない。

冷え切った手足から力が失せていく。意識が再び遠ざかる。

「がんばって、景ちゃん！」

茜が叫ぶ。聡も、みちるも。

「おねえちゃん、がんばって！」

その声援に涙が出た。冷たい水の中で、目の周りだけが温かかった。

途切れそうになる意識と気力を奮い起こし、死にもの狂いで手を伸ばす。

つかんだ。ついに右手で棒の先をしっかりとつかんだ。

聡とみちるが歓声を上げる。

「やった！」

景子は次に左手を伸ばし、両手で薙刀の柄を握る。しかし、すでに限界であった。棒を伝ってそれ以上先に進む力はとても残ってはいなかった。それどころか、少しでも気を抜くと、濡れた柄から両手がぬらぬらと滑り落ちそうになる。

「待ってて、あと少しよ、景ちゃん！」

顔を真っ赤にして茜が棒を引っ張る。しかしいくら運動神経に優れているといっても、中二女子の腕力では、水草や水藻に絡め取られた同級生を引き上げることは難しい。

茜の足は前へ前へと引きずられ、いつの間にか危険な水際へと迫っている。そのことに気づいて景子は声を上げた。

「やめて、茜！　あたしのことなんてもういいから！」

その声が聞こえないのか、茜はうんうん唸りながら薙刀を引っ張ることをやめようとしない。

茜の足首はすでに水草の中に埋まりつつある。もはや一刻の猶予もない。

こうなったら——

「いいわ、だったらあたしが放す！」

そう叫んだとき、茜が怒鳴った。

「バカ！」

えっ——

「そんなことしたら、あたし、絶対あんたを許さないから！」

景子は全身を強烈に打たれたように思った。幼稚園時代から、いつもにこにこと笑っていた茜。彼女にここまで本気で怒鳴られるなど、生まれて初めてのことだった。

「新条さん！　小宮山さん！」

そのとき、闇の向こうから早紀の声がした。一足遅れながらも駆けつけてきたのだ。

その場の様子を一目見て、早紀は状況を察したようだった。すぐさま茜の腰に両腕を回し、一緒になって引っ張り始めた。

茜の足首が水を脱する。景子の体が岸に向かって少し進んだ。

だが、そこまでだった。

二人が力を合わせても、それ以上はどうにもならなかった。

茜の握っているのは刃部のすぐ下側である。アウトドアナイフを取り付けたガムテープが、茜の掌からの血で剝がれかけている。

景子は泣きながら声を張り上げた。

「茜！　小椋先輩！　あたしは嫌われたっていい、許してくれなくったっていい、お願いだから早く逃げて！」

一心不乱に棒を引く二人には、その声がまるで届いていないかのようだった。

それまでなすすべもなく見守るだけであったみちるが、突然早紀の腰に手を回した。そして顔を真っ赤にして引っ張り出した。聡も姉にならって、一番後ろから姉の腰を引っ張る。小学一年生の聡が、うーんうーんと唸りながら。

その光景に、景子は声を失った。

いつあの恐ろしい男達がやってくるか分からないというのに――こんなにまでしてあたしのために

――

初めて気づく。自分は今まで真剣になったことなどなかった。周りの人々を見下すだけで、何一つとして本気でやろうとはしてこなかった。そうだ、他人の命どころか、自分の命についてさえ、本気で考えてはいなかったのだ。

限界を超えているはずの両腕に力を込め、歯を食いしばって先へと進む。体が徐々に岸へと接近する。

もうちょっと――あともう少し――

茜達四人がゆっくりと後退する。それに連れて、岸が近づく。

景子も最後の力を振り絞って棒を伝い、両足で水を掻く。

やがて、互いの手が届くところまで来た。茜と早紀が左右から景子の腕をつかみ、力を合わせて岸へと引っ張り上げる。

全身に水草をまとわりつかせながら、景子は息も絶え絶えとなってようやく湿った草の上に這い上がった。

「景ちゃん！」

茜が勢いよく飛びついてくる。

安堵すると同時に、景子は激しい嘔吐感を覚えた。泥と一緒に大量の水を吐き出す。

「小宮山さん、しっかり」

早紀が心配そうに景子の背中をさする。

「だいじょうぶ、おねえちゃん？」

顔を上げると、目の前に聡が立っていた。

景子は思わず聡を抱き締めていた。

「ありがとう……みんな、ありがとう……」

嗚咽しながら辛うじてそう言った。それ以上はどう言葉にしていいかさえ分からなかった。

景子の思いに応えるように、聡がぎゅっと抱き締めてくれた。その幼い心遣いがたまらなく嬉しくて、涙があふれて止まらなかった。

「……何か、聞こえる」

不意にみちるが小声で言った。

全員が一斉に耳を澄ます。景子は両手で自分の口を押さえ、嗚咽が漏れるのをなんとか防いだ。

――あっちだ！

――間違いねえ、声がしたぞ！

――逃がすな、全員ぶっ殺せ！

五人は恐怖に蒼ざめた顔を見合わせた。あの男達がとうとうやって来たのだ。

「急いで」

早紀が小声で皆を促す。

「さっ、景ちゃん」

茜が景子に手を差し出す。立ち上がる気力もなかったが、茜の肩を借り、景子は男達の声と反対方向に向かって皆と一緒に足を踏み出した。

極力音をたてないようにその場から移動し始めた一同の眼前に、草の中から男がぬっと顔を突き出した。

「いたぞ、ここだ！」

叫ぶと同時に、男は青竜刀を振り上げて斬りかかってきた。

咄嗟に早紀が、上着のポケットから何かを取り出して男に向ける。プシュッと音がして勢いよく噴出した黒い液体が、男の目をしたたかに打った。

悲鳴を上げて男が青竜刀を取り落とす。

自販機で買ったコーラだった。揺れるポケットの中で充分に攪拌《かくはん》された炭酸飲料が噴き出したのだ。

小椋先輩は最初からこのために――

景子は初めて、早紀がリスクを承知でコーラを購入した意図を理解した。そして、それを単なる無思慮としか思えなかった自分の浅はかさを改めて恥じた。

「こっちよ！」

早紀は先頭に立って別の方向へと走り出した。

薄暗いクラブハウスで二人の敵を向こうに回し、脇田教頭は一歩も退かなかった。

いや、退けなかったのだ。

双方が間合いを計り合う今の状況では、迂闊に動いた方が不利となる。

それでなくても二対一の戦いである。絞め技、関節技などの固め技は使えない。一人と組み合っている間に、もう一人が致命的な一打を急所に叩き込んでくるだろう。

現役時代、脇田は崩れ袈裟《けさ》固めや腕ひしぎ十字固めなどの固め技を得意とした。対戦相手は、脇田との試合において寝技に持ち込まれるのを極端に怖れたほどである。

そうした得意技が、今はすべて封じられているのだ。

勝負は一瞬でつけねばならない。少なくとも、一人を倒すまでは。

想像を絶するプレッシャーであった。

静寂の均衡は突如破られた。向かって左側にいた男が蹴りを仕掛けてくる。その動作の大きさからしておそらくはフェイント。蹴りを仕掛けるとともに大きく踏み込んで間合いを一気に詰めるという、一石二鳥を狙う手だ。ならば備えるべきは蹴りではなく第二撃。

脇田も自ら前に出て蹴りの間合いの内に入る。

来た――第二撃は拳だ。

読みの通りに伸びてきた腕を捕らえようとしたとき、相手の拳は予想外の動きを見せた。突き出された脇田の手を、螺旋《らせん》を描くようにかい潜《くぐ》ったのだ。

あっと思った刹那《せつな》、もう一方の手による掌底《しょうてい》が脇田の右頬を打っていた。

それでも怯まずなおも相手を捕らえようと前に出る。襟をつかむ寸前、敵は後ろに跳んで間合いから逃れた。

右頬が爆《は》ぜたように裂けているのが分かる。熱を持って大きく腫れ上がり、流れ出た血が首筋を伝い落ちる。頬骨にひびが入っているかもしれない。恐るべき威力だった。もし脇田が後ろに下がっていたら、変転する拳打、掌底と蹴りの連続攻撃を浴びてひとたまりもなく倒されていただろう。

相手の男も、そして蔡も、元の位置に戻って余裕の笑みを浮かべている。

今の攻撃でこちらの間合いと動きのパターンは大方知られた。おそらく次は本気で仕留めに来る。二人同時に仕掛けてくる可能性も大きい。むしろその方が自然であった。敵が未だその端緒《たんしょ》を見せないのは、ダメージを受けながらも戦意を保つこちらの気迫を警戒しているからだ。

隙を見せずに相対しているだけでも、気力が全身から蒸発していくようだった。体力はすでに限界に近づいていたが、こうなると敵にそのことを悟らせるわけにはいかない。

残るすべての精神力を振り絞って集中する。

一瞬、蔡と部下がわずかに目を見交わした。

来る——

やはり敵は同時に動いた。

脇田はあえて蔡に向かい、もう一人に隙を見せる。正面に向けた気迫で蔡を牽制しつつ、意識で背後の気配を探る。

勘に頼った危険な賭けだが、自ら作った隙であるから攻撃の軌道は予測できる。脇田は蔡に向かうと見せかけ、右足を大きく後ろに引いて相手の右足の前に出した。それまでの脇田の技を見ていた敵は、反射的に大外刈りなどの足技を警戒して己の位置を右側に移す。

その咄嗟の警戒心こそが狙いであった。

相手の釣り手、すなわち繰り出された掌打をつかんでその勢いのまま体を回転させる。相手は左足が右足より前になっているから逃げられない。次いで腰のバネを使い、自分の体の右側から左側に叩き落とす。

フェイントを効かせた捨て身の『袖釣り込み腰』である。

脇田に正面から蹴りを浴びせようとしていた蔡は、目の前に落ちてきた手下の体に驚いて後方へと跳び退く。

後頭部から背中を強打した男は戦闘不能となって白目を剝いている。脇田の策が奏功したのだ。あわよくば投げ飛ばした男の体を向かってきた蔡にぶつけられればと思ったのだが、さすがにそこまで甘くはなかった。

蔡はちらりと部下に目を遣ってから、それまで以上に強烈な視線で脇田を睨む。

「だいぶケンカ慣れしてるようじゃないか、おっさん」

「ケンカなどしたことはない。少なくとも柔道を始めてからはな」

乱れた気息を相手に悟られぬよう注意しながら、脇田はゆっくりと答えた。

「これは武道における勝負だよ、蔡君。君と私との心の戦いだ。ケンカなどではない。もし君がそう思っているとしたら、君は決して私には勝てない」

脇田の目には、蔡が嗤《わら》ったように見えた。彼との間には充分な距離があったにもかかわらず、次の瞬間、脇田の胸に相手の掌がぴたりと吸い付くように当てられていた。

同時に、脇田は全身が引き裂かれるような衝撃を感じてその場に崩れ落ちた。

20

「いたぞっ」

「逃がすなっ」

男達の声はどんどん距離を縮めている。

左肩を景子に貸して、茜はひたすらに岸辺を走った。

前を走っていた早紀が、突然驚いたように足を止める。

「どうしたんですか！」

茜の声に、早紀が振り返った。

「川があるの！　渡れないわ！」

「えっ！」

見ると、確かに湖に流れ込む黒い川があった。川の縁は深く切れ落ちたようになっており、見下ろすとはるか下方で漆黒の水が渦を巻いていた。幅は四メートルばかりだろうか。とても自分達に飛び越えられる距離ではない。また足場が悪い上に、密生する背の高い草で助走する余地もない。大人であったとしても飛び越えるのは無理だろう。

「見つけたぞ！」

「こっちだ！」

背後の茂みから男達が飛び出してきた。手には巨大な青竜刀や、名前も知らない武器を持っている。

五人は川に沿って逃げるしかなかった。

走りながら茜は絶望の予感に震える。この先を行けば上り下りのできない急斜面に突き当たるしかない。そうなったらもう最後だ。

「見て、あれ！」

みちるが叫んだ。その声に全員が振り返る。

川に一枚の細長い板が渡してあった。施設の関係者が橋の代わりに使っているものだろう。みちるが声を上げなければ、皆気づかずに通り過ぎるところであった。

「こんなとこ、渡れるの？」

幅三〇センチほどしかない板を指差して、聡が恐ろしそうに言う。

だが、躊躇している暇はない。

「早紀先輩、みちるちゃんと聡君を、早く！」

「分かったわ」

早紀は二人の子供に向かい、

「聡君は真ん中になって、みちるちゃんと私と手をつないで、そう、絶対に放しちゃだめよ、いいわね」

そう言い聞かせると、早紀は横歩きになって橋代わりの板を渡り始めた。横一列になって手をつないだ聡とみちるが後に続く。

細い板切れは、真ん中あたりで大きくたわんで上下に揺れた。しかし三人は悲鳴を上げる余裕さえ失っている。それがかえって幸いし、三人は脇目もふらず板を渡った。

「景ちゃん、一人で歩ける？」

茜は傍らの景子に問う。

「ええ、でも茜は」

「あたしは大丈夫だから、さあ早く、景ちゃんの番よ」

頷いた景子は、ふらつく足を踏みしめるようにして板を渡り始めた。

「待てオラッ」

「逃げんじゃねえっ」

青竜刀を振りかざした男達はもうすぐ後ろまで迫っている。

景子が渡り切るのを見届けてから、茜は急いで板の上を駆け出した。

男達も続いて板の上に足を踏み出す。しかし、彼らの大きな体を一度に支えるには、板はあまりに薄すぎた。大きくしなって、何人かが落下しそうになる。

「危ねえっ」

後続の男達が慌てて引き返す。

「一人ずつ渡れ。もう捕まえたようなもんだ」

「俺に任せろ」

先頭の男はそのまま板を渡ってくる。

一足先に渡り終えた茜は、素早く振り返って手にした薙刀を基本の中段に構えた。

正式な薙刀は全長二一〇センチから二二五センチ。重量は六五〇グラム以上。それに比べると格段に軽く短いが、小さい頃から一生懸命に稽古してきた技だ。道具はこの際どうでもいい。たとえ即製のものであっても、手にしているだけで大違いだ。

しかし自分を殺そうとしている相手との戦い、すなわち正真正銘の実戦など、今まで想像したこともなかった。中学生の自分が、まさか大人を相手に命懸けで戦うことになろうとは。

怖い、怖くてどうしようもなく足が震える——でも、自分が今ここでこいつらを防がねば——

相手は突き出された武器を見て一瞬驚いたようであったが、すぐにそれが珍妙な薙刀まがいであると知り、嘲笑を浮かべて青竜刀を振り上げた。

「なんだそりゃ。夏休みの工作か」

——茜、相手の動きをよく見なさい。

——相手の気と技の起こりを捕らえるのよ。

——怖がっては駄目。出ばな技は勇気と思い切りが大切よ。

ともに薙刀を学んできた姉や、部の先輩達の教えが甦る。

そうだ、〈勇気〉と〈思い切り〉だ——

「スネ！」

いつもの発声とともに『開き足』で敵の脛を打つ。

相手が打突《だとつ》しようと動作を起こす瞬間を捉え、思い切って打突する『出ばな技』である。

脛を切りつけられた男は、情けない悲鳴を上げて川へと落下した。

しかし次の男が間髪《かんはつ》容れず板を渡ってくる。やはり青竜刀を持っていた。

一人たりともこちら側に渡すわけにはいかない——

薙刀を下段に構え、急ぎ体勢を立て直す。上段に振りかぶると、一気に懐へと詰め寄られるおそれがあるからだ。

今度の相手は、最初の男のようにこちらを侮《あなど》って油断したりしていない。最初から慎重に青竜刀を構えている。

まさに、実戦。そして、まさに生きるか死ぬかの正念場。

そのとき茜は、先端のアウトドアナイフが揺らいでいることに気がついた。水に落ちた景子を引き上げるとき、力を込めすぎたためナイフを固定したガムテープが剝がれかかっているのだ。注意して丹念に固定したつもりであったが、掌からの血が染み通るような事態までは想定していなかった。

この場で固定し直す余裕はもちろんない。眼前の敵を倒すまで、刃部が保《も》ってくれればいいのだが
——

必死になって考える。いくら正式の薙刀より短いといっても、相手の刀よりははるかに長い。大人と中学生のリーチの差を考えてもまだこちらの方がわずかに上回っている。しかも敵は不安定で細長い板の上だ。移動はほとんどできない。

ならば先手必勝だ——まず相手の武器を封じねば——

小手を狙って切っ先を返しながら踏み込んで打つ。

「コテ！」

だが敵もそれを予期していたように、青竜刀でこちらの刃先を払った。

モップの柄を切断されるところまではいかなかったが、青竜刀の一撃は予想以上に重かった。その拍子にガムテープがさらに緩み、刃先の抜けかかっていることが夜目《よめ》にも明らかとなった。

「やっぱりガキのオモチャじゃねえか」

敵の顔中に嘲《あざけ》りの笑みが広がる。

「そんなもんで俺達の相手ができるとでも思ったのか、あん？」

男はこれ見よがしに青竜刀を振り回しながら、こちらへ向かってゆっくりと足を踏み出す。

どうしよう――

茜は激しく動揺した。アウトドアナイフは今にも抜け落ちそうになっている。絶体絶命。これではもう戦うことなんてできっこない。

どうしよう――どうしよう――

閃いた。どうせイチかバチかだ。思い切っていこう、勇気を持って。

『継ぎ足』の足さばきで後退し、毅然として上段に振りかぶった。

相手は怪訝そうに首を傾げる。抜けかかっていようがいまいが、到底刃先が届く距離ではない。

「メン！」

渾身《こんしん》の気合で振り下ろす。その勢いですっぽ抜けたナイフが、敵に向かって一直線に飛ぶ。

「うわっ！」

ナイフは敵に当たることなく、肩をわずかにかすめただけだった。だが相手は驚いて大きく体勢を崩す。

すかさず駆け寄った茜は、そのまま棒の先で相手の体を思い切り突いた。

「ええいッ！」

「あっ！」

バランスを崩した敵が川へと落ちる。茜はすぐさま薙刀を捨て、板の端を両手でつかんで川へと落とす。

呆然としている男達を対岸に残し、茜は仲間達の後を追って走り出した。

クラブハウスの床に倒れた脇田教頭は、かつて経験したことのない激痛にのたうち回った。

『寸勁《すんけい》』という奴か――

修行に明け暮れていた若い頃に囓った中国拳法の用語を思い出す。当時は確かまだそれほど知られていなかったはずだ。実際に演武や試合等で見たことはなかったが、間違いない。伸筋の力を接触面に作用させる、恐るべき体術だ。

歯を食いしばって立ち上がろうとした脇田の眼前に、蔡の蹴りが迫っていた。

膝と腰のバネを最大限に使い、思い切り後方に跳び退く。だが遅かった。敵の蹴りを胸に食らった。圧倒的なエネルギーに全身が弾《はじ》き飛ばされる。受け身を取ってダメージを最小限に抑えるのが精一杯だった。胸に激痛が走る。肋骨が折れたのだ。咄嗟に退いたため致命傷とはならなかったが、それでもこれだけのダメージだ。

蔡はもうよけいな口をきくことなく、こちらを確実に仕留めにかかっていた。流れるような動きで続けざまに蹴りを繰り出してくる。脇田は残る集中力を総動員して、辛うじてその攻撃をかわしていく。

しかし、紙一重でかわしたはずの蔡の足首、そして爪先は、まるでそれ自体が生あるものの如く自由自在に変転し、確実に脇田の体にヒットする。

これほどまでの使い手が――

全身に蔡の猛攻を受けながら、脇田は心で泣いていた。これほどまでの才能ある青年が、あたら犯罪集団の頭目に成り下がるとは。自分は、学校は、社会は、彼に何もしてやることができなかった。

ごく短時間のうちに、さらに数本の肋骨が折られていた。血の塊が喉の奥から込み上げる。折れた骨が内臓に刺さったらしい。すぐに血を吐き出さねば窒息する。

吐血した瞬間、蔡の掌が左の胸の上に当てられた。

その手が振動して勁を発するのと、蔡の体を捕らえた脇田が一本背負いを掛けるのとが、ほぼ同時であった。

寸前で体勢を崩されたため、蔡の寸勁は効力を十全に発揮し得なかった。また脇田も同じ理由で、技を完全に決めることができなかった。

それでも互いに大きなダメージを受けた。蔡は全身を固い床に打ちつけられ、脇田は心臓近くの肋骨を折られた。

脇田も蔡も、ともに床に倒れ込んだまま、荒い息をついている。

互いに動きを見切っているため、迂闊に接触すると共倒れは必至であった。今の投げを食らって何本か骨を折ったのだろう、蔡も自分と同様に、咳《せ》き込みながら盛大に吐血した。もう一度投げられれば、蔡とてもう立ち上がることはできまい。

半身を起こした蔡の視線が、さりげなく床の上を移動する。

それは脇田の希望でもあり、また絶望でもあった。

やめろ、蔡――それだけはやめるんだ――

心にそう願いながら、脇田はわざと激しく咽せてみせる。

それを好機と見て飛び起きた蔡が、床に落ちていた手下のライフルをつかみ上げた。

勝ち誇った表情で銃口を向ける。その銃身を、脇田はがっしりと押さえていた。

勝利の輝きに満ちていた蔡の顔が驚愕に歪む。

脇田の手を振りほどこうと、蔡は獣のような唸りを発して暴れた。そんな相手のバランスを崩すことなど、柔道家にとってはたやすいことだ。

ライフルを手にしたまま倒れ込んだ蔡の左手を取り、次いで右腕をつかみつつ右肩口から右足を入れる。左足は相手の左肩口上から入れ、首を締め上げる体勢を取る。そして自分の左足を右足で固定し、三角形に組んだ両足の中に相手の首と腕とを挟んで絞め上げる。

ここまでの流れを、体は完璧に覚えていた。

『横三角絞め』。かつての脇田が最も得意とした必殺の絞め技である。たとえ拳法の達人であろうとも、一度これを決められればもはや二度と逃れることはできない。

絶叫を上げる蔡に対し、脇田は悲しげに呟いた。

「銃を使おうと思ったそのときに、君の負けは決まっていたのだ」

渾身の力で絞め上げる脇田の口から、より激しい勢いで血があふれ出す。絞めれば絞めるほど、折れた骨が脇田自身の内臓に深く食い込んでくる。

頸動脈を完全に遮断され、蔡の悲鳴が消えた。彼の骨もまた、内臓に深々と食い入っているはずだ。

すまない、蔡君――私はなんとしても生徒を守らねばならんのだ――

そんな思いは、もう声にさえならなかった。

脱出した女生徒達の安否が気がかりだったが、後は由良先生に任せるよりない。あの人なら、きっとなんとかしてくれるだろう。

徐々に昏くなっていく視界の中に、脇田は懐かしい恩師の姿を見たように思った。

山永先生、私は、私にしかできないことをやれたのでしょうか――

すでに絶命している蔡を絞め上げた体勢のまま、脇田教頭は静かに息を引き取った。

21

みちると聡を連れて岸辺を走っていた早紀は、背後から近づいてくる足音に気づいて振り返った。

「みんなー、待ってーっ」

「茜ちゃん！」

驚きと喜びに足を止める。

「茜！」

「景ちゃん！」

飛び出した景子と手を取り合う茜の姿に、早紀は胸を撫で下ろす。

あの手製の薙刀を持っていないところを見ると、きっと恐ろしいことがあったに違いない。しかしこの頼もしい後輩は、独力でその窮地を乗り越えたのだ。

自分達は皆、彼女に救われたようなものだ。

しかし、安心してはいられない。

「茜ちゃん、みんな、今はそれより」

急き立てる早紀の言葉に、仲間達が無言で頷く。

皆で再び走り出そうとしたとき、目の前の笹藪から数人の男達が飛び出してきた。全員が大きな刃物を持っている。

「こんな所にいやがったのか」

「な、俺の言った通り、こっち側から降りて正解だったろ」

全身が恐怖に凍りつく。別の地点から岸辺に降りた連中もいたのだ。ここはクラブハウスからはもうだいぶ離れている。水辺とキャンプ場との高低差はかなり小さくなっていた。

茜が皆をかばうように反射的に前に出るが、その手にはなんの武器もない。

「ん？　なんかこいつら、全員かわいくね？」

中の一人が、涎《よだれ》を垂らさんばかりに言う。

「バカ、そんなこと言ってる場合か。早いとこブッ殺して金を探さねえと、もうじき夜が明けちまうぞ」

「そうだ、蔡君にぶっこまれても知らねえからな」

「分かってるよ、じゃあさっさと殺《や》っちゃおうぜ」

男達はこちらを取り囲むようにじりじりと迫ってくる。逃げようにも背後は湖だ。逃げ場はない。

「最初にチビから片づけるとするか」

みちると聡が悲鳴を上げて早紀にしがみつく。

「待って」

景子が茜を制して前に出た。

「私、『赤い屋根の小屋』、知ってます」

「なに？」

その場にいる全員が一斉に景子を注視する。

「分かったんです、私。『赤い屋根の小屋』の意味」

男達の一人が景子に大きなハンティングナイフを突きつけ、

「じゃあ早く言え」

「嫌です」

きっぱりと答える景子。その足ががくがくと震えているのに早紀は気づいた。景子はありったけの勇気を振り絞って何かをやろうとしているのだ。

「ああ？　おまえ、死にたいっての？」

たった今皆殺しだと言ったばかりの男達が、刃物を振り上げて矛盾した脅しをかける。

「死にたくはありません。話します。でも、その前に他のみんなは助けて下さい」

「景ちゃん、ダメ！」

茜が思わず声を上げる。

景子は構わず、

「どうなんですか。知りたくないんですか」

「こいつ、生意気に取り引きしようってさ」

正面の男が手にしたハンティングナイフで景子の頬をぴたぴたと叩き、

「今ここでおまえをいたぶってやってもいいんだけど？　それでも吐かない自信があるっての？　え、どうなん？」

「あります」

決然と答えた景子の頬を、男がいきなり左手で張り飛ばした。

景子の細い体が砂利の上に叩きつけられる。

「小宮山さん！」「景ちゃん！」

茜とともに駆け寄った早紀は、急いで景子を抱き起こす。無残にもその顔は赤黒く腫れていた。

「まだまだこんなもんじゃねえぞオラ！」

ハンティングナイフの男は、早紀と茜に構わずブーツの爪先で景子の体を蹴りつけ始めた。

「やめて、やめて下さい！」

その足にしがみついて止めようとした早紀と茜を軽々と振り払い、男は執拗に景子を蹴り続ける。

「オラオラ、どうした、根性見せてくれよオラ」

「そこらへんにしとけ、王忠《おうちゆう》」

仲間がハンティングナイフの男を止める。

「殺しちまったら、肝心のことを訊けねえだろうが」

王忠と呼ばれた男は、舌打ちして足を止めた。

「おし、じゃあさっさと吐け。金はどこにある」

「そ……その前に……」

血を吐き出しながら景子が答える。口内が腫れているため、話すのも苦しそうだった。

「あ？　なんだって？　聞こえねえぞ？　はっきりしゃべれ！」

王忠がまたも景子に蹴りを入れる。

「景ちゃん……」

男達に囲まれて抵抗できない茜が、堪えかねたように涙を浮かべる。

早紀も、そしてみちると聡も泣いていた。

「その前に……みんなを……逃がして下さい……」

「このクソガキ！」

かっとなった王忠がハンティングナイフを振り上げる。

しかし景子は少しも怯まず、

「みんなが行ってからでないと……私、絶対に……しゃべりませんから……」

「景ちゃん！」

男達の間から飛び出して景子にしがみついた茜が、大声を上げて泣き始める。

「茜……今までありがとう……私、ずっとお礼さえ言えなかった……」

「そんなの、どうだっていいから！　もうやめて景ちゃん！」

青竜刀を持った別の男が、泣き喚く茜を景子から力ずくで引き離す。

「そうかい、よーく分かったよ」

王忠が憤然として言った。同時に、刃の黒いナイフを持った男がみちるの襟首をつかむ。

「あっ、何をするの！」

みちるを取り返そうとした早紀は、男に蹴られて仰向けに倒れた。

「だったら、おまえの仲間から先に殺してやる。まずはこの二人だ」

「えっ……」

景子が動揺の声を上げる。

みちるの喉に黒いナイフが、茜の喉に青竜刀が押し当てられた。

「答えるかどうかは、こいつらの血を見てから考えろ」

「やめ……お願い……やめて……」

「やめねえよ。だって、これ全部おまえのせいだから。自業自得ってヤツ？」

景子の必死の願いを愉しそうに眺めていた王忠は、茜とみちるを押さえた男達に向かって合図する。

「殺れ」

その合図と同時に銃声が轟き、男達の頭部に弾痕が穿《うが》たれた。

黒いナイフの男と青竜刀の男がくたりと崩れ落ちる。

「え？」

あんぐりと口を開けた王忠の間抜け面にも、赤い孔が二つ開いた。

驚愕に全員が凝固したように立ちすくむ。

笹薮の中から現われた由良先生が、両手で構えていた拳銃を捨て、背中のショットガンを取って残りの男達を瞬く間に残らず撃ち倒す。

本当にあっという間の早業だった。

「先生！」

倒れていた早紀は、安堵と歓喜に身を起こす。

足早にこちらへとやってくる先生の背後から飛び出してきたのは――

「公一君！」

「小椋さん！」

まっすぐに公一が駆け寄ってくる。

嬉しさのあまり、早紀は我にもなく変な大声を上げていた。

「公一君！　公一君！」

「小椋さん、よかった、無事で」

「それより、小宮山さんが！」

「えっ」

公一が振り返るより早く、先生は景子を抱き上げ手早く傷の具合を確かめている。

「だいぶ酷いけど、大丈夫よ。命に関わることはないから安心して」

その言葉に、誰もがほっと息を漏らした。

「教頭先生は」

由良先生が顔を上げて皆に問う。

「それが……」

早紀は我に返った思いでここまでの経緯を話した。

「そう」

由良先生は、どこか瞑目《めいもく》するような表情を見せて呟いた。

「さすが教頭先生ね。無事でいるかどうか分からないけど、今の私達には確認している余裕はない」

非情とも思えるその言葉に、異を唱えられる者はいなかった。

「先生……」

薄目を開けた景子が、何かを言いたそうにしきりと唇を動かしながら手を差し伸べる。

先生はその手を握り、

「どうしたの。何が言いたいの」

「『赤い屋根の小屋』は、やっぱり東の湖畔亭です……私、小さい頃にテレビで……自分で首を切った男の人の血が、天井まで噴き上がって、屋根全体がCGで赤く染まるんです……」

切れ切れに語る景子の言葉に、早紀も遠い記憶を呼び覚まされた。

「それ、私も見たことある！　小学校で話題になったわ。でもすぐにデマだって分かって、あっという間に忘れられたの」

「でも、湖畔亭はすごく広いんだ。小屋と言えるほど小さくはないよ」

公一の疑問に、先生は腑《ふ》に落ちたという顔で、

「確か、連中は横領犯が自白している途中で火を点《つ》けたって言ってたわ。それで後半はよく聞き取れなかったって。焼き殺された男は、コヤじゃなくてコハンテイと言おうとしたのね」

先生は景子を背負って立ち上がり、

「さあ、急ぎましょう」

「急ぐって、どこへですか」

聞き返した早紀に、先生は不敵な笑みを見せた。

「湖畔亭に決まってるでしょう」

「えっ」

早紀はまたも絶句する。

どうしてわざわざそんなところへ行く必要があるというのだろうか。さっぱり分からない。

混乱する早紀の内心を見抜いたように、先生は言った。

「溝渕派の兵士はあらかた片づけたけど、肝心の溝渕やチャイニーズがまだ残ってるわ。特に鄭って奴は危険よ。連中を始末しないことにはどうせここからは逃げられない。それにはエサが必要なの」

じっと考え込むように聞いていた公一が口を開く。

「そのエサが四十億円というわけですね」

先生はその場の状況にまるで不似合いな微笑みを浮かべ、

「よくできました。優等生の弓原公一君。私が担任だったら内申書はうんとおまけしてあげるところだわ」

「そんな、危険です」

早紀は思わず反論していた。

だが先生は冷ややかな口調で、

「状況の危険度は最初からマックスなのよ、小椋さん。残念ながら、私達に選択の余地はないの」

そして景子を背負った先生は公一に向かい、

「弓原君、悪いけど、今度は湖畔亭まで案内して」

「はいっ」

公一がすぐさま走り出す。その後に続いて先生も。

早紀と茜は、それぞれ聡とみちるの手を取って、やむなく先生に従った。


三ツ扇槐と生徒達が立ち去ったのを確認し、阿比留は離れた位置にある木立の陰から姿を現わした。護衛のジョンとボブも一緒である。

用心してセミナーハウスへ突入しなかったのは我ながら上出来だった。案の定、槐の策に嵌まって兵隊をすべて失ったが、もともと連中に金を分けるつもりはなかったから結果としては大歓迎だ。一時的に身を隠し、闇に乗じて槐の後を追ってきたところ、思わぬ場面に遭遇した。

なるほど、小屋と湖畔亭の聞き間違いか。

道理で見つからなかったわけである。墓場で金の在処を聞き出す前にバカが火を点けたせいで、とんでもない手間をかけるはめになってしまった。しかしこれで、結果的に金の隠し場所は自分が先に知ったことになる。

阿比留はトランシーバーを取り出し、上海語で呼びかけた。

「こちら阿比留、鄭の兄貴、応答願います」

ネイティブではないが、独学にしては達者な方だと自分でも思っている。

「鄭の兄貴、聞こえますか」

何度か呼びかけると、上海語で応答があった。

〈鄭だ。どうした〉

「あっ兄貴、金の在処が分かりました」

〈なに、どこだ〉

「東岸にある湖畔亭っていうレストランの廃墟です。金はそこに隠されています。すぐに先回りして下さい。三ツ扇槐がガキどもを連れて向かってます」

〈よし、後は任せろ〉

「気をつけて下さい。槐って女は相当手強《てごわ》い相手です。なにしろプロのテロリストですから」

〈分かった〉

満足して通信を切った途端、背後から声をかけられた。

「誰と話してたんだ、え、阿比留」

ぎょっとして振り返る。

そこに溝渕が立っていた。

「溝渕君……」

「誰と話してたんだって訊いてるんだよ。やけに仲良さそうだったじゃねえか」

急いで考える。今の会話は上海語だった。内容までは知られていないはずだ。

しかし溝渕は、こちらの計算を先回りするように、

「こう見えてもさ、オレ、ちょっとくらいなら分かんだよ、上海語。あっちの女ともずいぶんヤッたから」

「いつからいたんですか」

平静を装いながら問うと、溝渕は口をいやらしく曲げて笑った。

「オレはな、ずっとおまえを張ってたんだよ。ただそれだけ」

「オレを張ってたって……」

すべてを理解した。

「そうか、そういうことか。オレを利用してやがったんだな」

「おまえ、自分だけは信用されてるとでも思ってた？　だとしたらいっぺん考えてみた方がいいよ。

自分のバカさかげんについてさ」

「それはこっちのセリフだぜ、溝渕」

覚悟を決めて開き直り、背後の二人に合図する。

「ジョン、ボブ」

殺気を漲《みなぎ》らせた二人の黒人が進み出る。

「溝淵、てめえが金を独り占めにするつもりでいることくらい、ハナっからバレバレなんだよ。今まで一人だけ散々オイシイ思いしやがって。発展型振り込め詐欺応用システムの全パターンを練り上げたのはこのオレだ。てめえみたいなクソに渡す金なんか一円もねえんだよ」

これまで鬱積していた憤懣が一気に爆発したようだった。分かっていながら、もはや自分で自分を制御することができなかった。

溝淵は何も言わず、ただにやにやと笑いながら聞いている。

「二言目にはオレのことをタッパが足りねえとか抜かしやがって、足りてねえのはてめえの頭の中身なんだよ、この間抜けが。心配するな、金はてめえの分までこのオレが使ってやるよ。ジョン、ボブ、遠慮はいらねえ、そこのクソ野郎を殺っちまえ」

二人の黒人が溝淵に向かってさらに詰め寄る。

この二人なら、溝淵など素手で充分に捻り殺せる。金は普段からこういうときのために投資しておくものなのだ。

溝淵、てめえはそれを怠《おこた》った——全部独り占めにしてきた報《むく》いを受けやがれ——

しかし溝淵は、まるで動じる様子もなく、薄笑いを浮かべたまま言った。

「阿比留さあ、おまえ、なんか勘違いしてない？」

「なに？」

「こいつらはな、おまえの護衛なんかじゃないんだよ。おまえの監視役なんだよ、最初から」

振り返ったジョンとボブが、こちらを見下ろしてにやにやと笑っている——溝淵と一緒になって。

「おまえら、今になって裏切る気か」

急速に血の気が引いていく。

「それこそこっちのセリフだと思うけど？」

溝淵は心底おかしそうに、

「おまえさあ、この二人を買収したつもりでいたんだろ？　そういうときにケチったらヤバイよ？　オレなんてさ、自慢じゃないけど、おまえの倍は出してるから」

全身が震え出す。

なんでこんなときに——震えるな、弱みを見せるな——

しかし噴き出した汗が止まらない。両膝は今にも崩れ落ちそうだった。

「阿比留よお、こっちはさ、蔡に情報を流したのはおまえだってことも知ってんだから。その次は鄭なんてマフィア野郎にすり寄ってよ。おまえって、マジ節操ねえのな」

ジョンの巨体がのっそりと阿比留の前に立つ。

「やめ——」

ボウリングの球のようなジョンの拳が、阿比留の頭頂部に振り下ろされた。

スイカの爆ぜるようなその瞬間の音を、阿比留は自分で聞くことができなかった。

第四章　赤い屋根

22

景子を背負った由良先生は、湖の岸辺を右回りに進んでいく。東岸にある湖畔亭に少しでも先回りするには、北を回っていく方がいいと判断したのだろう。それにしても、人間一人を担いでいるとは到底思えない足取りであった。景子の体重が軽いせいかもしれないが、先生とて女性であり、しかも見た限りではかなり細身だ。

やっぱりこの人、普通じゃない——

そんなことを思いながらも、聡の手を握り締めた早紀は皆に遅れないように懸命に走った。湖畔を包んでいた闇が薄れ、次第に蒼い光へと変わっていく。朝が近づいているのだ。

不意に先生が足を止めた。そしてじっと湖を見つめている。

後に続く生徒達も同じく立ち止まるしかなかった。

「どうかしたんですか」

早紀は不安を感じつつ尋ねた。

「どこかいい隠れ場所がないか、探しながら来たんだけど……」

「隠れ場所？」

「あなた達、私と一緒に湖畔亭までついてくる気？」

「ないです、そんな気！」

思わず叫んでいた。

「でしょう？　だから、あなた達の隠れ場所を探してたの。危険がなくなるまで、つまり溝淵とチャイニーズを完全に排除するまで、女子供と負傷者の安全な隠れ場所を確保する必要がある」

「見つかったんですか、それが」

「あれよ」

早紀達は一斉に先生の指差す方を見た。それは岸辺に放置されたボートの残骸であった。元はごくありふれたタイプのボートだったのだろう、完全に上下さかさまになった状態で、舳先《へさき》から船体の前半分くらいまで水に浸《ひた》っている。

「みんな、あの中に隠れてて。下半身は水に浸《つ》かることになるけど、もうすぐ朝よ。それまでには決着をつけるわ」

「先生一人で大丈夫なんですか」

茜が声を上げる。

「大丈夫かどうか、保証なんてあるわけないじゃない」

「だったら――」

「だったら、なに？」

勢い込む茜に対し、先生は冷笑を浮かべ、

「あなた達はね、足手まといでしかないの。分かる？」

「そんな……」

しょげかえる茜に、先生は一転して厳粛に告げた。

「味方の負傷兵や非戦闘員を守り抜くことも立派な任務よ。現に久野君は今、朝倉君を命懸けで守ってる最中なの」

茜が弾かれたように顔を上げる。

「久野先輩が……」

「新条さん、あなたは小椋さんと一緒にここで小宮山さんや子供達を守って。それがあなたに与えられた任務よ。しっかりね」

「はいっ」

たちまち茜が持ち前の元気を取り戻す。

「待って」

早紀は先生の横に立つ公一に向かい、別の懸念を口にしていた。

「公一君は？　公一君はどうするつもりなの？」

「僕？」

心なしか、公一は目を逸らすように、

「僕は先生を湖畔亭に案内しなくちゃならないから……」

「本当に？　本当にそれだけなの？」

「それ以外に何があるって言うんだ。僕だって普通の中学生だよ。あんな奴ら相手にできることなんてあるもんか」

そう言われればその通りだが、なぜか心に引っ掛かるものを感じた。

しかし相手がそう言っている以上、具体的な反論は思いつかない。

「あのね、作戦行動中は一分一秒の遅れが取り返しのつかない事態を生むの。これって、入試にも出ると思うわ絶対」

先生に急かされ、早紀は茜と力を合わせて景子を抱きかかえ、水を潜《くぐ》ってボートの下へと入った。

真夏とは言え、夜明け前の湖水の冷たさに全身がぞくりとした。

ジャージから沁み通る水の感触のおぞましさに震えながら、できるだけ船尾に近い方へと移動する。

その方が水に浸かっている部分が少ないからだ。

「小宮山さん、大丈夫？」

声をかけると、景子は弱々しく頷いた。ぐったりとしているが、意識ははっきりしているようだった。

続けて、みちると聡がボートの下に入ってくる。早紀は茜とともに横へ退いて場所を空け、背の低い小学生二人と、怪我をしている景子とを、一番岸に近い位置に押しやった。

「うん、思った通り、外からは全然分からないわ。これならまず見つかることはないわね」

朽ちたボートの底——今はそれが頭上にある——を通して、先生の声が聞こえてくる。

「いい？　助けが来るまで動いちゃダメよ」

「はいっ」

茜が皆を代表するように返答する。

「風邪くらいは引くかもしれないけど我慢してね。たぶん死ぬよりはマシだから」

先生と公一の駆け去る足音がしたかと思うと、すぐに聞こえなくなった。

聞こえるのは、風に乱れる水面の音くらいである。

茜も、景子も、みちるも、聡も——みんな体を寄せ合うようにして黙っている。

全員が震えていた。寒さと、恐怖と、未知の不安に対して。

一人、早紀だけは、皆とは別の不安を感じ、湖面の小波より大きく激しく揺れていた。

何か——何か分からないけれど、たまらなく嫌な予感——

阿比留からの知らせを受けた鄭は、手下全員を率いてバイクに跨がり、東岸へと急行した。

湖の西岸に蔡や溝渕の仲間が何人残っているか知らないが、駐車場の近くにいた自分達が一番先に湖畔亭に着くのは間違いない。

内心ほくそ笑む――金は俺だけのものだ。日本人や、日本で育った腑抜けどもに渡すつもりは毛頭ない。

蔡、阿比留、てめえらにもだ――

夜は刻々と明けていく。早くしないと、暇な釣り人やキャンパーがやってくるかもしれない。通報でもされたらそれで終わりだ。

湖畔亭の場所はすぐに分かった。密生した灌木からなる天然の生け垣に囲まれた、見るからに禍々しい巨大な廃屋。敷地の入口に掲げられていたのであろう、『レストラン湖畔亭』と書かれた看板が腐って落ち、半ば土に埋もれていた。

その看板を踏み潰すようにして、剝き出しの土の上にバイクを停めた鄭は、背後の手下達に向かって上海語で吠えた。

「てめえら、すぐに金を探せ。夜が明ける前に見つけねえとてめえら全員ぶっ殺す！」

すぐさまバイクを降りた手下達が、施錠された廃墟のドアを蹴り破り、一斉に内部へと雪崩れ込む。

鄭自身も廃墟の中へと踏み込んだ。

客室であったと思われる広大なホールに立ち並ぶ太い柱。窓はすべて内側から打ち付けられた板戸でふさがれている。手下達の振りかざすハンドライトの光に、胸の悪くなるような落書きの数々が浮かび上がった。面白半分に中に入り込んだバカどもの仕業だろう。ここに金を隠したという奴らも、大方そうしたバカの類であったに違いない。

何か曰《いわ》く因縁《いんねん》のある場所らしいが、まるで気にならなかった。幽霊が出ようと出まいと知ったことではない。そんなものは少しも恐ろしくはない。恐ろしいのは、金と権力を持った人間だ。もっと恐ろしいのは、自分が金と権力を持てなかった場合だ。

中国は〇・〇一パーセントの殿上人と、九九・九九パーセントの貧乏人から成っている。殿上人は生まれながらにして様々な特権に恵まれ、貧乏人は生まれたときから生ける亡者として死ぬまで地獄であがき続ける。

殿上人に生まれなかった自分は、自らの才覚で成り上がるしかない。そのためには中国にいては駄目だ。用心深い金持ちとその飼い犬どもに潰される。だから自分は日本に来た。期待に違《たが》わず日本にはチャンスがあった。これを逃すつもりはない。目の前のチャンスを逃すような人間は、中国では最低の馬鹿として嘲笑《あざわら》われる。他人から嗤われるのは我慢がならない。自分を嗤う奴、邪魔する奴は叩き殺すまでだ。

舞い上がる埃を胸一杯に吸い込みながら、鄭は大股で廃墟の奥へと進む。閉店したのはかなり前のようで、ほとんど何も残っていない。椅子やテーブルといった設備さえすべて撤去されており、がらんとした空間が闇の塊となって広がっているだけだった。

これならすぐに見つかるだろう――

手下達は総出であちこちを当たっている。内部は思った以上に広く、無数の小部屋に分かれていた。右手には二階に通じる階段もあった。見上げると、テラス状に配された中二階の席も見えた。道理で天井が高いはずだ。最盛期は相当景気よくやっていたようだ。

それが今ではこのありさまか――

それぞれの部屋に入り込んだ手下達は、手当たり次第に金を探していた。収納を片っ端から開けている者もいれば、床を剝がしている者もいる。二階に上がった者達も各個室に分かれて捜索を開始した。

「どうした、まだ見つからねえのか！　早くしねえと夜が明けちまう！　いや、その前に溝淵やテロリストの女が来ちまうぞ！」

手下に向かって喚きながら、鄭は余裕の笑みが浮かぶのを自覚していた。

溝淵など少しも怖くない。少し痛めつけただけで日本人はすぐに泣きを入れる。小便を垂れ流す。所詮はぬるま湯のような世界で育った連中だ。度胸も何もありはしない。

三ツ扇槐とかいう女は少しはやるようだが、たかが女一人だ。国際テロリストだかなんだか知らないが、これだけの人数を相手に何ができるものか。

鄭は手にした青竜刀を握り締める。

俺だって、伊達《だて》に今日までヤバイ橋を渡ってきたんじゃねえ――フィリピンやベトナムの連中とも散々やり合ってきたんだ――

特にベトナム人は手強かった。腕を斬り落としても、歯を剝いてかかってきた。日本人などとは根性が違う。もう後がないから、みじめな負け犬に戻るくらいだったら死んだ方がいいと思っている。命と金なら、ためらいなく金を取る連中だ。そんな奴らを、自分はこれまで何十人も望み通りに殺してやった。

「鄭の兄貴！」

正面入口の方から手下の一人が叫んだ。

「このレストラン、敷地の裏に別館があります！」

「なんだと」

急ぎ外に出て建物の壁に沿って回り込む。

手下の言った通りだった。本館よりはかなり小さいが、一〇メートルばかり離れた山側に別棟が建っていた。繁盛していた頃にでも増築したのだろう。本館との間に渡り廊下のような通路があるが、本館側からは気づかなかった。廃業前か後かは分からないが、ドアを完全にふさいでしまったのだ。

「みんな呼び集めろ！　急いでこっちを探すんだ！　いや待て、全員じゃない、本館の方にも二、三人は残しとけ」

たちまち集まってきた手下達が別館へと駆け込む。鄭も中に入って捜索の様子を監督する。本館をそのまま縮小したような内装で、荒廃の程度もそっくりだった。ただし建物の構造は、入り組んだ本館に比べ、単純な正方形に近かった。

狭い分だけ捜索は容易かと思われたが、予期に反してここでもすぐには見つからなかった。

畜生——やはり本館か——

不安と焦燥に居たたまれず、再び本館の方へと引き返す。

「おい、そっちはどうだ。金はあったか」

そう怒鳴りながら本館のホールに入ったとき、厨房《ちゅうぼう》の奥に位置する支配人室から声がした。

「鄭の兄貴、見つけました！　こっちです！」

「なにっ」

急いで支配人室へと駆けつける。

「どこだっ」

「これです、兄貴」

ドアの外れた出入口から室内を覗くと、二人の手下が床下の穴をマグライトで照らしているところだった。鄭も二人の背後から穴の中を覗き込む。

以前は金庫か何かを隠していたらしい、造り付けの床収納であった。「耐熱仕様」という仰々しい文字が内側に記されている。その中に、大型の黒いトローリーケースが三個。詰めればもう二、三個は入りそうな大きさだった。

「この間抜けどもが、どうして今まで気づかなかったんだ」

「なにしろ暗かったもんですから……それに、床が半分腐ってやがって、継ぎ目がほとんど見えなくなってて……」

くどくど言いわけする手下を苛立たしげに遮って、

「いいから早く引っ張り出せ」

手下達が慌てて三個のケースを引き上げる。底部に車輪のついた旅行用のオーソドックスなタイプだ。

「さっさと開けろ」

言われる前に一人がケースに手をかけている。だが焦ったように顔を上げ、

「鍵がかかってます」

「どけっ」

手下を押しのけた鄭は、おもむろに手にした青竜刀をトローリーケースの側面に突き立てる。

肉厚の青竜刀は驚くほどさっくりと安物のアルミ合金を切り裂いた。この種のケースは、落下の衝撃には強いかもしれないが、青竜刀の鋭い切っ先を突き立てられるというようなシチュエーションなど想定しているはずもない。

すぐに刃を抜き、わずかな隙間から中に詰まっていた紙片をつまみ出す。

五百ユーロ紙幣であった。

鄭と手下二人は、同時に歓声を上げていた。

そのとき——裏手の方から凄まじい絶叫が聞こえてきた。

他人の死や痛みを何度もまのあたりにしてきた鄭が、今まで聞いたこともないような悲鳴であった。まるで、誰かが首をねじ切られでもしているかのような。

来やがったな——

「兄貴……」

「おまえたちはこのケースを運び出せ。いいか、いつでも逃げられるようにしておくんだ」

二人にそう言い残し、鄭は表に走り出た。そのまま全速力で裏の別館へと向かう。

溝淵か、テロリストの女か——どっちでも構わねえ、ここで皆殺しにしてやる——

別館に近づくにつれて、距離を置いて転がる手下達の死体が目に入った。いずれも頭部が柘榴《ざくろ》のように割れていたり、さもなくばカメのように胴体の中へとめり込んでいる。

声を出す間もなく殺《や》られたのは明らかだ。

面白え——大した馬力じゃねえか——

別館の前に着いた。夜明けの薄蒼い光の中で、鄭は別館のドアの前に何かが山のように積み上げられているのを見た。

自分達の乗ってきたバイクであった。

これは、一体——

「開けろ！」「開けやがれ！」「チクショウ、ぶっ殺すぞ！」

中に閉じ込められた手下達が、ドアを叩きながら口々に叫んでいる。

何が起こっているのか、すぐには理解できなかった。

かくも短時間に、決して軽いとは言えないバイクをここまで積み上げられるとは。

近くには、首が一八〇度回転して背中を向いた死体が転がっていた。

さっきの悲鳴はこいつか——

そこへ、低い鼻歌が聞こえてきた。日本の流行歌のようだった。それに何か水音のようなものも聞こえる。

なんだ——？

その場に立ったまま見ていると、別館の角を曲がって、小山のような体格をした黒人が現われた。

キングサイズのトレーナーを着た黒人は、愉しそうに鼻歌を歌いながら、両手で担いだものから何かを建物の壁に向けて振りまいている。

バイクだ。フューエルキャップを外したバイクをまるでオモチャのじょうろのように使って、ガソリンを別館に振りかけているのだ。

その状態で建物を一回りしてきたらしく、入口まで戻ってきた黒人がこちらに気づいて振り返った。

そして、まるで旧友にでも出会ったように親しげに微笑みかけてきた。子供のように純真な黒い笑顔。

ナメやがって――

巨漢の黒人は手にしたバイクを無造作に放り出すと、五、六メートル後ずさり、ライターを取り出して点火した。

野郎、まさか――

止める間もなかった。

黒人はガソリンの黒い染みに向かって、火の点いたライターを放り投げた。

たちまち別館の周囲に炎が走った。中に閉じ込められた男達は絶叫を上げてドアを叩いているが、バイクの山にふさがれたドアはびくともしない。

さすがに唖然として立ち尽くす。

別館は一瞬にして巨大な火葬場へと変わった。

やがて炎は積み上げられたバイクに引火し、大爆発が起こった。

目を真ん丸に見開いた黒人が、手を打って歓声を上げる。

生きながら焼き殺される男達の断末魔が、劫火の合間から漏れ聞こえた。

溝淵の仲間は、こちらが金を発見したところをどこからか見ていたのだ――「金を見つけた」と叫ぶ手下の声が聞こえたに違いない――バカがよけいな大声を出しやがったせいで――溝淵の仲間はすぐさまトランシーバーで連絡した――それを受けた黒人は、バイクを積み上げて出口をふさぎ、別館に火を放った——金がそこにないと分かった以上、邪魔者の大群を別館ごと焼き殺せば最も効率よく手間が省けるというわけだ。

火を点けた黒人は、陽気に体を揺すってリズムを取りながら、今ははっきりと声に出して歌っている。やはり日本製のポップスだった。ところどころに珍妙な英語のフレーズが交じる幼稚な歌詞。

「てめえ……」

青竜刀を構え、鄭は黒人に向かって歩み寄る。目の前で手下のほとんどを焼き殺されたのだ。絶対に生かしてはおかない。

正面から対峙する。相手の無垢《むく》な笑いは消えていない。あくまでこちらを虫けらか何かのように思っているのだ。

いいだろう——百倍にして返してやるぜ——

ゆっくりと黒い敵に歩み寄る。手にした青竜刀は、これまでも数々の猛者《もさ》を屠《ほふ》ってきた。憎悪が激しく高まるにつれ、全身に殺戮の歓喜が駆け巡るのを感じる。

絶対に殺してやる——こんな薄汚ねえ黒ブタ野郎など——

獰猛な怒りとともに黒人に向かって駆け出そうとしたとき、背後でまたも異常な絶叫が聞こえた。

今度は本館の方だ。

素早く頭を回転させる——本館には金を持った手下がいる。目の前の黒ブタは生かしておくわけにはいかないが、今は金の方が先決だ。

無言で身を翻し、本館に向かって走り出す。相手は追っては来なかった。こちらが逃げたと思ってナメた笑いでも浮かべているのだろう。

そんなことは気にもならない。黒ブタを殺ることなどいつでもできる。だがひと思いには殺さない。全身を細切れのミンチにしててめえ自身と、ついでに溝渕にでも食わせてやる。

それより金だ——金は——金は無事か——

23

水に浸かりながらボートの下に隠れていた早紀は、次第に募りゆく不安を抑えることができなくなってきた。

公一君——

振り込め詐欺に引っ掛かった祖母を失ってから、公一は以前に比べ明らかに様子がおかしい。これまでにも、大した人生経験のない自分でさえ、彼がまるで何かに取り憑《つ》かれてでもいるかのように感じることがたびたびあった。

そんな彼が、仇敵《きゅうてき》とも言える関帝連合を目の前にして、冷静でいられるものだろうか。

考えれば考えるほど、自分の危惧が単なる思い過ごしではないような気がしてきた。

それに――公一が背中に隠し持っていたもの。あれは確かに拳銃だった。

先生は「久野君は朝倉君を命懸けで守ってる」と言っていた。ということは、隆也は動けないほどの怪我をしたということだ。

そっと首を伸ばして皆の様子を窺う。景子は意識を失っているようだ。みちると聡は半睡半醒の様子でうとうとしている。

「新条さん」

すぐ横にしゃがんでいた茜の耳許でそっと囁く。

「ごめん、私ね、嫌な予感がしてたまらないの」

「えっ」

「ちょっと様子を見てくる。みんなのこと、お願いね」

「そんな、どうして……」

驚いたようにこちらの顔を見つめていた茜は、やがて何かを察したのか、力強く頷いた。

「……分かりました。がんばって下さい」

「ありがとう、茜ちゃん」

水に身を沈めようとしたとき、茜が呼び止めた。

「早紀先輩」

「なに？」

顔を上げると、茜は小さな声で言った。

「〈勇気〉と〈思い切り〉ですよね、やっぱ」

「え、それって……？」

思わず聞き返すと、茜はにっこりと笑い、

「すみません、薙刀の心構えみたいなものです。どうか気をつけて」

「うん、ありがとう」

その笑顔を見ているだけで、早紀は自分の行動に確信が持てるような気がした。

本当にありがとう――

息を大きく吸ってから水に潜《もぐ》り、船首の方からボートを離れる。そして素潜りのままできるだけ水中を進んだ。

もし誰かがたまたまこちらを見ていたら、皆の隠れ場所を知られてしまうおそれがあるからだ。

限界まで湖底を進み、極力音を立てないように注意して水面に顔を出す。

見渡す限り、岸辺には誰もいない。夜が明けかかっているとは言え、湖面には依然として闇と靄《もや》が立ち込めている。大丈夫だ。気づかれてはいない。

それでも用心してしばらく岸と平行に泳ぎ、手頃な水草の茂みを見つけて陸に上がる。

水から出た途端、強烈な寒気が襲ってきた。思わず足踏みして両の掌で腕をこする。歯がかちかちと音を立てていた。その寒気は、単純な冷えからのものとは思えなかった。それだけに、自分の行動が一層無謀に感じられた。だがもう引き返せない。

全身ずぶ濡れになったが、ジャージはすぐに乾くはずだ。

足音を殺して東岸の湖畔亭へと走り出す。歯の根は未だ合わなかった。


本館に戻った鄭が目にしたのは、支配人室の中に転がっている手下二人の死体であった。一人は顔面が陥没しており、もう一人は後頭部が背中と引っ付いている。

そして金の詰まった三つのケースを前に、別の黒人がにやにやと笑っていた。別館に火を放った黒人と同じくらいの巨体。その右手から血が滴っている。この黒人が素手で一人を殴り殺し、もう一人の首をへし折ったのだ。ポロシャツのポケットにはトランシーバーがねじ込まれている。

別館の黒人に連絡したのはこいつか——

「ちょうどいい」

鄭は青竜刀を振り上げた。

「てめえからぶっ殺してやる」

叫びながら走り寄る。頭上にかざした青竜刀を振り下ろそうとしたとき、ポロシャツの黒人は隠し持っていたマカロフ拳銃をこちらの鼻先へ突きつけた。

凍りついたように手と足が止まる。

こいつ——

こちらの表情をしげしげと確認し、おそらくはそれを堪能してから、黒人は嬉しそうに発砲した。

右の脇腹を撃たれて鄭は仰向けに倒れた。

致命傷ではないが、廃墟の床の上に自分の血がどくどくと広がっていくのが分かる。

ポロシャツの黒人はくすくすと笑いながらゆっくりと歩み寄ってくる。

畜生――だが、それでいい――

足を止めた黒人は、こちらの頭部にとどめの銃口を向けた。

今だ――

跳ね起きて相手の左脇腹に青竜刀の刃を叩きつける。

しかし肉厚の青竜刀も、黒人の脂肪と筋肉に阻《はば》まれ、内臓にまでは至らなかった。

凄まじい絶叫を上げた黒人は、右手のマカロフをこちらに向ける。鄭は青竜刀の柄を両手で握ったまま、左足のハイキックで相手の右手首を砕く。

敵の手からマカロフが落ち、床を滑って闇に消える。

だが次の瞬間、黒人は残る左手で鄭の右腕を捻り上げた。見かけに違わぬ、途轍もない怪力だった。

たまらず青竜刀から手を離す。

脂汗を浮かべた黒人は、己の腹に食い入った青竜刀を驚くべき膂力《りょりょく》で引き抜いた。重い音を立てて血まみれの青竜刀が床に転がる。

すかさずそれを拾おうとした鄭を、黒人の蹴りが牽制する。間一髪、跳びすさって蹴りをかわした鄭は、着地の反動を利して再び跳躍し、敵の頭部に渾身の蹴りを叩き込んだ。

決まった、と思った。

だが次の瞬間、相手は全身でこちらの体を抱え込んでいた。まるでヒグマかゴリラに抱きつかれたようだった。

戦いは自ずと素手による格闘戦へと移行した。


駐車場に近い丘の木の上で、ショットガンを手にした進太郎は湖面を渡ってきた遠い爆発音に驚いて振り返った。

東岸に赤い炎が遠望される。火事だ。

何かがあったに違いない——それにしても一体何が——

炎の大きさから推定して、燃えているのは湖畔亭のようであったが、微妙に位置が違うような気もする。いずれにしても、はっきりとは分からなかった。

クラブハウスに向かった先生と公一は、教頭先生や副会長達と無事に合流できただろうか。溝淵は、阿比留はあれからどうなったのか。

何も分からないこの身が歯がゆくもあった。

ショットガンを構えたまま、首だけを回して周囲の様子を観察する。

東側に連なる山の輪郭がはっきりと見えている。払暁の光が微風にそよぐ草原に漂い始めた。

「朝倉、聞こえるか朝倉」

周辺に誰もいないことを確認し、根元の洞に向かって小声で呼びかけた。

少しの間を置いて返事があった。

「はい、聞こえてます」

「傷は痛むか」

「大丈夫です」

あまり大丈夫そうな声ではなかった。

「もうすぐ夜明けだ。あともうちょっとだけがんばれ」

「はい」

こちらを信頼し切っているような返答に、進太郎はほんの少し安堵し、かつまた改めて緊張した。

そうだ、自分には自分の役目があるのだ——朝倉を守るという役目が——

「久野センパイ」

隆也に呼びかけられて、進太郎ははっとした。

「どうした」

「センパイこそ、居眠りして木から落っこちないで下さいよ」

「バッ、バカヤロー、おまえなあ……」

思わず噴き出した進太郎は、その拍子に木の枝から落ちそうになり、慌てて幹にしがみついた。

「どうしたんすか、センパイ」

「なんでもねえよ。おまえは黙ってそこで寝てろ」

冷や汗を拭いながらごまかした。

体勢を整え、改めて東岸の炎を眺める。

どういうわけか、急に公一のことが思い出された。あの由良先生——いや、三ツ扇槐か——がついているから大丈夫だとは思うが、関帝連合と公一との因縁を知っているだけに、言いようのない不安が胸をよぎった。

早まるなよ、公一——


巨体の黒人と四《よ》つに組んで、鄭は死闘を続けていた。

戦いの場はホールを過ぎ、いつの間にか正面入口の近くにまで移動している。

ウエイトでは相手に分《ぶ》があるが、鄭とて並の男より一回りは大きい体格と強靭《きょうじん》な筋肉に恵まれている。しかも、黒人は脇腹に傷を受けている。青竜刀を叩きつけられたその傷は、決して小さいとは言えないはずだ。

だがこちらも、腹に銃弾を受けている。ダメージは五分と五分か。

ざっくりと開いた脇腹の傷からおびただしい血を流しながら、黒人は猛然とつかみかかってくる。

まさに手負いの野獣であった。

「このバケモノが！」

黒人の丸い大きな顔面を手練《しゅれん》の拳で連打する。常人ならこれで少なくとも脳震盪《のうしんとう》を起こしているはずだが、相手は軽く頭を振っただけで、再び咆哮を上げて突進してきた。野牛のようなその勢いに、鄭の体が後方に弾き飛ばされる。気がついたときには、全身を押さえ込まれていた。

鄭は右手の手刀を、相手の脇腹の傷に突っ込んだ。そして傷の内部を激しく抉《えぐ》る。

黒人は鼓膜が張り裂けそうな絶叫を上げた。しかし鄭を押さえ込んだ体勢を少しも崩そうとはしない。

鄭はさらに力を込めて容赦なく傷をかき回す。手刀の先が何か柔らかい塊に触れた。腸だ。傷の中で手刀の指を開き、腸の一部をつかみ破る。

その激痛を執念の怪力に転換するように、絶叫を上げながら黒人は鄭の全身を締め上げる。

今度はこちらが絶叫する番だった。全身の骨が軋《きし》みを上げている。喉の奥から血の塊が込み上げる。

互いの息がかかるどころか、顔が触れ合うほどの距離。極限の殺意に充血した両眼で睨み合う。

どちらが先に絶命するか――あとは気迫と執念が勝負を決める。

そのとき、苦悶する黒人の顔に、喜色が浮かぶのを鄭は見た。反射的に相手の視線の先を追う。

夜明けの光が差し込む入口を背に、誰かが立っている。

溝淵だった。

今までどこかに身を潜め、部下の戦いを眺めていたのだ。その手にはショットガンを提げている。

二対一ではさすがにもう勝ち目はない。

これまでか――

観念しかけたとき、黒人の顔が驚愕に歪んだ。

薄笑いを浮かべた溝淵が、ショットガンの銃口をこちらに向けている。

まさか――

これまでに出会った悪党の中でも最低の畜生。それにふさわしい罵声を浴びせようとしたが、その前に溝淵はためらいなく引き金を引いていた。

24

二匹のデカブツ――鄭とボブは折り重なって仲良く死んだ。

溝淵は満足げに硝煙のたなびくショットガンの銃口を下ろす。

これが一石二鳥というものだ。邪魔なチャイニーズも片づいたし、ボブに分け前を払う必要もなくなった。

「溝淵君」

背後でジョンの声がした。

「おう」

振り返って応じる。

「そっちも片づいたみたいすね」

こちらの肩越しに鄭とボブの死体を一瞥し、

「イイ奴だったんすけどねえ、ボブ」

「でも金には替えられない、か」

「おめえら、マブダチだったんじゃねえの？」

フフッと悪戯《いたずら》っ子のような含み笑いを漏らすジョンに、

「そうっすよ。自分もなんかカワイソーだなーって思うケド、しゃーないっすよ。マジで金には替えられませんから」

「おまえってホント酷《ひで》えヤツだな」

ボブを射殺した当人である溝淵がぬけぬけと言う。

「それより溝淵君、早いとこ金を」

「ん、そうだな」

思わぬ事態の連続から、予想以上に時間がかかってしまった。金さえ手に入れば、テロリストの女などもうどうでもいい。ましてや中学生のガキどもなど。

今は少しでも早くこの場を離脱することだ。

二人並んで支配人室へと引き返す。

出入口の前まで来たとき、溝淵は愕然として目を見開いた。瞬く間に頭から血の気が引いていくのを自覚する。

金が――ない――

そこにあるのはチャイニーズ・マフィア二人の死体だけだった。金の入った三個のトローリーケースは跡形もなく消えていた。

「金は、金はどこへ行った！」

「誰かがパクったんすよっ」

四十億円相当となるユーロ紙幣の総重量はかなりのものであるはずだが、トローリーケースには車輪がついている。誰であっても迅速に持ち去ることができる。

「持ち逃げした野郎は車輪を使ったに違いない。床に跡が残ってないか調べてみろ」

ジョンは床に屈み込み、血走った目で積もった埃の上に残されているはずの車輪の跡を追う。

「ダメです、溝淵君」

「そんなことあるか。もっとよく調べろ」

しかし、ボブやチャイニーズ・マフィア達がせっかく溜まっていた埃を踏み荒らしたせいで、跡を辿ることは不可能だった。

「ボブの野郎、デカイ図体してるくせに、こんな所で暴れ回りやがって」

今やジョンはその本性を露わにして、かつての仲間に対して自分勝手な非難を投げかけている。

「まだ時間は経ってない。この近くにいるはずだ。手分けして捜そう。見つけ次第、盗人《ぬすっと》野郎はぶっ殺せ」

「うぃっす」

「オレはこのバケモノ屋敷の中を探す。ジョン、おまえは外へ回れ」

「うぃっす！」

ジョンと別れた溝渕は、手前にある小部屋から覗いて回った。

そうだ、きっといる――この近くに隠れてやがるんだ――

強烈な怒りで今にも血管がブチ切れそうだった。早く見つけないと、本当に朝になってしまう。誰かに通報されたら何もかもが水泡に帰す。いや、金が手に入らないどころか、ムショから死刑台への直行便に乗せられる。

それにしても一体誰が――チャイニーズ・マフィアの生き残りか、蔡の残党か。それとも、あのテロリストの女だろうか。

溝渕は憎悪を漲らせて広大な廃屋を駆け回る。

せっかく――せっかくここまで来て――

息を切らせて階段を駆け上り、二階を一通り調べてからまた駆け下りる。

チクショウ、殺してやる――殺してやる――殺してやる――

本館の外に走り出たジョンは、まず最初に敷地の入口の方へと走った。そこから湖の方を見渡したが、人影はどこにも見当たらない。

湖畔亭の敷地を出るには、草の生えていない剝き出しの土の上を通過する必要がある。バイクのタイヤ痕が数多く残る土の上には、トローリーケースのものと思われる細い車輪の跡はなかった。少しでも轍《わだち》が残るのを警戒して、複数人でトローリーケースを担いでいったとも考えられるが、それらしい足跡も見当たらなかった。

やはり犯人はまだ敷地内にいる。

周囲を慎重に見回しながら、ジョンは本館の裏へと回った。隠れられそうな場所はどこにもない。

やがて別館の前に出た。

思わず足を止めて、自分の放った炎を見つめる。

木造の古い建物はすでに半ば焼け落ちているが、炎は依然として盛大に立ち上っている。亡者の呻きのようであった中国人達の悲鳴ももう聞こえない。

しかし、渡り廊下を伝って火は本館の方に向かいつつある。ぐずぐずしていたら隠れている犯人ともども金が焼失してしまう。そうなったらもう取り返しはつかない。

急いで盗人野郎を見つけなければ。そしてその首をねじ切ってやる。時間の許す限りゆっくりと。オモチャの螺子《ねじ》を回すように愉しみながら。

その場を立ち去ろうとジョンは巨体を翻す。

「あっ！」

すぐ目の前に、あの女が立っていた。

あの女――三ツ扇槐。

驚きのあまりすぐには手足が動かなかった。

一体いつの間に忍び寄ったのか。自分ともあろう者が、完全に背後を取られていた。

急激に怒りが押し寄せてきた。金を奪ったのはやはりこいつだ。ナメやがって。自分の身のこなしを見せつけて自慢したかったのだろうが、その虚栄心が命取りだ。バカ女が、こんな近くまで寄ってきやがって。その細い首をへし折ってやる――

我に返ったジョンが大木のような両腕を槐の首に伸ばす。

同時に、槐はごく無造作な動きで片手を突き出した。

痛みと言うよりは痺《しび》れるような衝撃が全身を走り抜ける。女の隠し持っていた細身のナイフが、深々と喉に突き立っていた。

悲鳴が――出ない。

ジョンは怒りのままに両腕を振り回して槐の体をなぎ払おうとした。一度でも当たれば女の骨は砕けるだろう。しかしいくら腕を振り回そうとかすりもしない。まるで蜃気楼を相手にしているようだった。

次第に気が遠くなってきた。最後の力を振り絞り、槐の体を両腕で抱え込む。

ついに捕らえた――確かにそう思った。

その瞬間、右半分の視界と、次いで意識が消滅した。


喉にナイフ、右目に細い木の枝を突き立てられた大男の死体を前に、槐は冷然と佇む。

悪さが過ぎたわね、大きな坊や――

心は何も感じない。罪悪感も、爽快感も。

一兵士を殺すたび、いちいち感傷に浸ってなどいられない。戦場で相対すれば、必ずどちらかが死ぬ。当然のことだ。

そしてまた、これは明日の自分の姿でもある。

轟音を上げて、燃え盛る別館が完全に倒壊した。


どこだ――金は、盗んだ野郎は――

血眼《ちまなこ》になって厨房を探し回っていたとき、溝淵の耳に囁くような声が聞こえた。

〈何を探しているの、溝淵君。お財布でも落としたの?〉

愕然として立ち尽くす。

その声は、紛れもなく――

「槐！　やっぱりてめえだったのか！」

〈当たり前でしょ。溝淵君、キミ、留年は確実ね〉

声のする方に向かってショットガンを発砲する。

窓をふさぐ板に大穴が開き、朝の白い光が差し込んでくる。

〈ショットガンの持ち込みは校則で禁止されてなかったっけ〉

再び発砲する。手応えはない。壁の穴がいたずらに増えただけだった。

〈しかも射撃は全然なってないし。キミ、才能ないわよ。よかったわね、日本には徴兵制度がなくて〉

からかうような女の声は、四方から聞こえてくる。絶えず移動しているのだろう。

「どこだ、どこにいやがる！　隠れてないで出てこい！」

喚きながら急いで弾を装填する。

〈まあ、なんて安いセリフ。装弾の手際も最悪だし。先生、ガッカリだわ。キミにはもうちょっと余裕でいてほしかったなァ〉

厨房からホールへと走り出る。やはり女の姿はない。

〈余裕のない溝淵君に教えといてあげるけど、キミ、お尻に火が点いてるから。ほらアレ、文字通りってヤツ？〉

驚いて振り返る。真後ろの壁が本当に燃えていた。別館の火事が燃え移ったのだ。女と金に気を取られて、まるで気づかなかった。

早くこの女を仕留めないと、金まで燃えてしまう――

〈驚いてるヒマはないわよ。キミは今、追試の真っ最中なんだから。言ってみれば最後のチャンスよ。生き残って進級したければ、早く私を見つけて殺すことね〉

そうだ――

思いついて手当たり次第に乱射する。ホールのあちこちに穿たれた穴から、朝の光が次々と差し込んでくる。

たちまち幾条もの光がホールの中で交叉《こうさ》した。

〈なるほど、この光を遮ったら私の移動するのがすぐに分かるってわけね。悪くはないわ。でも、私はそれほど甘くないわよ。夜戦には慣れてるし。私の居所を突き止めるには、この十倍は穴を開けないと。それまでキミの弾薬が保つかしらね〉

女の挑発が終わらぬうちに、ショットガンの弾が尽きた。慌てて再度装塡にかかる。

「ジョン！　どこだジョン！　早く来い、女はこっちにいるぞ！　聞こえねえのかジョン！」

大声で呼ぶ。だが返事はなかった。

ジョンの野郎、大口叩きながら肝心のときには役に立たねえ。分け前だけはいっちょまえに欲しがりやがって――

〈あらあら、今度はお友達に助けてもらおうってわけ？　サイテーね。教えといてあげるけど、あの

愛らしいジョン君は一足先に地獄に行ったわ。向こうじゃ彼がキミの先輩になるってわけ。どう？　元子分の後輩になる気分は〉

「ふざけやがって！　チクショウ、出てきてオレと勝負しろ！　タイマンでもなんでもやってやる！」

女の嘲笑がホール全体に響き渡った。

〈『タイマン』って、確か一対一の勝負を指す俗語よね？　悪いけど、キミ、自分のこと過大評価しすぎ〉

背中に強い熱風を感じる。背後の炎が勢いを増したのだ。

「分かった、金はやる、オレとあんたで山分けだ！　それなら悪い話じゃないだろう！」

〈あーあ、キミ、地獄でも留年決定ね〉

「なに？」

突然銃声が轟いた。

散弾に右足の脛を撃ち抜かれ、溝淵は悲鳴を上げて倒れた。その拍子に持っていたショットガンを取り落とす。

「教育的指導」

闇の中から沁み出たように、ショットガンを手にした三ツ扇槐が姿を現わした。

溝淵は必死にもがきながら自分の銃に手を伸ばす。

だが槐は、ためらいなくその手を撃った。

「教育的指導、その二」

右手の手首から先が、ボロ雑巾のようになってほとんど消滅している。自分のものとは思えない、甲高い悲鳴が口から迸った。

「溝淵君、実を言うとね、キミは最初に無線で私と話した時点で、減点100を超えてたの。赤点もいいとこ。取り返しのつかないくらい。そう、キミは知らずに地雷を踏んだのよ」

この女は何を――何を言ってる――？

「関帝連合幹部溝淵、貴様は私の祖母を侮辱した」

口調が別人のように変わっていた。

「祖母は確かに砂漠で死んだ。だがその死は勇敢で誇り高いものだった。貴様はそれを惨めな敗北であるかのように誹謗《ひぼう》した。貴様は祖母の死を、かつまた祖母の生き方を下賤《げせん》な言葉で愚弄《ぐろう》したのだ。世界人民の名において、汝《なんじ》に死刑を宣告する。刑はこの場でただちに執行される」

ワケ分かんねえ――この女、マジでイカレてやがる――

「ただし――」

槐は支配人室の方に視線を移した。

「処刑人にはこの者を指名する」

溝淵は首だけを動かして槐の視線を追った。

そこにいたのは、弓原公一であった。

25

〈先生〉とともに湖畔亭本館に侵入した公一は、彼女に従い奥へと進んだ。予想に反して内部には人影はなく、侵入は容易であった。おそらく、ほとんどの者が裏にある別館の方に回っているのだろう。

突然、チャイニーズ・マフィア達の声が聞こえてきた。

――おい、そっちはどうだ。金はあったか。

――鄭の兄貴、見つけました！　こっちです！

もちろん中国語は分からなかったが、咄嗟に〈先生〉が小声で訳してくれた。

彼女の後について声のした方に忍び寄る。奥の支配人室だった。

離れた所にある柱の陰から、息を詰めて中を窺う。支配人室のドアは外れていたから、暗いながらも室内の様子ははっきりと分かった。

鄭とその部下が、床下の収納庫から金の詰まったトローリーケースを発見するところであった。

公一は思わず拳を握り締めた。

こんな金のために、こいつらはあれだけの人を――

そのとき、外から恐ろしい悲鳴が聞こえてきた。三人の中国人も驚いているようだった。ボスの鄭が手下に何かを言い残し、部屋を飛び出していった。

残された二人は、三つのトローリーケースを運び出そうとする。

だが鄭と入れ違いに、ポロシャツを着た黒人が入ってきた。ボブだ。

いきなり現われた黒人の巨体に、二人のマフィアが驚いて立ち尽くす。

ボブは一人を問答無用で殴り殺すと、恐怖に震えるもう一人の頭頂部と顎に両手をかけた。そして絶叫を上げる男の首を、まるで安物のオモチャのように軽々と背中へ折り曲げた。

不意に〈先生〉の手が公一の口をふさいだ。それで公一は初めて気づいた。あまりに凄惨な光景を目撃したため、我知らず悲鳴を上げようとしていたことに。

そこへ鄭が駆け戻ってきた。猛獣同士の死闘を思わせる壮絶な格闘戦を始めた鄭とボブは、組んずほぐれつといった状態でホールの方へ移動していった。

——弓原君、君はトローリーケースを元の場所に戻して。そうね、そこで君も一緒に隠れているといいわ。

耳許で〈先生〉がそう囁いた。

思わず相手の顔を見た公一に、

——心配しなくていいわ。肝心のときにはちゃんと合図して呼んであげるから。

——合図って、どんな？

——溝淵の悲鳴よ。

そう言い残すと、〈先生〉は音もなく姿を消した。

公一は彼女に指示された通り、トローリーケースを床下の収納に戻し、自らもその中に入って内側から蓋《ふた》を締めた。

真っ暗な中で息を潜めていると、やがて溝淵とジョンの声がした。

——金は、金はどこへ行った！

——誰かがパクったんすよっ。

——持ち逃げした野郎は車輪を使ったに違いない。床に跡が残ってないか調べてみろ。

——ダメです、溝淵君。

——そんなことあるか。もっとよく調べろ。

——ボブの野郎、デカイ図体してるくせに、こんな所で暴れ回りやがって。

状況が手に取るように分かった。

溝淵とジョンは、金を奪った者が支配人室の外に逃げたと思い込んで、外の床ばかり調べているのだ。もっとも室内の床を調べたところで、収納から出したときと再びしまったときの車輪の跡の違いまでは判別できるはずもないだろう。

四十億円の隠された床下収納の中で、膝を抱えた公一は、溝淵のこの上なく浅ましい喚き声を遠くに聞いていた。

やがて――

〈先生〉の言った通り、溝淵の悲鳴が聞こえた。

「先生も聞いてるわ、君のお祖母さんのこと」

ショットガンを手にした〈先生〉は、そう優しく語りかけてきた。

「君も私も、この男に愛する祖母の名誉を汚された。それだけじゃない、この男は君のお祖母さんを死に追いやった張本人よ。君にはこの男を処刑する権利がある」

立ち尽くす公一に、〈先生〉は――三ツ扇槐はゆっくり歩み寄ってきた。

「グロックはちゃんと持っているわね」

「はい」

公一は背中に手を回し、ズボンに差した拳銃を取り出す。

「使い方は教えた通りよ。大丈夫、相手はもう逃げられない。引き金を引くだけでいいのよ」

悲鳴を上げた溝淵が、床を這いずって逃げようとする。

「一発くらい外したって問題ない。なんなら二、三発でもね。その方が奴に苦しみを与えられていいくらい。さあ、遠慮なくやりなさい」

言われるままに、公一はグロックを両手で構え、銃口を溝淵に向ける。

「やめろ、頼む、やめてくれ！」

血まみれの溝淵が未練がましく懇願する。

「そうだ、おい公一、その銃で槐を撃て！　こいつは国際指名手配のテロリストなんだぞ！　こいつを殺ったらおまえは世界の英雄だ！」

心底最低の男だ――こんな下らない奴のために、大勢の人が――

公一は引き金に右手の指をかける。

だが、指はそこで止まってしまった。それ以上はどうしても動かない。まるで指の神経が切断されたかのようだ。

「どうしたの、弓原君。お祖母さんの仇《かたき》を討ちたくはないの？」

先生が静かな口調で促してくる。

ばあちゃん――

「頼む、公一！　金だ、金を全部おまえにやる！　だから撃たないでくれ！」

目の前で溝淵がみじめに泣き喚く。

「撃つのか、撃たないのか。早く決めなさい。君が撃てないというのなら、先生が撃つだけよ」

槐がショットガンの銃口を溝淵に向ける。

炎はすでに厨房や支配人室を呑み込み、ホールにまで迫っている。早くしないと、全員が焼け落ちる瓦礫《がれき》の下敷きとなってしまう。

「どうするの、弓原君」

こんな奴――こんな奴――こんな奴――

指が、動き始めた。

公一はさらに力を込め、引き金を引こうとする。

そのとき。

「ダメ！」

力強い声が耳を打った。驚いて顔を上げる。

正面の入口に、息を弾ませた小椋早紀が立っていた。

小椋さん――どうしてここに――

早紀は毅然として叫んだ。

「公一君、撃っちゃダメ！」

26

別館から燃え移ってきた炎は、はや天井にまで広がって、梁《はり》や垂木《たるき》を舐め尽くそうとしている。

「撃っちゃだめ、絶対に！」

突然現われた早紀が再び叫んだ。

公一は、背中に感じていた炎の熱も忘れ、ただ呆然と早紀を見つめる。

特に驚いたふうもなく、先生は溝淵にショットガンの銃口を向けたままでいる。その指は今にも躊躇なく引き金を引きそうだった。

早く自分で撃たないと――ばあちゃんの仇を――

指がわななく。指が、全身が、どうしようもなく。

手をつないで幼稚園へ連れていってくれたばあちゃん。いつも絵本を読んでくれたばあちゃん。夏休みには一緒に花火をしてくれたばあちゃん。

そんなばあちゃんを、こいつが、こいつが――

「聞いて、公一君」

それまでとは一転して、早紀が落ち着いた口調で語りかけてきた。

「今日一日で――いいえ、もう朝だから、昨日から今日ね――そんな短い時間の中で、いろんなことがあったわ。人殺しなんて、私、見たの初めて。公一君だってそうでしょう？　だって、私達、まだ中学生だもんね」

何を言ってるんだ、小椋さん――どうして僕にそんな話を――こんな危ない所へ来てまで――火が、火が燃えているんだよ――ほら、君の頭の上で炎が――見えないのか、あんなに赤く――そうだ、ここは〈赤い屋根の小屋〉なんだよ――

「ねえ聞いて、教頭先生がね、私達を命懸けで逃がしてくれたの。信じられる？　あの教頭先生がよ。

あっ、それからね、私、茜ちゃんや景子ちゃん、それに、みちるちゃんや聡君まで、みんな一生懸命がんばるのを見たわ。あの子達、ほんとに凄かった。今でも信じられないくらい」

普段から大人びた印象のある生徒会副会長だが、ただ落ち着いているだけではなく、真摯《しんし》な真心のようなものすら伝わってくる。

でも小椋さん——僕は、僕はどうしても——

「それに、公一君がその人を憎む気持ちも分かる。本当に酷い奴だわ。大勢の人を殺して、みんなを不幸にして……でもね、だからこそ公一君は撃っちゃだめ。こんな奴と一緒になっちゃだめ。私達にはこれからやることがいっぱいあるわ。ねえ、一緒にやりましょうよ、公一君。そのためにも……そのためにも……」

毅然として話していた早紀の瞳が、見る見るうちに潤み始めた。顔全体が赤くなり、声もいつしか鼻声に変わっている。

「だめ……やっぱり……どうしてもうまく言えない……でもね、分かって……公一君は絶対に撃っちゃだめ……撃ったらもう、きっと何もかもが変わってしまう……」

そこまでだった。

早紀はもうそれ以上は何も言葉にできず、両手で顔を覆って泣き出してしまった。

公一は無言でグロックの銃口を下ろす。

つい先ほどまで、鎖で縛られたように重く感じられた全身が、今は信じられぬほど軽くなっていた。

そうだ――そうだよね小椋さん――

目の前に、白い手が差し出された。〈先生〉の、三ツ扇槐の手であった。

「結論が出たんならもういいでしょう。危険物は先生が没収します」

黙って槐に拳銃を渡す。

その途端、槐は公一の体を突き飛ばした。

「あっ、何を――」

次の瞬間、自分が立っていた場所に燃え盛る瓦礫が崩れ落ちてきた。火はすでに本館全体に回っていたのだ。

「二人とも早く逃げなさい」

渦を巻く炎の向こうから槐の声だけが聞こえた。

公一と早紀は我に返って湖畔亭を飛び出し、劫火に包まれた建物を振り返った。

「先生、由良先生はっ!」

蒼白になって早紀が叫ぶ。彼女はまだ〈先生〉の正体を知らないのだ。

「先生、先生ーっ!」

正体を知る公一も、早紀と一緒になって声を限りに呼びかけた。

公一は中に戻って様子を見ようとしたが、すでに手遅れだった。少し近寄っただけで耐え難い熱波に遮られ、慌てて下がるしかなかった。

湖畔亭の屋根は、今や紛れもなく赤に染まっていた。ただし血の赤ではなく、炎の赤に。

猛火と黒煙を噴き出す正面入口が崩壊する寸前――

「あっ、見て！」

早紀が歓声を上げる。

溝淵を担いだ槐がしっかりした足取りで走り出てくるのが見えた。

同時に湖畔亭が完全に崩れ落ちる。その轟音は、人間の悲鳴のようにも、また断末魔の叫びのようにも聞こえた。

「先生！」

駆け寄る二人の前に、〈先生〉は半死半生の溝淵を投げ出した。

「私も気が変わった。こいつの処分はこの国の司法機関に任せることにする。いくら日本の刑が甘いといっても、これだけのことをしでかしたんだから、まず死刑はカタいだろうけど」

そう言うと、槐はいきなり早紀を抱き締めた。

「えっ、ちょっ、先生、何を……」

とまどう早紀に、

「素晴らしいスピーチだったわ、小椋さん。先生、ちょっと感動しちゃった」

「え？」

「信念は正反対だけど、まるで、そう、昔の祖母を見ているような気がしたわ」

「祖母って、先生のお祖母さんのことですか」

「あら、気を悪くした？　そうよね、あなたはこんなに若いものね」

「いえ、そういう意味じゃなくて」

「でもね、あなた達はやっぱり甘い。世界の真実を、あなた達も今夜少しは勉強したはずよ。私はね、今日までそんな世界で生きてきたの。そして明日も、また明後日も、私はこの世界で生きていく。それはあなた達がいるのと同じ世界でもあるのよ」

「………」

相手の言わんとしていることを漠然と察したのか、早紀は〈先生〉をじっと見つめる。

槐は、赴任以来初めて見せると言ってもいいような優しい微笑みを浮かべ、早紀の耳許で囁くように、

「安心しなさい、あなた達はきっとうまくいく。私が保証するわ」

早紀はたちまち真っ赤になって、

「待って下さい、あたし達、そんな……」

「あら、何を勘違いしてるの。先生は教育者として受験のことを言ったのよ」

「えーっ！」

早紀のリアクションを愉しむように眺めていた先生が、さっと身を翻す。

遠くからパトカーのものらしいサイレンが聞こえてきた。

「短い間だったが、私は野外活動部の副顧問として、貴君らを指導できたことを誇りに思う」

それだけを言い残し、槐は側の木立へと走り込んだ。

「あっ待って先生！」

「いけない、小椋さん」

後を追いかけようとした早紀を、公一は反射的に引き留める。

「どうして？」

早紀が不審そうに振り返る。

どう説明すればいいのか、公一はすぐに答えることができなかった。

サイレンはどんどん大きくなっていく。数も増えているようだ。

「あのね、小椋さん、由良先生は、実は……」

そこまで言いかけたとき、

「おおい、無事かーっ」

自分達に呼びかける声が聞こえた。

振り返ると、大勢の警官がこちらへ走ってくるのが見えた。

早朝の駐車場近辺は、パトカーなどの警察車輛や消防車、それに救急車などでごった返していた。

キャンプ場全域に広がる、想像を絶する惨劇の跡に、誰もが声を失っている。

警官隊に守られて駐車場まで戻った公一と早紀は、進太郎に付き添われた隆也が、担架で救急車に運び込まれるのを目にした。

よかった、二人とも無事だったんだ――

公一が胸を撫で下ろすと同時に、こちらに気づいた進太郎が駆け寄ってくる。

「公一！　副会長！」

「進太郎！」

手を取り合って再会を喜び合う。

また西側からは、毛布にくるまれた茜、景子、それにみちると聡の姉弟が、警官達に背負われてやってくるのが見えた。

「あっ、センパーイ！」

こちらに気づいた茜が、警官の背中から手を振ってくる。

いつもの、いや、いつも以上に茜らしい笑顔であった。

みんな――みんな無事だ――

「ねえ、日吉君は？」

振り返った早紀が思い出したように訊いてきた。

途端に公一は胸が強く締めつけられるような痛みに襲われた。どうしようもなく耐え難い痛み。だがそれは自分の責任でもある。

そうだ、僕が――僕がちゃんとみんなに伝えなければ――

「小椋さん、落ち着いて聞いてくれ」

「えっ、なんなの」

「日吉は……裕太は……」

そのとき、到着したばかりのパトカーの後部ドアが開き、小さな影が勢いよく飛び出してきた。

「部長ーっ！　久野せんぱーい！　小椋せんぱーい！」

まぎれもない、小猿のようなその影は、崖から転落したはずの日吉裕太であった。

「裕太！　裕太！」

おまえ、どうして――そんな問いなど、口にできる状態ではなかった。

歓喜のあまり、互いに駆け寄って手を取り合う。

「弓原さんも久野さんも、みんな無事だったんですねっ」

「こいつ、こいつ！」

進太郎と二人で裕太の髪をくしゃくしゃにかき回す。

「わあ、やめて下さいよー」

「おまえ、死んだんじゃなかったのかよ」

訊きたかったことを、進太郎が代わりに訊いてくれた。

「えっ、俺がですか」

「そうだよ、公一に聞いたぞ」

「あっ、すんません」

裕太は慌てて公一に向き直り、勢い込んで話し始めた。

「俺、銃声にびっくりして下の岩に落っこちたんです。ほら、あそこ、木の茂ってる下は岩が段々になってたでしょう？　そこで気を失ってて……」

「じゃあ、弾が当たったわけでも、崖下まで落ちたわけでもなかったんだな？」

まだ信じられない思いで、聞き返さずにはいられなかった。

「はい。でも、そのとき携帯をどっかに落っことして……それで俺、こっそり崖の上まで這い上がって——その頃にはもう誰もいなくなってました——思い切って山頂から県道を走ったんです」

「走ったって、上畑市までか？」

進太郎の問いに、

「こういうときに限って、途中で一台も車が通らなくて……夜明け近くになって、やっと農家のおじさんに出会って……」

「それでおまえが通報してくれたってわけか」

「遅くなってホントすんません！　警察の人に説明してもなかなか信じてくれなくて……みんなになんかあったら、俺、本当にどうしようかって、もう気が気じゃなくて」

「そうだよ、遅いんだよバカ野郎」と進太郎。

公一は進太郎と二人でまた裕太を羽交い締めにして髪をかき回した。嬉しくていつの間にか涙がこぼれていた。

「わあ、ソレやめて下さいってばー」

そこへ、一際大きな喧噪《けんそう》が聞こえてきた。

振り返ると、警官隊に囲まれた担架が見えた。載せられているのは溝淵であった。右膝から下が原形をとどめておらず、右手首の先がほとんど消失している。

「オレの手がなくなっちまったよォ……痛《いて》えよォ、痛えよォ……」

溝淵は子供のように啜り泣いていた。

その姿に、公一はもうなんの感慨も抱かなかった。

〈先生〉の、三ツ扇槐の生きる世界。そして僕達の生きる世界。その世界には、悪夢とも不条理とも思えるような病理が存在する。途轍もなく巨大な病理だ。それが〈溝淵〉のような人の形を取って現われることもある。だが溝淵など、その正体は取るに足らない小者でしかない――

「そうだ、先生は？　由良先生はどこですか」

裕太が訊いてきた。

「それに教頭先生は？」

またしても公一は言葉に詰まる。第一、教頭先生の安否は自分も知らない。早紀の話では、教頭先生はみんなを逃がすために一人で追手に立ち向かったという。

「ねえ、どうしたんですか」

心配そうに裕太は重ねて訊いてくる。

公一が重い口を開いて答えようとする前に、警官達が一同を促した。

「さあ、君達、早くこっちへ来て」

野外活動部の面々は、数台のパトカーや救急車に慌ただしく分乗させられた。

現場には報道関係の車輛も続々と集まりつつあった。カメラを持った大勢のテレビクルーが、道路を封鎖している警官隊と大声で怒鳴り合っている。

進太郎とともにパトカーに乗せられた公一は、遠ざかるキャンプ場をガラス越しに振り返った。

朝焼けに輝く湖面の光が、疲れ切った目に痛かった。その色は、薔薇色に輝いているようにも、また血の色に濁っているようにも見えた。

そしてその光もまた、過ぎ去った一夜のように見る見るうちに遠ざかり、あっという間に見えなくなった。

27

その後のことは、公一達も警察の人の話や報道によって初めて知った。

現場周辺では徹底した捜索が行なわれ、わずかに生き残っていた関帝連合の構成員——ほとんどは蔡のグループのメンバーだった——は一人残らずその場で逮捕された。

教頭先生が遺体で発見されたと聞かされたとき、公一達はただぼんやりとするばかりで、実感を持てずにいた。

教頭先生は何人もの凶悪犯を相手に一人で戦い、最後には蔡と相討ちになって事切れていたという。

警察署で柔道の教官をやっているという中年の警察官が、「脇田大輔」という名前を覚えていて、涙ぐみながら公一達に話してくれた。

——あの頃、柔道をやっとったもんにとっちゃ、『固めの脇田』と言えば憧れのヒーローだった。あの人の試合を見ると、なんかこう、胸がかあーっと熱くなって、自分も無性に稽古したくなったもんだ。そうか、あの脇田選手が学校の先生になあ。あの人は、自分の命を捨てて教え子を守った。道場を離れても、柔道の心をずっと持ち続けてたんだなあ。本物のヒーローだったんだ、あの人は。

その警察官は堪えかねたようにハンカチを出して目頭を拭い、

——脇田先生のご遺体が搬出されるとき、大勢の警察官が直立不動で敬礼しとったよ。もちろん自発的にだ。同じ公務員として、心の底から敬意に値すると思ったんだろうな。立派な殉職だ。まったく、たまらんよ。あんな見事な最期を見せられちゃあなあ。我々にだって到底真似できるもんじゃないよ。

その話を聞きながら、公一達は声を上げずに泣いた。

毎日のように教頭先生と顔を合わせていたのに、先生のことを何も知らなかった。

いや、眼中になかったと言ってもいい。なんの関心も持とうとしなかったどころか、無責任な噂を真に受けて、軽蔑に近い感情さえ抱いていた。

自分達はなんと浅薄だったことか。なんと幼稚であったことか。

だが悔やんでももう遅い。

公一も、進太郎も、早紀も、茜も、裕太も——

入院している隆也と景子を除き、警察署の会議室で、全員がじっと俯いたまま泣いていた。

由良先生は——三ツ扇槐は、その後ついに発見されなかった。

あの朝押し寄せた報道陣のうち、地元ローカル局のテレビクルーがいざ中継を始めようとしたとき、肝心の女性レポーターがいなくなっていた。そのことに気づいたスタッフが手分けして周辺を捜したところ、女性用の公衆トイレで身ぐるみ剥がされ、自分の下着で手足を縛られた上、ハンカチで猿轡をかまされているレポーターを発見した。しかもその間、無人となっていた局の中継車が何者かに乗り逃げされていた。

警察は現場に通じる唯一の道を数か所にわたって厳重に監視していたが、テレビ局の局名まで入った中継車はほぼノーチェックに等しい状態だった。それでも何人かの警官は、番組のロゴ入りキャップを目深《まぶか》に被り、局のスタッフジャンパーを着た細身の運転手を記憶していた。

盗まれた中継車はその日のうちに上畑市のローカル駅近くに乗り捨てられているのが発見された。運転席には脱ぎ捨てられたスタッフジャンパーがそのまま放置されていたという。

公一達と、生き残った襲撃犯グループへの聴取により、「三ツ扇槐」の名を聞いた地元警察署員は、すぐにはピンと来なかったようだったが、やがて県警本部、さらには警視庁から血相を変えた捜査員の一団が乗り込んできた。いずれも公安関係者であることは公一にも分かった。

国際テロリスト、三ツ扇槐。正体を隠して中学校の教師に納まっていた彼女が、生徒達を助け、半グレ集団『関帝連合』を相手に死闘を繰り広げた――

公安関係者は、驚愕を通り越して一様に絶句しているようだった。

〈ウソだろう〉

〈信じられない〉

〈何かの間違いじゃないのか〉

〈三ツ扇槐が日本に入国してたなんて〉

〈どうして誰も把握できなかったんだ〉

〈我々をナメてやがるんだ。そうでなきゃ日本でこんなマネを〉

〈きっとウラがあるに決まってる〉

そんな声が署内のあちこちで切れ切れに聞こえた。公一が聞いているのに気づくと、公安らしき男達は申し合わせたように顔を背け、そそくさと移動していった。本来はもっと機密保持に注意すべきところを、彼らもそれくらい混乱しているのだろうと漠然と思った。

実際、公一自身にも未だによく分からなかった。

そんな恐ろしい人が、どうして僕達を助けてくれたのだろう？

しかし、分かったこともある。

それは、教頭先生や三ツ扇先生——そうだ、確かに〈先生〉だ——が、命を懸けて教えてくれたいろんなことだ。

自分達は、そのことを胸にこれからを生きていかなくてはならない。力の限り。この世界で。〈先生〉の生きる世界とつながった場所で。

葦乃湖キャンプ場での大惨事は、前代未聞の凶悪事件として日本中を震撼させた。

振り込め詐欺の収益金を巡る大虐殺。巻き込まれ、犠牲となった多数の行楽客。半グレ集団『関帝連合』の内紛と、続くチャイニーズ・マフィアとの抗争。教頭先生の自己犠牲。生き残った中学生のグループと小学生の姉弟。

そして何より――かつて世界にその名を轟かせた日本赤軍のカリスマ三ツ扇克子の孫であり、国際指名手配のテロリストである三ツ扇槐。

マスコミにとっては、これ以上ないくらいの題材であった。

連日のように各局で特集番組が組まれ、新たな事実が次々と報道された。

少しでも新しい情報を求めて、公一もしばらくの間は意識的にテレビを観た。

あの四十億円の入ったトローリーケースは、湖畔亭の焼け跡から発見され、警察によって押収された。隠し場所であった床下収納が耐熱仕様になっていたことが幸いしたらしい。

警察も本腰を入れて半グレ対策に乗り出した。現場で逮捕された関帝連合メンバーの供述により、振り込め詐欺グループの実態、さらには彼らに武器を提供した暴力団や外国人犯罪組織の犯行事実が明らかとなり、関係者が根こそぎ逮捕された。

もっとも、凄惨にすぎるキャンプ場の現場写真は、ネットのアングラサイトを除き、ほとんどメディアで報道されることはなかった。正視に耐えないほど損壊した死体がごろごろ転がっていたのだから、当然と言えば当然であった。

本物の〈由良季実枝さん〉もテレビで初めて知った。滋賀県の出身で、東京の短大卒業後、水商売を転々とし、現在も消息は知れない。多額の借金を抱えており、自称知人の話では、高利の闇金にも手を出していたという。

本人の写真も頻繁に画面に映し出された。高校時代のぼんやりとした写真ではあったが、あの〈由良先生〉とは似ても似つかぬ人物だということは分かった。

三ツ扇槐の生い立ちや経歴も、ドキュメンタリーとして報道された。『最後の赤軍』。あるいは『最後の闘士』。その恐るべきプロフィールに、一般の視聴者は改めて戦慄した。

多分に興味本位のそんな番組を、公一は醒めた目で眺めた。

中には「三ツ扇槐も四十億円を狙っていた」と断定する番組もあった。テレビでよく見かける元警察幹部が、したり顔でそんなことを語っていた。結局のところ、人々にとって、また警察にとって、それが一番合理的な説明であったのだ。求められているのはそういうことなのだろうと公一は思った。

もちろん〈恐怖の一夜〉を生き残った公一や部員達もマスコミの格好の餌食《えじき》となった。警察は未成年である自分達の氏名を公表しなかったが、水楢中学の野外活動部員であることは報道されているので、すでに公表されているに等しかった。

地域や学校でも話題になっているのは分かっていたが、幸い夏休み中であったため、登校しないで済むのは何よりだった。それでもしばらくは自宅周辺にカメラやマイクを持ったマスコミが張り込んでいて、迂闊に出歩くこともできなかった。

それより驚いたのは、あれほどぎくしゃくしていた両親が、自分を守るために無言の連携を見せてくれたことだった。

無遠慮に、かつひっきりなしにかかってくる取材の依頼は断固として断り、また警察を通してマスコミ各社に取材の自粛を申し入れてくれた。そんな自粛要請などものともしないマスコミや野次馬も多かったが、両親は自治体や警察と協力して付近のパトロールに努めた。

家の中では、ごく自然な形で公一を気遣い、寛《くつろ》げるようにふるまってくれた。母はもう振り込め詐欺のニュースに興味を示さなくなり、父もまた食卓で不機嫌に黙り込むことはなくなった。それどころか、時折たわいもない冗談を口にするようにさえなった。そのあまりのくだらなさに、母も公一も、顔を見合わせて呆れ、ときには盛大に噴き出した。そして三人は同時に驚く。家の中に笑いが戻ってきたことに。

祖母が亡くなり、いろんな事件があって——今ようやく家族が立ち直れたのだ。


夏休みの間中、公一はもっぱら自室で独り勉強に励んだ。あの合宿に向かう当日の朝、早紀と一緒に図書館で勉強する約束をしていたが、そんなことが不可能なのは考えるまでもなく明らかだった。帰宅して二週間くらいは、勉強どころか夜も眠れないほどだった。禍々しい悪夢にうなされて。

事情聴取のため捜査員が連日のように訪ねてきたりもした。本来ならもっと長時間拘束されて話を訊かれるものらしいが、未成年、しかも受験を控えた中学生であることを最大限に配慮しているとのことだった。

また警察だけでなく、精神的ケアのため教育委員会の要請で派遣された専門医も数日おきにやってきた。煩わしく思えるときもあったが、おとなしく面談に応じた。時間の無駄を最小限に抑えるには、それが一番であると考えたからである。

いくら話してもこの人達には絶対に分からないだろう——そう公一は感じていた——あの夜、自分達が体験し、つかみ得た真実は。

勉強などもう手につかないものと半ば諦めていたが、始めてみると、意外に集中できた。それどころか、むしろ以前よりも大幅にはかどるほどだった。何かに没頭することで、あの一夜の恐怖を振り払うことにつながったのかもしれない。

昼間は居間で警察の聴取や医者の面談に応じ、夜は家族三人で食事をする。それ以外の時間はひたすら勉強する。そんな日が続いた。

二日に一回は、自室から携帯で部のみんなと連絡を取り合った。唯一の息抜きだ。

みんな公一と同じような毎日を送っていた。

進太郎はちっとも変わらず、退屈だ、退屈だとこぼしていた。勉強しろよ、と言ってやると、それもいいかも、と呑気《のんき》な答えが返ってきた。

裕太は元気を持て余しているようだった。電話するなり、山に行きたいとこぼしていた。せっかくの夏休みなのにと。秋の連休まで我慢しろ、と答えておいた。

テレビで裕太の父と兄が映っているのを見たが、二人とも裕太にそっくりだった。それがなんだか微笑ましくて、公一は思わずくすりと笑っていた。テレビカメラを通した映像であっても、二人が裕太を心から愛し、守ろうとしているのが公一にも頼もしく感じられた。

茜も裕太とおんなじで、道場に行けなくてつまんないです、と言っていた。練習をこんなに休んだら、取り返すまでにだいぶかかるので悔しいとも。

隆也と景子はすでに退院していた。電話の声は、ともに別人のような明るくはきはきとしたものだった。少し話しただけで、公一はほっこりするような温かい気持ちになった。

あれほど恐ろしい体験をしたというのに、みんなしっかりと生きていた。ひょっとしたら、わざと明るくふるまうことによって、恐怖を忘れようとしているのかもしれなかったが、公一はなぜだかそうではないという気がしていた。

あの湖から、みんな〈何か〉を得て帰ってきたのだ――自分と同じく。

そして、早紀。

どういうわけか、彼女にだけは電話できなかった。言いたいこと、伝えたいことは山ほどあるというのに。

遠慮からでも不安からでもない。電話しなくても大丈夫だと、公一には分かっていた。きっと彼女もまた、自分と同じ心境でいるはずだと。

そうだ、きっと彼女は今頃一生懸命勉強している。なぜなら、彼女はきっと志望校を変えたりしないはずだから。

夏休みの終わり近く、みんなで教頭先生の自宅にお線香をあげに行った。野外活動部顧問の田中先生も一緒だった。景子も、それにまだ松葉杖をついている隆也も。

本当はお葬式にも行きたかったのだが、なにしろ事件の直後だったので、教育委員会の方針もあって断念したのだ。

久々に会う仲間達は、さすがにはしゃぐこともなく、皆一様にはにかんだような笑みを浮かべ、言葉少なにたわいもないことを話し合った。

早紀とも当然目が合ったが、互いに「元気？」と声をかけ合っただけで、それ以上は特に何も話さなかった。

公一は、生徒よりも田中先生の顔色が優れないのが気になった。どこか思い詰めているような感じもした。

教頭先生の自宅は、学校の最寄り駅から数えて六つ目の駅で降り、十分ほど歩いた住宅街の中にあった。こぢんまりとした一戸建てで、奥さんが出迎えてくれた。

教頭先生は奥さんと二人暮らしで、お子さんはいないということだった。

六畳の和室に仏壇がしつらえられ、線香の煙の向こうで、教頭先生の遺影が生前と少しも変わらぬ厳しい顔でこちらを睨んでいた。

なんの飾り気もない部屋だった。

本当は柔道の選手時代にもらったトロフィーや賞状がいっぱいあるのだけれど、あの人は飾るのを嫌がって、みんな裏の物置にしまってあるんですよ——寂しそうな笑みを浮かべ、奥さんがぽつりぽつりと語ってくれた。

「許して下さい……」

田中先生は教頭先生の遺影に向かって手を合わせ、涙をこぼした。

「私が……私が骨折なんかしなければ……教頭先生は私の代わりに……」

すると、それまで黙っていた早紀が静かに言った。

「先生、教頭先生はそんなふうには考えないと思います」

田中先生ははっとしたように顔を上げ、改めて遺影を見つめた。

やがて、力強く頷いてみんなの方を振り返り、涙まじりの笑顔で言った。

「そうだ、小椋の言う通りだ。先生もまだまだだな。この調子じゃ、あの世の職員室で、教頭先生に廊下に立ってろって叱られそうだ」

生徒達は皆声を上げて笑った。奥さんも笑っていた。その様子を見て、田中先生はまたさらに涙を流して笑った。


そうして、夏休みが終わった。

28

秋が深まるに連れ、騒がしかった学校もようやく落ち着きを取り戻したようだった。

始業式の当日は案の定マスコミが水楢中学に詰めかけたが、教育委員会の手配した警備員によって通学路から押し出された。また警察やＰＴＡもあちこちで目を光らせていたので、心配されたほどの混乱は起きなかった。

生徒達はやはり興味津々という目で野外活動部の部員達を眺めていたが、事件があまりに凄惨すぎて、正面からその話題を持ち出す者はいなかった。公一達にとってもその方がありがたかった。

と言うより、周囲の視線など、まるで気にならなかった。自分でも不思議なくらいに。

放課後には通常通り、部員みんなで集まってランニングやウェイトトレーニングに励んだ。最悪の場合、野外活動部は部活禁止と宣告されるのを覚悟していたが、そんなことはなかった。しかし、さすがに九月の連休を利用したキャンプは許可されなかった。

公一、進太郎、早紀の三人は三年生だからもう部活には参加しない。それでも公一と進太郎は、受験勉強の気分転換を口実に、ときどき顔を出してはトレーニングに参加した。実際、運動して汗をかくのは気持ちよく、かえって効率よく勉強できた。

何よりの変化は、景子も隆也も欠かさずトレーニングに参加するようになったことだ。ことに隆也は、正式に入部して皆の新たな仲間となった。それを誰よりも喜んだのが他ならぬ進太郎で、自分の余っている登山用品をあれもこれもと気前よく隆也に譲ったりしていた。

アウトドアに関してはまったくのビギナーである景子と隆也は、登山やキャンプに関する様々な疑問について、ことあるごとに一年生の裕太に相談していた。裕太もまた、訊かれるのが嬉しくてたまらないといった様子で、一つ一つ丁寧に説明する。

薙刀部と掛け持ちの茜だけは、地区大会までに夏休みの遅れを取り戻す必要もあってあまりこちらには参加できなかった。だが噂によると、長らく練習していなかったとは信じられないくらい、茜の技は冴《さ》えに冴え、向かうところ敵なしの状態だという。やはり実戦で命のやり取りをしたという途轍もない経験が、選手としての成長に大きく影響しているのではないかと思われた。

もっとも校内でたまに見かける茜本人は以前とまったく変わらぬ様子で、持ち前の明るさで皆を笑わせている。

そんな光景のすべてが公一には愛おしかった。

ある日、ふと思い立って下校前に部室を覗いてみると、珍しく早紀と茜がいて景子達と談笑していた。進太郎も顔を出している。隆也も裕太も、全員揃っている。

ちょうどいい機会だと思った。

「みんな、ちょっと聞いてくれないか」

ドアを静かに閉めて、内側から施錠する。施錠といっても錆びついた古い掛け金でしかないのだが。

その様子を見て、部員達が何かを察したような表情で周囲へ集まってきた。

「まあ、座ってくれよ」

公一は自ら率先して備品の古い椅子に腰を下ろし、

「話ってのは、他でもない、由良先生のことなんだ」

驚く者は一人もいない。予想通りだったのだろう。

「あのとき、小椋さん達にはその場で言いそびれたけど、由良先生、じゃなくて、三ツ扇槐さんのことはみんなもう知ってると思う。テレビとかで散々やってたし」

皆無言で公一を見つめている。

「三ツ扇さんは確かにテロリストだ。僕なりにいろいろ考えてみた。でも僕にはやっぱり分からない。あの人の思想も、主義主張も、何もかもだ。それどころか、やっぱり間違ってるとさえ思う。犯罪者なんだ、あの人は。でも、そうじゃなければ、とても関帝連合と戦えなかった。あれだけの人数を相手に戦ったんだ。一人で逃げることだってできたはずなのに。自分が警察に捕まる危険だってあったのに」

話しながら、改めて言うまでもないことだと思った。それくらい、みんな分かっていることなのだ。

「みんなも警察の人からいろいろ訊かれたと思う。僕は訊かれた通り、ありのまま正直に話した。いかに先生――あ、また言っちゃった――三ツ扇さんが僕達のために戦ってくれたかってね。でも、警察の人は誰も分かってくれたようには思えなかった」

進太郎がうんうんと一際強く頷く。彼のことだ。きっと聴取の際に熱弁でも振るったのだろう。それで飲み込みの悪い相手に対し、分かりやすく鼻で嗤ってみせたのだろう。

「もう一度言う。三ツ扇槐はテロリストだ。でも、僕達はあの人に助けられた。それだけじゃない、僕達はあの人からいろんな事を教わった。それは……」

その先を言おうとしたとき、不意に胸が詰まった。全身が無性に熱くなって、何か大きなものが込み上げてきたような気がした。

「それは……」

切なく、もどかしく、そしてたまらなく息苦しい。とても先を続けられなくなった。

部員達は視線を逸らさず、じっとこちらを見つめている。

「それは……勇気とか？」

裕太が大真面目な顔で言い、一挙に緊張から放たれたようにみんなが笑った。

クサイんだよおまえは、と進太郎が裕太の頭を小突く。えー、そうですかあ、と裕太はむくれたふりをしてみせる。

「うん、それもあるな」

おかげで公一も、苦笑しながら続けることができた。

「他にもいろいろ、言葉になんてできないものだ。だから……だから、あの人は三ツ扇槐だけれど、僕達にとっては、ずっと、ずっと由良先生なんだ」

それだけ言うと、すっと胸が楽になった。

「そうだ、由良先生はいつまでも野外活動部の副顧問だ」

早紀が、進太郎が、裕太が、隆也が、茜が、景子が――

みんな大きく頷いている。

そのとき全員の心が一つになったことを、公一ははっきりと確信できた。


秋晴れの爽やかな日曜日、公一と進太郎は、女子部員三人とローカル線の電車に乗って郊外の施設へと出かけた。

日野みちる、聡の姉弟が保護されている特別児童養護施設である。

なんと言っても二人は目の前で両親が射殺されるのを目撃している。その心の傷は計り知れない。深刻なPTSD（心的外傷後ストレス障害）も懸念された。

二人には面倒を見てくれるような親類はいなかった。そこで事件以後、精神的ケアを兼ねてその施設で生活することになったのである。

二学期になってから、景子と茜は週末ごとに面会に行っているのだという。しかし最初はなかなか許可してもらえなかったらしい。被害児童が同じ被害者と会うことは、事件のショックを思い出させることにつながる可能性が大きいというのが同施設の見解だった。

それでも許可が下りたのは、当の子供達が会いたがったからだと早紀が教えてくれた。今では子供達は週末を心待ちにしていて、精神医療の面からも優れて効果的であることを施設側も認めざるを得ない状態なのだとも。

早紀自身は、受験勉強もあって毎週というわけにはいかないが、それでも極力同行するようにしているそうだ。

施設の受付で面会者名簿にそれぞれ名前を記入し、おみやげに用意したクッキーやらファンシー文具やらの紙袋を提げて、一同は教えられた通りに中庭に向かう。先に立って歩く景子と茜は、すでに施設内部の順路を我が家同然に知り尽くしているかのようだった。

みちると聡は、中庭の一隅に設置されたブランコで遊んでいた。

「あっ、おねえちゃーん」

こちらの姿を見つけた聡が、ブランコから飛び降り、手を振りながら駆け寄ってきた。みちるもその後に続く。

「聡くーん、みちるちゃーん」

景子も二人に向かって駆け出した。そして腰を屈め、飛びついてきた二人を両腕で強く抱き締める。

まるで本当の家族であるかのように、三人はしばらく抱き合ったまま動かなかった。

「景ちゃんはね、みちるちゃんと聡君のこと、本当の妹や弟のように思ってるんですよ。あの二人だって、景ちゃんのこと、新しいお姉さんだって……」

茜が涙ぐみながら教えてくれた――週末ごとの面会も、景子が施設側と粘り強く交渉して実現させたこと、またさらには一生懸命に二人の孤児の世話をし、その身の上を心の底から案じていること

それが真実であることは、しっかりと抱き合っている三人の姿が何よりも雄弁に語っていた。

この信頼と絆がある限り、何も心配することはないのだ――見る者にそう信じさせる姿であった。

柔らかい陽射しの中、景子達は手をつないで立ち上がった。

すかさず茜が声をかける。

「ねえ、みんなでお茶にしない？　前に話した月琴堂《げっきんどう》のいちごクッキー、買ってきたの」

かわいらしい歓声が上がった。


十月の末に、県の一斉学力テストがあった。水楢中の三年生は全員、真剣な表情でテストに臨んだ。

この結果によって、最終的な志望校が事実上決定されてしまうのだ。総合得点が志望校の合格圏内に達しなかった者は、進路指導で志望校の変更を勧められる。

結果が発表されたのはテストから十日後のことだった。

教室で担任から一人ずつ封筒を渡される。その中身を見て、ある者は飛び上がって驚喜し、ある者

は安堵の吐息を漏らす。そしてまたある者はあからさまに落胆の色を浮かべて肩を落とす。

公一はそのどれでもなかった。

放課後、一人で教室を出た公一は、校庭を突っ切ってまっすぐに正門に向かった。

広々とした校庭に人影は少なく、隅に設置されたバスケットボールのゴール周辺で数人の男子がボールを取り合って戯れているのが目に入った。

「公一君」

不意に呼びかけられ、驚いて振り返る。

「あ、小椋さん」

「どうだった、テストの結果」

「うーん、まあまあかな。小椋さんは？」

早紀は公一の横に並んで歩きながら、

「私もまあまあ。で、どう？　楢高は狙えそう？」

「ギリギリ圏内ってとこかな」

「そう。実は私もギリギリなんだ」

「進路指導の吉川《よしかわ》先生には、ランクを一つ落として武良《むら》高にしとけば確実だって言われたんだけど
……」

「え、どうするの、それで」

心配そうに訊いてくる早紀に、

「やってみる。志望は変えない。だって、小椋さんも楢高、受けるんだろ?」

「えっ、あっ、そうだけど……」

なぜかそれきり早紀は俯いて黙ってしまった。

しばらく無言で歩いてから、公一は思い切って言った。

「ありがとう、小椋さん」

「えっ、なに?」

とまどうように顔を上げた早紀に、

「あのとき——僕が溝淵を撃とうとしていたとき、小椋さんが止めてくれただろう」

「あ、あれは……」

「凄いよ、小椋さんは。凄い勇気だ」

「そんなことないって。あのときはもう夢中で……」

なぜか真っ赤になって早紀が弁解する。

「本当に感謝してる。そのことをずっと伝えたかったんだ、小椋さんに」

「……………」

「だから僕もがんばって楢高を目指す。合格するかどうか分からないけど、やってみるよ」

「そっか……じゃ、じゃあ、とりあえず一緒にがんばろうか」

「ああ、よろしくね」

「あっ、はい、よろしく」

再び俯いた早紀が、小声で呟く。

「先生の言ってたこと、本当かも……」

「え、なに？」

「あ、ううん、なんでもないの。別に大したことじゃないんだから」

慌てて打ち消す早紀に、公一は首を傾げつつも、

「僕、今から図書館に寄って勉強していくつもりなんだけど、小椋さんもどう？」

「えっ」

「合宿前に約束したってのもあるしさ。ほら、あの日の朝、学校に行く途中で会ったとき」

「覚えてる。そうだよね、約束したよね……うーん、だったらしょうがないか。行くわ、図書館」

「よかった」

公一は晴れ晴れとした気分で校庭に伸びる自分と早紀の影を見つめた。

受験の結果がどうなるかは分からない。だけど、過去を振り返ることなく、今を全力で生きればそれでいい――

気のせいか、長く伸びる早紀の影が、ほんの少しだけ自分の影に近寄ったように見えた。

「お、副会長、ついにやったなあ」

校舎を出ようとした進太郎は、校庭に目を遣って思わず言った。

「何がですか」

横にいた茜が訊いてくる。

「あれだよ、あれ」

校庭の真ん中を並んで歩く公一と早紀を指差した。

「あー、なるほどー」

茜も納得したように二人を眺める。

「すっごいイイ感じじゃないですかー」

「だろ?」

進太郎は得意になって、

「副会長、前々から公一に気がありながら何もできずにいたからなあ。俺がどれだけ気を揉んだことか。目の付け所はいいんだよ。俺が言うのもなんだけど、公一ってホントいい奴だからさ。でもまあ、よかったよかった」

突然、茜が進太郎の顔を覗き込んできた。

「わっ、なんだよ、おまえいきなり」

驚いて飛び退く進太郎に、

「久野先輩」

「だからなんだよ」

「久野先輩って、実は早紀先輩のこと、好きだったんじゃないんですかー？」

「…………」

一瞬黙ってから、進太郎はそっくり返って言った。

「バーカ、そんなこと、あるわけないだろ」

「あ、やっぱりそうなんだ」

「バカ、ないって言ってるだろ」

「だって、あたし、分かるもん」

そう言うと、茜は笑いながら駆け出した。

「あっ、待てこいつ！　なんでおまえなんかに分かるんだよ！」

進太郎も逃げる茜を追って走り出す。

「分かりますよー、先輩のことならなんでもー」

「だからどうして分かるんだよっ！　待てよコラッ！」

必死になって追いかけるが、薙刀で鍛えた茜の足はすばしっこくて、どうしても捕まえられない。

それでも夕焼けの校庭をどこまでも追い続けた。

「おい、待てったら！」

走り回る茜の明るい笑い声が、広々とした空に吸い込まれていくようだった。

＊

薄暗い店内では、あちこちで様々な言語が囁き交わされていた。

英語、スペイン語、中国語。その他どこの国のものとも知れぬ言葉。とても日本とは思えない。第一、それだけ雑多な言葉が交わされながら、日本語だけが聞こえてこない。カウンターの奥に置かれたテレビも、放映しているのは英語のニュース番組だ。

彫りの深い顔をしたバーテンは、アジア系のようでもあるし、中東系のようでもある。カウンターのストゥールに座ってカクテルグラスを傾けている槐も、一見しただけでは人種の特定さえできない。

淡い金髪のウイッグにブルーのコンタクトレンズ。それに日本人には到底着こなせない、最新モデルの黒いコート。

日本の間抜けな官憲に見破られない自信はあるが、それでも用心に越したことはない。槐は一見所在なげにしているように見えて、槐は周囲に対して常に警戒を怠らない。

約束の相手が店に入ってきたのもすぐに分かった。頬の弛《たる》んだ中年の白人だ。高級だが目立たないコートとスーツ。男はさりげなく槐の隣に座り、バーボンを注文した。

テレビのニュース画面は、葦乃湖キャンプ場大量殺戮事件の続報を伝えるものに切り替わった。

「またずいぶんと大仕事をやったもんだな」

モニターを見上げて男が口を開いた。フランス訛《なま》りの残る英語だった。

「仕事じゃないわ。ただのボランティアよ」

けだるげな口調の英語で応じる。

男は心持ち肩をすくめると、灰色の封筒を取り出してカウンターの上に置いた。

「必要な物は全部入っている。俺が出ていってから確認してくれ」

「まだ引き受けるとは言ってないわ」

「言う必要はない」

男は傲慢《ごうまん》な目で槐を見る。

「なぜなら、君には選択肢はないからだ。こちらの依頼を引き受ける以外にな」

「どうかしらね」

グラスを一気に呷り、男は再び視線をテレビに向けた。

「分かっている。今すぐにでもこの国を出ねばならんというのに、パスポートさえないのだろう。駆け引きはお互い時間の無駄だ」

槐は無言で封筒を引き寄せた。

「それでいい。キャンプ場での仕事よりはだいぶ難しいが、なに、君ならやれるだろう」

「お世辞こそ時間の無駄よ。それに、言ったでしょう、あれは仕事じゃないの。趣味のボランティア」

最後まで聞かず、男は立ち上がっていた。

相手が店を出るのを待って、槐は封筒の中身を素早く確認し、コートの内側にしまう。

それから、空になったグラスを前に滑らせた。

「同じのをもう一杯」

バーテンは無言で頷くと、きっかり十秒後に新しいグラスを差し出した。

手に取って口に運びながら、槐はぼんやりとテレビを見る。イギリス人の女性レポーターが、葦乃湖キャンプ場の惨劇を伝えていた。

あの一夜からだいぶ日にちが経っている。今さら大した続報などないだろう。

ふと思った。

弓原公一と小椋早紀――あの二人が羨ましい。

そして人知れず笑みを漏らす。

どうかしている。自分が誰かのことを羨ましいと思うなんて。こんなことは初めてだ。

あの幼い二人の、どこが羨ましいと感じたのだろう。少しだけ考えてみたが、もうすでに分からなくなっていた。
　この国のふやけた空気にでもやられたらしい。
「スナックはある？」
　バーテンに言うと、すかさずチョコレートとピーナッツの盛られた小皿が出てきた。
　槐はゆっくりと首を振り、カウンターの上に紙幣を置いて立ち上がった。
　店を出て、細い路地を歩きながらバッグから菓子の小袋を取り出す。
　季節限定のカントリーマアム。
　個包装の袋を破り、柔らかいクッキーを口に運びながら心に呟く。
　先生ね、どうやらこれ気に入っちゃったみたいよ、茜ちゃん――

初出
「小説宝石」二〇一四年五月号～二〇一四年十二月号

※本文中の一部に、今日の観点からみて不穏当とされる表現が含まれておりますが、作中人物のキャラクター設定、物語の背景等に鑑み、そのまま使用しました。差別や侮蔑の助長を意図するものではないことをご理解ください。

（編集部）

月村了衛（つきむら・りょうえ）
1963年生まれ。早稲田大学第一文学部文芸学科卒。2010年、『機龍警察』で小説家デビュー。2012年、『機龍警察　自爆条項』で第33回日本SF大賞を受賞。2013年、『機龍警察　暗黒市場』で第34回吉川英治文学新人賞を受賞。2015年、『コルトM1851残月』で第17回大藪春彦賞を受賞。他の著書に『黒警』『機龍警察　未亡旅団』『土漠の花』『機龍警察　火宅』など。
公式サイトは、月村了衛の月録。
http://d.hatena.ne.jp/ryoue/

槐《エンジュ》

2015年3月20日　初版1刷発行

著　者　月村《つきむら》 了衛《りようえ》
発行者　鈴木広和
発行所　株式会社 光文社
〒112-8011　東京都文京区音羽1-16-6
電話　編　集　部　03-5395-8254
書籍販売部　03-5395-8116
業　務　部　03-5395-8125
URL　光　文　社　http://www.kobunsha.com/

組　版　萩原印刷
印刷所　萩原印刷
製本所　ナショナル製本

落丁・乱丁本は業務部へご連絡くだされば、お取り替えいたします。

ISBN978-4-334-92995-4